徳間文庫

津軽殺人事件

内田康夫

徳間書店

目次

「ね、なぜ旅に出るの?」

「苦しいからさ」

「あなたの(苦しい)は、おきまりで、ちっとも信用できません」

「正岡子規《まさおかしき》三十六、尾崎紅葉《おざきこうよう》三十七、斎藤緑雨《さいとうりよくう》三十八、国木田独歩《くにきだどつぽ》三十八、長塚節《ながつかたかし》三十七、芥川龍之介《あくたがわりゆうのすけ》三十六、嘉村礒多《かむらいそた》三十七」

「それは、何の事なの?」

「あいつらの死んだとしさ。ばたばた死んでいる。おれもそろそろ、そのとしだ。……」


——太宰治『津軽』より——

プロローグ

小やみになったとはいえ、雨はまだ降っている。梅雨のはしりというには少し早すぎるのに、三日つづきの雨模様であった。

浅見光彦《あさみみつひこ》はガラス越しに、ぼんやりと雨の落ちるさまを眺めていた。こうやっている時の浅見は、大抵、思索《しさく》に耽《ふけ》っているのだが、お手伝いの須美子《すみこ》が見ると、ボーッとしているヒマ人にしか映らないらしい。

「あまりお外では、そういう恰好《かっこう》、なさらないほうがいいですよ」

などと言う。

二階の窓の外には、庭のケヤキの葉が茂って、うまい具合に街の視線からこっちを遮断《しゃだん》してくれる。しかし、こちらからは、木の間《こま》隠れに道路の様子を眺めることができる。

浅見はさっきから、動物園のクマよろしく、浅見家の前を行ったり来たりしている中年男が、いつになったら決心をつけるのか、興味を持って見守っていた。

その男は、それこそクマのように背中を丸めて、雨だというのに傘もささず、時折り、門の中の気配を窺《うかが》う恰好を見せながら、往復運動を繰り返している。

浅見はしばらくは面白がって眺めていたが、ついに退屈してワープロの前に戻った。

遅れている原稿を叩きはじめて、ようやく調子が乗ってきた頃、ドアをノックする音がした。

「開いてるよ、須美ちゃん」

「あら、どうして私だっていうことが分かるんですか?」

須美子はドアを開けながら、不思議そうに言った。

「そりゃ、きみの叩き方は優しいからさ」

「ふーん……」

浅見は反対のことを言った。

須美子は浅見の皮肉が分かるから、鼻を鳴らした。

「お客さんですよ」

「あ、そう、とうとう来たか」

「あら、坊ちゃま、それも分かっていたんですか?」

「ああ、まあね、客は刑事だろ?」

「えっ？　ええ、そうですけど……じゃあ、思い当たることがあるんですか？　やだ……何をやったんです？」

「殺人だよ」

「えっ？……そんな、ばかばかしい、気味の悪いことおっしゃらないでください。冗談にも言っていいことと悪いことがあるんですから」

「どうしてさ、冗談なんかじゃないよ、たぶん、やっこさんは殺人事件の捜査でやって来たにちがいない」

「ほんとなんですか？」

「ああ、まず間違いないね」

「でしたら、そんな、のんびり構えている場合じゃないでしょう。どうするつもりなんですか？」

「どうするって……いまさら居留守を使うわけにもいかないだろう。居るって言っちゃったんだろ？」

「ええ、言いましたけど……でも、逃げるんだったら、窓から……」

「おいおい、いくら摑《つか》まるのはいやでも、そうまでして逃げる気はないさ」

「坊ちゃまはそれでいいでしょうけどね、お兄さまや大奥様の名誉はどうするつもりなんですか?」

「心配しなさんな、浅見家の名誉を傷つけるようなことを、これまで僕がやったことがあるかい?」

「ありますよ、何度も!」

「ん? ああ、まあそれは言えてるけどさ」

浅見は苦笑した。

「しかし、なるべくうまく追い返すからさ、応接室に通しておいてくれ」

「いいんですか? ほんとに……私がこんなに心配しているのに……」

須美子は涙声になっている。これには浅見も驚いた。

「何もそこまでオーバーに……」

「だって、坊ちゃまが死刑になるところを想像したら、悲しくて……」

「呆《あき》れたなあ、何か勘違いしているんじゃないの? やっこさんは、殺人事件の捜査について、僕の知恵を借りに来ただけだよ」

「は?……」

須美子はピタッと泣きやんだ。

「なんだ、ばかばかしい、そうだったんですか」

プーッとむくれて、

「じゃあ、お伝えしましたからね。そうそう、あの刑事さん、ビショ濡《ぬ》れですから、玄関先でお話ししてください」

冷たく言うと、行ってしまった。

客は赤坂《あかさか》署の堀越《ほりこし》部長刑事だった。須美子が言ったとおり、髪の毛もレインコートも、ビショ濡れで、玄関の三和土《たたき》にポタポタと雫《しずく》が落ちていた。

「どうも、突然お邪魔しまして」

堀越は鹿爪《しかつめ》らしく挨拶《あいさつ》した。

堀越は過去に、いくつかの事件を浅見光彦の助言によって解決している。本来からいえば、浅見には大いに感謝してもいいはずなのだが、なかなか素直には尊敬した顔を見せない。どの警察官もそうであるように、この男も本職が素人の力に頼るなど、沽券《こけん》にかかわると思っているにちがいない。

ただし、浅見の場合、兄の陽一郎《よういちろう》は、隠れもない警察庁刑事局長ドノである。そのことがあるだけに、ポーズだけでも、敬意を表しているように見せないと具合が悪い。そういうジレンマが、堀越に雨のなかを行ったり来たりさせていたのだろう。

じつをいえば、浅見にしたって、兄がおエラ方であることは、厄介《やっかい》な問題なのだ。世間から、何をやっても兄の七光りの賜物《たまもの》と思われたり、「お兄さまがお偉いと、いろいろお気を遣《つか》って、大変でしょう」などと、妙に穿《うが》ったものの見方をされることは鬱陶《うっとう》しい。さりとて、現実に兄の世話になっていることも否定できない。せめて、趣味の探偵ゴッコだけでも、のびのびとやらせてもらいたいのだが、堀越たちに言わせれば、それもありがた迷惑といったところらしい。

その堀越が神妙な顔で相談を持ち込んだのは、そういうわけで、きわめて珍しいことであった。

「じつは、赤坂ワイドホテルで殺人事件がありまして。その件で浅見さんのお知恵を借りたいと思いまして」

堀越が頭を下げると、鼻の頭に雫が垂れてくる。

「まあ、上がってください。いまタオルを持ってきますから」

浅見は須美子に気兼ねしながら、バスタオルを持ってきて、堀越に渡した。

コートを脱ぎ、頭と顔を拭うと、なんとかさまになった。

応接室に落ち着くと、また堀越は慇懃《いんぎん》に頭を下げた。

「先程の話のつづきですが、事件があったのは十日ほど前のことでして、赤坂署にはすでに捜査本部も開設しました。そこで、ご相談なのですが、その現場にですね、被害者の書いた、たぶんダイイング・メッセージと思われる、妙なメモが残っておったのです」

「ほう……ダイイング・メッセージですか。面白そうですねえ」

浅見は嬉しそうに両手をこすった。警察官の目には、なんとも不謹慎に映ったことだろう。

「それがこれなんですがね」

堀越はニコリともしないで、ポケットから一枚のメモを取り出した。


コスモス、無残。

マネク、ススキ。アノ裏ニハキット墓地ガアリマス。


「こう書いてあったのですがね。いったい何のことですかねえ?」

「これで全部ですか?」

「ええ、全部です」

「何だろう?……」

浅見も首をひねった。しかし、その文面とどこかで出会ったような記憶も、浅見にはかすかにあった。

「被害者はどういう人物なのですか？」

「石井秀司《ひでじ》という人です。ええと……」

　堀越は手帳を見た。

「住所は青森県弘前《ひろさき》市土手町《どてまち》――、年齢は五十五歳、娘さんが一人いるのですが、現在は東京に来ていて、一人暮らしだそうです」

「なるほど、分かりました。で、事件のほうはどういう？」

「ですから、その人物がですね、ホテルで殺されたのです」

　堀越は奥歯にものが挟《はさ》まったような口調である。相談を持ち掛けてきたくせに、浅見が事件に容喙《ようかい》するのを、あまり望んでいない顔をしている。

　浅見は苦笑した。

「それで、僕に訊きたいというのは、そのダイイング・メッセージみたいなものの意味についてなのですか？」

「そうです」

「しかし、どうも、僕にはさっぱり分かりませんね」

　つい、そっけない口振りになった。

「そう、あっさり言わないで、考えてくれませんかねえ」

「しかし、何のとっかかりもないのでは、考えようがありません」

「とっかかりと言いますと？」

「ですから、事件の概要です。いつ、どこで、誰が、誰を、なぜ、どうやって殺害したのか――という、例のやつです」

俗に「五つのW一つのH」などといわれる捜査規範を、浅見は新米《しんまい》の刑事に教えるような口調で言った。

「はあ……」

堀越は、渋い顔をしながら、口許《くちもと》で笑っている。

「それでは、かいつまんでお話ししますけど、この件は、署長や署の連中には内緒にしておいてくれませんか」

「へえ、署長さんは僕のことが嫌いなんですか？」

「いや、そういうわけじゃないですよ」

堀越は慌《あわ》てて手を振った。

「そうではなく、私がですね、その、捜査本部に内緒で、浅見さんの知恵を借りたいというのには、上司に知られたくないわけがありまして……」

「どういうわけなんですか？」

「つまりですね……なんていうかその、私としてはですね、この際、なんとか鼻をあかしてやりたいのですよ、その、捜査主任の鼻をですね」

堀越はそう言いながら、汚れたハンカチを出して、雫の残りと一緒に、汗を拭った。

「ここだけの話ですが、本庁から来た警部がですね、いやみな人でしてね。われわれ所轄《しょかつ》の者をてんで相手にしないのです。そりゃあねえ、自分の部下のほうが優秀だと思うのは構いませんよ。しかし、現場で食ってきたメシの数は、私のほうがはるかに上ですからねえ……いや、そんなことはちっとも自慢にはならないってことは分かっていますが、しかし、われわれの意見を聞いてくれるぐらいのことはあってもいいじゃないですかねえ。捜査会議なんか、われわれ所轄の人間は、まるで案山子《かかし》か木偶《でく》の坊みたいに扱っているんですからねえ。頭にきちゃいますよ。だからね……だからです、なんとか主任を、そのアッと言わせるようなですね、いわゆる、ひとつの、その、発見をですね……」

堀越は興奮してくると長嶋茂雄ばりの口調になって、最後は収拾がつかなくなったのか、まるで走り回った犬のように「はっ、はっ」と荒い息遣いをした。

「分かりました、面白いですね、それなら僕も協力のしがいがありますよ」

浅見は真面目くさった顔で言った。

「ほんとですか？　だったらあらいざらいお話ししますよ」

堀越は意気込んで、身を乗り出した。

第一章　コスモス、無残

1

石井靖子《せいこ》はこのところ、ひどく気持ちが不安定な状態である。

アパートで机に向かっていても、図書館へ行っても、予備校にいても、なんだか体がフワフワワとして、落ち着かない。

大学を出て五年――いまさら進路をどうするか、考え直すことを迫られようとは、考えてもみなかった。

しかし、冗談でなく、ほんとうに身の振り方を思案しなければならなくなるかもしれない。

なにしろ、来年、靖子は二十八歳になってしまうからだ。

二十八歳という年齢に特別な意味があるとは、石井靖子はいちども考えたことがなかった。二十八歳は、二十七歳の後、二十九歳の前の年齢でしかない――と思っていた。

二十歳には「成人」という、そして二十五歳には「お肌の曲がり角」という、それなりの意味も感じてはいたし、たぶん、三十歳に対しては、恐怖にも似た心理的抵抗を抱いてしまうのだろう。

しかし、二十八歳というのは、そういうもろもろの意味づけや、制約や、しがらみといったことから、ホッと気抜けしたような、いってみれば「忘れられたような」平穏にひたれる歳のはずであった。

ところが、その呑気《のんき》ムードに浸れるはずの二十八歳が、ひょっとすると重大な意味を持つ年齢になりそうな気配になってきた。

この春、法務省は、司法試験制度改革の第一次試案というのを発表した。この案の中に、「二次試験の受験回数を連続三年間で三回以内に制限する」という項目がある。

無縁の者には何のことやら分からないが、これは事実上、受験資格に年齢制限を課すことを意味するものだ。例によって、行政用語の氾濫《はんらん》する文体だから、細目《さいもく》やら但書《ただしが》きやらが沢山あって、細かく説明してもさっぱり分からないし、第一、面白くも何ともないので省略するけれど、この法案でゆくと、二十八歳という年齢が、まさに年齢制限による足切りの対象になりそうな年代ということなのだ。

もっとも、試案の発表と同時に、ごうごうたる反対論がまきおこって、実現までにはかなりの曲折が予想される。また、かりに法案がすんなり通ったとしても、靖子の場合に当てはめると、実際には、まだ何年か余裕がある。

とはいえ、そういう、いわば「標準的年齢」が示されたことで、気分的には、二十八歳を越える重みのようなものを、ズッシリと感じるというわけだ。

国側の言い分としては、それには、ある面で救済措置的な意味あいもある、ということのようだ。いわゆる司法浪人というのは、毎年増加の一途を辿っていて、現在でも、司法試験の受験者は二万名を越えているという。

そのうち合格者はわずか五百名。四十名にたった一人の、まさに「狭き門」である。

「司法試験ていうのは、あれは一種の麻薬みたいなものだな」

予備校で知り合った受験仲間の村上正巳《まさみ》が、いくぶん自嘲《じちょう》ぎみに述懐したことがある。

村上は靖子より六つ歳上だが、現在も定職につかず、日雇いの肉体労働などで、集中的に荒稼ぎしながら、ひたすら司法試験に挑戦しつづけている男だ。受験仲間には、彼のように定職につかない、いわゆるフリー・アルバイターが多い。なまじ特定の会社などに就職してしまうと、予備校に通うのもままならなくなったりして、ますます条件が悪くなる

――と一般的に考えられている。

村上はその時点で、すでに六度の挑戦に敗退していた。

「一度か二度ぐらいはトライするのもいい。しかし、三度目以降となると、もはや際限のないことになってしまうんだ」

その話を聞いた時は、靖子はまだ二度目の挑戦に失敗したばかりだった。充分すぎる若さと、初々《ういうい》しさが彼女にはあった。

だから、このへんで止めておいたほうがいい――と、村上は言いたかったらしい。

その時は「何よ」と靖子は反発した。

「どうせやり始めたことですもの、結論が出るまでやってみるっきゃないわ」

「結論ねえ……」

村上は苦笑した。顎《あご》の張った、細長い顔の男で、皮肉な笑いを浮かべるのが得意だ。

「結論が出せるうちはいいけどね。そのうちに結論なんか出ないことが分かっていても、止められなくなってしまうのが司法試験地獄ってやつだ。要するに、司法試験という大義名分を掲げて、都合が悪くなるとそこを逃げ場にするようになるわけだな」

村上が何を言っているのか、靖子には分からなかった。「逃げ場」の意味が分かってきたのは、現実に三度目の挑戦を撥《は》ね退けられた時のことだ。

それでもむろん、靖子は撤退する気になどならなかった。（また来年があるじゃないの――）と、即座に思った。

「どうするんだ、おまえ」

上京してくるごとに、父親の秀司は決まってそう訊く。そのつど、靖子は「まだまだ、これからよ」と、威勢よく答える。

「そうか……」

秀司はそれ以上は追及しない。いちど小言めいたことを言って、娘にこっぴどい反撃を食って以来、文句を言わなくなった。

定職にもつかず、さりとて結婚を考えるでもない靖子を、東京に一人で下宿させていることに、秀司がどれほど心配しているか、靖子にもよく分かる。

彼女自身、時折り、ふっと（こんなことをしていて、いいのかなあ――）と思う。しかし、そう思うそばから、（私には司法試験があるじゃない――）という、もう一人の自分の声が聞こえてくるのだ。

父親が不安がっているのと同じ程度に、世間の好奇の目も、この身に刺さってくるのを、靖子は感じてはいる。

「きみは独身主義か？」

「いつまでもフリー・アルバイターをやっているわけにもいかないだろう」

そういう、忠告めいたことを言って、それとなく口説《くど》いてくる男たちも何人かいた。

そのつど、靖子は「司法試験」という言葉を口にした。

「司法試験に合格したら、身の振り方を考えるわ」

「そうか、司法試験か……すごいよなあ」

大抵の男が——いや、男ばかりでなく、むろん女性たちだって「司法試験」と聞くと、一様に辟易《へきえき》したように引き下がる。

まさに「司法試験」の四文字は錦《にしき》の御旗《みはた》、水戸黄門《みとこうもん》の印籠《いんろう》ほどの効果があるのだ。

もっとも、世間の煩《うるさ》い目に対して、司法試験挑戦中という事実を、あまねく知らしめていないと、知らない人からは、ただの遊び人にしか見られかねない危険性はある。

だから、みっともないと承知しながら、靖子は会う人ごとに、訊かれもしないのに「司法試験」のことを吹聴《ふいちょう》しなければならない。

そのうちに、靖子は、自分自身に対しても、「司法試験」をあらゆる懐疑や不安への弁明に使っていることに思い当たった。

（私には司法試験があるのだから——）

その考え方は、たしかに村上の言っていたとおり、逃げ場を求めていることになるのであった。司法試験の勉強のために、すべての欲望を擲《なげう》っているのだもの、多少のことには目をつぶってよ――。

世の中は求道者《ぐどうしゃ》に対しては、比較的寛大なものである。いまは埃《ほこり》まみれの墨染《すみぞめ》の衣《ころも》を纏《まと》って、門付《かどづ》けに歩いていても、やがてはありがたいお坊さんになると思えば、喜捨《きしゃ》もするし、時には合掌《がっしょう》してその苦労を偲《しの》ぶものである。彼が見えないところで酒に酔い痴《し》れていようが、女性にもてていようが、求道者を装っているかぎりは、大抵の場合、世間は同情的に見てくれる。本人だって、いまはこんなことをしているけれど、いつかおれは悟りの境地に達するのだ――と自己暗示をかけていさえすれば、まず自己嫌悪《じこけんお》におちいることはないとしたものだ。

もっともいけないのは、求道に終わりはないということだ。彼はいつでも悟りへの道の過程にある。イモムシがいつ蝶《ちょう》に変わるか、あのみにくいノロノロした歩みですら、崇高《すうこう》な求道の姿だと思うと、軽蔑できない。

ある時、突然、文字どおり羽化登仙《うかとうせん》して、「司法試験合格」のキップを手にかざし、ありがたーい弁護士様へと変身する可能性を、この私は秘めているのだーッ――と、そういう気分が、いつも心のどこかにある。また、そうでなければ、司法試験浪人なんて、やってられないのかもしれない。

予備校でいつも顔を合わせる仲間（もしくはライバル）の中には、不惑《ふわく》を越えたような男や女が何人もいる。靖子の目から見ても、もういいかげんでやめにしたら――と言いたくなるような、見込み薄のおじさんだって少なくない。

受験歴何十回という者もいるし、かと思うと、靖子より若い大学を出たばかりの青年が、たった一度の試験で、難関をスイスイ突破してゆくこともある。

靖子など、まだまだ若いと思っていた。思っているうちに、二十七歳を迎え、下手をすると、いつの間にか国の定める「受験定年」なんてことになりかねない。（年齢制限だなんて、ひどい――）と思う反面、どこかで、（いっそ、そうなったほうがいいのかもしれない――）という気がしないでもなかった。そうでなければ、自分がいったい、いくつになったら、司法試験を諦《あきら》めることができるのか、靖子にはほとんど自信がなくなっていた。

会社の定年はかつて五十五歳から、いまや五十七歳、ところによっては六十歳にまで延長しているそうだ。二十八歳前後というのは、五十五～七歳の定年の半分という意味があるのかもしれない。つまり、定年の半分まで生きたところで、人生の方向を決めなさい――という配慮が法改正の裏にはあるのだろうか。だとしたら、結構な親心というべきだ。

父親の秀司は、その法案のことがニュースになった時、たまたま東京に来ていた。

「なかなかたいへんだな」

靖子が借りているアパートの部屋に泊まった翌朝、新聞の記事を読んで、あっさりとそう言ったきりだ。

「よかったと思ってるんでしょう」

靖子は絡《から》むように言った。

「どうして？」

秀司は気弱そうな目を娘に向けた。

「早く嫁に行かせることができるって、そう思っているんでしょう」

「ばかな……」

苦笑して、

「嫁に行くことばかりが女の道ではないだろう」

「へえー、父さん、そんなふうに考えていたんだ。割りと新しいわね」

秀司が一人娘の自分を嫁に出したがらないことは、靖子には薄々、察しがついていた。どこの父親でも、娘を嫁に出すということには、かなりの抵抗があるらしい。ことに石井家の場合、母親が若くして死に、およそ二十数年のあいだ、親一人子一人の暮らしで、ずっとやってきた。

ふた言めには「母さんそっくりだ」と目を細める秀司には、その意味からも靖子を手放したがらない理由があるのだろう。

「私はお嫁になんか行かないつもりよ」

「どうしてだ、おれに気を遣《つか》ってるなら、余計なお世話だぞ」

「べつに気なんか遣わないけど、本人にその気がないんだから、仕方ないでしょう。邪魔だったら、家を出てもいいけど」

「邪魔なわけはない。なんなら、いますぐ戻って来てもいい。お手伝い代わりにもなるしな……しかし、親としては、それでは具合が悪いということはある。まあ、私は強制するのは嫌いだから、おまえの好きなように、自由にやるがいい」

秀司は満更《まんざら》でもない顔をしていた。

秀司はことし五十五歳になった。父親の代から、青森県弘前市の真ん中で古本屋を営んでいる。

林真理子の小説がテレビドラマ化されて以来、本屋の娘像――といったものが、なんとなく形づくられてしまった観がある。父親が無気力で、娘は鼻っ柱の強い女――というのは、しかし、靖子にしても思い当たることがないわけではなかった。

林真理子の作品はこれまで読んだことがなかったし、これからも読みそうにないけれど、あのドラマと、それからアグネス・チャンとの論争騒ぎのお蔭で、人間的には親近感を覚えるようになった。

まったく、あのアグネスの自己中心的な「子連れ労働論」というのは、鼻もちならないと、靖子も思っていた。新幹線で見知らぬ紳士が、赤ん坊にベロベロバーをやってくれたとかで、仕事場でもレストランでも、どこにでも赤ん坊を連れてゆくのが当然と言って憚《はばか》らない神経には、呆《あき》れて物が言えない。疲れて眠っている車内で、赤ん坊がギャーッと泣き叫ぶのを、誰が快く思うものか。ロマンチックな気分に浸《ひた》っているレストランで、出来の悪いガキが皿をひっくり返すのを、笑って見ているのはよほどのアホだ。

「あーら、可愛い」と言う言葉の裏側に、「こんな豚児《とんじ》を連れてきやがって」という罵声《ばせい》が隠されていることが見えないなんて、なんという自己中心的な女なんだろう――と思っていた。

そういういやな女だけにはなりたくないと思うと、結婚も恐ろしくなる。魅力的な女性と、ひそかに憧れていたひとが、結婚して子供が出来たとたん、ただのオバサンに変身してしまうのを、何度も見た。女は弱し、されど母は強し――の格言は、決して、女性を美化して言ったものではないらしい。

結婚もだめ、そして司法試験もだめ――などということになったら、私はいったいどうすればいいのかしら――。

靖子の悩みは、司法試験の季節が近づくにつれて、深刻にならざるを得なかった。

2

筆記試験を目前に控えた、五月上旬のある日、秀司から電話があった。

「急に東京へ行くことになったもんで、久し振りに、一緒にめしでも食おうかと思ったのだが」

「ほんと……あ、だけど、試験が近いのよねえ」

「ああ、分かってるよ、新聞に出ていた」

秀司は口調が弱くなった。

「いや、無理ならいいのだが、あまり根《こん》をつめて勉強ばかりしていても、体によくないいんじゃないか。たまには息抜きも必要だし、栄養補給をしてやろうと思って……しかし、無理ならいいんだ」

「そうね……」

靖子は、なんだか父親が気の毒に思えてきた。

「じゃあ、ご馳走になっちゃおうかな」

「そうか、そうするか、それがいいな、ははは……」

秀司は意味もなく笑った。

五月六日、靖子が約束より少し遅れて赤坂ワイドホテルに行くと、ロビーの人込みの中から、背伸びをするように、こっちに合図を送っている父親の姿があった。靖子は駆けて行って、ピョコンとお辞儀をした。

「中華料理でいいか？」

秀司は挨拶代わりに、照れ臭そうにそう言うと、エレベーターのある方向へどんどん歩いて行った。

「うん、何でもいいけど、そんなに無理しないでね」

「まあいいさ、たまだからな」

十八階にある四川飯店《しせんはんてん》に入った。窓際の席は満員で、いちばん奥の壁にくっつきそうなテーブルに案内された。オーダーを取りにきたウエイターに、二人それぞれの好みの料理と、ビールを注文した。

「いよいよだな、どうなんだ、やっぱりこれが最後のチャンスになるかもしれないのかね」

ウエイターが行ってしまうと、秀司はおしぼりで顔を拭きながら、言った。

「やめてよ、最後だなんて」

「だってそうなんだろう？」

「まだそうと決まったわけじゃないわ。受験者側は猛反対してるって、みんな言ってるし、立法化するのは難しいんじゃないかな。それに、たとえそうなったとしても、そういうプレッシャーのかかるようなことをストレートに言うもんじゃないの」

「そうか、そうだな、悪かった」

「謝ることないけど……父さんはあれでしょう、私が司法試験なんかに合格しないほうがいいと、内心、思っているんでしょう」

「そんなことはないよ。そりゃ、もちろん合格してくれることを願っている。しかし、だめならだめで、それもいいとは思っているけどな」

「でしょう。それが津軽人のやっかみ癖っていうやつね。ひとが成功すると、あれは時の運に乗っているだけで、実体は大したものではない——っていう」

「そりゃ、他人に対しての話だろう。娘が成功して、気分の悪い親はいないよ」

「甘いなあ、娘だって他人の始まりなんだから」

「そうかなあ、他人かなあ……」

秀司は寂しそうな顔になった。

「今度はいつまで？」

靖子は急いで話題を変えた。

「二日間の予定だ。弘前の人間で、ちょっといい出物があるから、扱ってみないかという人がいる。うまいこと高く売れれば、少しいろいろ仕入れて帰りたいし、あと一日ぐらい延ばすかもしれんが」

古本の交換市に顔を出すのが、秀司の上京の目的、ということになっている。しかし、本当の目的は靖子の様子を探ることにあるのは、おたがい、うわべは触れないようにしているけれど、ちゃんと承知していることであった。

「いい出物って、古文書《こもんじょ》か何か？」

「いや、それがちょっと変わっていて、肖像画なんだが」

「肖像画？　誰の肖像なの？」

「誰って、べつに、ただの女の絵だ」

「そんなものが高く売れるの？」

「ああ、描いた人間が珍しいからな」

「つまり、画家ってこと？」

「いや、画家ではないのだが……」

「誰なのよ、もったいぶらないで教えてよ」

「ああ……」

秀司は口ごもりながら、なんとなく照れたような顔になって、言った。

「太宰《だざい》だよ」

「え？」

靖子は一瞬、「ダサイ」と聞こえて、目を丸くした。

「太宰だよ、太宰治《おさむ》」

「えっ？　じゃあ、あの太宰治が描いた肖像画なの？」

「ああ、そうだよ」

「太宰治って、絵を描いたの？」

「ああ、なかなかの腕前だったらしい。ほかにもすでに発表されたものがある」

「ふーん……本物なの、それ？」

秀司はジロリと靖子の顔を睨《にら》んだ。

「そういう、仕事のことに無責任な口出しをするもんじゃない」

「ん？　ああ、ごめん……」

父親の職業的プライドを傷つけたことに気付いて、靖子は慌てて謝った。

少し白けて、話題が中断した。

「こんなところに泊まらないで、うちに泊まればいいのに」

靖子は気を取り直して、言った。

「いや、今回はずっとホテルに泊まるよ。おまえの邪魔をしては悪いからな」

「だけど、もったいないじゃない」

「そう言ってくれるのはありがたいが、今回は遠慮しておく」

秀司が今回は――というところに力を入れているのは、やはりこれが最後のトライになる可能性があると思っているからだ。

「正直いうと、例の法案が通らなくても」

と、靖子は憂鬱《ゆううつ》そうに言った。

「私、今回かぎりで弘前に帰ろうかって思ってる」

「どうして？　そんなふうに諦めるのは、おまえらしくないじゃないか」

「うん、そりゃそうだけど、もうこのあたりが見切りどきかなって、そういう感じもあるわけよね。実際、二十八歳を越えると、合格率は極端に低くなるっていうデータもあるそうだし……そういうこと、役所はちゃんと見抜いて、いろいろ決めたりするのだろうなって思うし」

「だけど、帰ってどうするんだ?」

「分からないわね。その時になってから考えるつもりだけど」

「なんだ、計画性のないやつだな」

「だって、いまから落ちることを予測しておくなんて、縁起でもないじゃない」

ビールが運ばれてきた。秀司は靖子の前にグラスを置いて、「少しはやるんだろ?」と訊いた。

「うん、ちょっとね」

「彼氏でもできたのか」

「どうして?」

「前は飲まなかったからな」

「ばかねえ、そんなの、関係ないわよ」

「しかし、その歳で、付き合っている男がいないわけじゃないだろう」

「それが不思議にいないのよね」

「ほんとか?」

「ほんとうよ、嘘だと思ったら、探偵にでも調べさせればいい」

「ばか、親が娘の素行《そこう》調査をしてどうするんだ? しかし、そうか、案外もてないんだな、おまえ」

秀司は嬉しそうに笑った。

「言い寄ってくるのは沢山いるわよ。いるけど、どれもこれも、いまいちでね」

「そんなこと言ってると、相手がいなくなっちまうぞ」

「それならそれで、いっそいいじゃない。父さんと二人でのんびり暮らすわよ」

冗談で言ったつもりが、言ったとたんに、靖子はなんだか、現実にそうなったほうがいいような気分がしてきた。

（私もトシかな――）

ふと、そう思った。そう思ったことが、靖子を驚かせた。それまで、ただの一度だってそういう心理になったことはない。政府が年齢制限を持ち出したのは、満更、根拠のないことでもないのかもしれない。

食事を終えて、一階のラウンジでコーヒーを飲んだ。なんとなく気詰まりな雰囲気であった。それぞれに次元の異なる問題を抱えた者同士――という感じで、しばらく無言でコーヒーを啜《すす》った。

「さっきの、あれだけどな……」

秀司がポツリと言い出した。

「あれって?」

「ほら、肖像画の話だ」

「ああ」

さっき、少しきつい反応を見せたことを気にしているんだ——と、靖子は父親が気の毒になった。

「その肖像画だが、『津軽』の旅の途中で、たまたま話を聞いたんだ」

「津軽の旅って……どういう意味?」

弘前そのものが「津軽」のど真ん中だ。靖子は突然、何を言っているのか——という目になった。

「なんだ、『「津軽」を旅する会』のこと、忘れたのか」

「ああ、あれ?」

太宰治の小説『津軽』の中で、太宰は十四日間をかけて津軽半島を旅している。『津軽』は一種の紀行文学というべきものだ。その時に太宰の旅したコースをなぞる旅行会は、靖子がまだ高校に通っている頃に企画され、靖子も一度、参加したことがある。

太宰治は津軽出身の作家で、もちろん、地元に根強いファンが多い。

秀司が主宰《しゅさい》するその旅行会も、当時は県内外からの参加者で賑わったものだが、近年、活字離れが進んだせいか、かつてほどの人気はなくなった。

靖子も父親ほどには太宰に傾倒もしていないし、作品も、せいぜい二、三点しか読んでいない。それも、「旅行会」に参加するための、お義理のような意味あいで読んだ程度であった。

「じゃあ、あれ、まだ続けているの？」

「続いているさ」

秀司は憮然《ぶぜん》とした顔をした。

「いいなあ、私もまた参加してみたいな」

靖子は父親の機嫌を取るような口調になった。秀司は苦笑したが、肖像画の話はそれっきりになった。

秀司は玄関まで送ってきた。

「試験、がんばれな。結果が分かったら知らせろよ。それと、さっきのこと……もし東京を引き払うのなら、大歓迎だ」

言いにくそうに言って、「じゃあな」と背中を見せた。

3

難しい事件ほど、大抵の場合、なんでもないような始まり方をするものである。テレビドラマなどで、よく「ヤマさん、殺しだ」などという台詞《せりふ》で、刑事どもがダーッとばかりに飛び出してゆくようなのは、最初から殺人事件と分かっているわけで、どちらかというと単純なケースが多い。

厄介なのは、発生段階では、病死なのか自殺なのか、それとも他殺なのかが、判然としない状況のケースで、こういうのはえてして解決まで時間がかかるとしたものである。

五月八日、赤坂ワイドホテルから警視庁に入った１１０番通報も、最初は宿泊客の病死――というものであった。

「チェックアウト予定のお客様が、時刻を過ぎても起きていらっしゃらないので、念のためにお部屋を調べましたところ、亡くなっておられたもので……」

ホテルのフロントからそう言ってきた。

「べつに争った様子だとか、外傷のようなものはありません」

かりに病死であっても、一応、不審死ということになると、警察による検視が必要だ。

ホテルにしてみれば迷惑この上もないことだが、止むを得ない。

所轄《しょかつ》の赤坂警察署から刑事と鑑識、合わせて八名が出動した。鑑識は途中で医者を拾って行く。

赤坂ワイドホテルはこの界隈としては比較的規模の小さいほうだが、それでも地上十八階建て、客室数は四百を越える。ビジネスホテルと都市ホテルとの中間的な性格を持ったホテルで、料金も手頃だし、国会や官庁に近いせいか、地方から陳情に上京した客などが多い。

パトカーと鑑識の車は通用口から敷地内に入った。

「まことに申し訳ありませんが、なるべくお客様のお邪魔にならないよう、ご配慮をお願いします」

副支配人が平身低頭、頼み込んでいる。捜査員は従業員用の入口から建物に入り、目立たないようにエレベーターに乗った。

死んだのは、八階の818号室の客であった。シングルの狭い部屋だ。医者と鑑識係が二名、それに刑事が二名入ると、狭っくるしい感じになった。残りは廊下で中の様子を窺《うかが》った。

長逗留《ながとうりゅう》の客をべつにすれば、この時間帯はチェックアウトとチェックインとの合間で、ホテル側としては、もっとも平穏な時間ということになる。それでも、時ならぬ捜査員の出現に、なにごとか――と驚いて足を停める客も少なくない。

死体はベッドの上に、発見時のまま、手をつけない状態で放置されていた。うつ伏せで、苦悶の表情を浮かべ、胸のあたりを掻きむしるような手の恰好をして、息絶えていた。

部屋の中はあまり荒れていない。テーブルの上にほとんど空になった缶ビールの缶が載っており、床にはグラスが転がって、液体がこぼれていた。

じつは、その液体――ビール――の中から、後に毒物が検出されたのだが。それ以外には争ったような気配はまったくなかった。

医者はまず直腸の温度を計って、死後推定時間を十二、三時間～十七、八時間とした。それから瞳孔《どうこう》の具合や瞼《まぶた》を引っ繰り返して鬱血《うっけつ》がないかどうかを見た。

死体を調べながら、医者はしきりに首をかしげた。

「かなりの痙攣《けいれん》に襲われたらしいですな。神経系統の発作のようだが？……」

医者は注射器を取り出して、心臓血を採取して、鑑識に渡した。毒物チェックのために検査センターへ持ち込むのである。いつもやる、お決まりの儀式みたいなものだから、警察官が代わりにやってもよさそうなものだが、死体に損傷を与える行為は、医師のみに許される。

「事件性があるかどうか分かりませんが、一応、解剖《ひら》いたほうがいいでしょうね」

医者は進言した。死体は監察医務院へ運ばれることになった。

その作業が行なわれているあいだ、堀越部長刑事はフロントで事情聴取をしていた。

死体の発見者は清掃係の川間幸子《かわまさちこ》という女性である。

「フロントから言われて、声をおかけしたんですけど、お応《こた》えがなかったものですから、マスターキーでドアを開けました」

「そうしたら、あの状態で死んでいたのですね？」

「はい、そうです」

川間幸子は青ざめた顔をして、小さく頷《うなず》いた。

「それからフロントに報告したのですね？」

「はい」

「それ以外、何か変わったことはありませんでしたか？」

「いえ、べつに」

死んだ男の身元は宿泊カードに記載されていた。

弘前市土手町——石井秀司（55）

電話番号も書かれてあったので、連絡すると「はい、石井書店です」と、若い女性の声が出た。

「ええと、あなたは石井秀司さんの娘さんですか?」

「いえ、ここの店員ですけど」

「石井さんのご家族はいませんか?」

「はあ、いまは誰もいません」

「そうですか……弱ったな、こちら東京の赤坂警察署の者ですがね」

「警察?……」

「ええ、じつは、石井秀司さんが東京のホテルで急死されましてね」

「ええっ！　おじさんが?……」

女性は悲鳴のような声を出した。

「おじさん、というと、おたくさんは姪《めい》ごさんですか！」

「いえ、違いますけど、いつもおじさんて呼んでいるんです。でも、あの、おじ……石井さんが亡くなったって、それ、ほんとなんですか?」

「本当ですよ。といっても、まだ確認できたわけじゃないですがね。一応、ホテルの宿泊カードには石井秀司さんの名前が記入されています」

「じゃあ、まだ、ほんとに本人かどうかは分からないのですか?」

「そりゃまあ、誰かが偽名を使っているとすれば、そういうことになりますが、いまのところは石井さんの名前しか分かっておりません。それで、誰か、至急、身元確認のために来てもらいたいのですが」

「…………」

「おたくさん、お名前は？」

「は……はい、横山です、横山美智代」

「横山さんね。それじゃ横山さん、そういうわけだから、石井さんの家族の人に、大至急、東京の赤坂署に連絡してくれるよう、伝えてもらえませんか」

「あの、石井さんの娘さんが東京にいるんですけど」

「ほう、そうですか、そりゃよかった。それじゃ、その人に来てもらいましょうか。ええと、連絡はそちらからやってくれますか？　それでも、一応はその人の名前と住所を聞いておきましょうかね」

「石井靖子さんです。靖国《やすくに》神社の靖って書いて、セイって読みます。住所は、あの、アパートですけど、杉並《すぎなみ》区天沼《あまぬま》四丁目——電話番号は……」

横山美智代は、喋《しゃべ》っているうちに、緊張が激しくなったのだろう、声が震えていた。

その電話番号に連絡してみたが、石井靖子は不在であった。所轄の杉並署に依頼して、付近の派出所から、巡回のついででもいいから、立ち寄りと連絡をしてもらうように、手配をした。

その時点では、まだのんびりムードで作業が進められていた。それが一変したのは午後二時過ぎ、警察病院での解剖結果で、どうやら毒物による中毒死の疑いが濃厚——という判断が下された時からであった。

「毒物の種類等は分析にかけてみないと特定できないが、いずれにしても通常の病死でないことは確かだ。何か、強力な神経毒を服用した形跡がある。たぶんアルカロイド系の毒物と思料されるが……」

監察医はそう言っていた。

ただちに赤坂ワイドホテルの問題の部屋は封鎖された。八階には約三十室近い客室があるのだが、その部屋の一角にある十室については、投宿している客を他の部屋に移動してもらい、廊下も立ち入り禁止状態にしてもらった。

赤坂署からは応援の捜査員が、制服私服とりまぜて十数名、駆けつけた。

ホテル側はなんとか隠密裡《おんみつり》にことを運びたがったのだが、もはやそういうわけにいかなくなってきた。

事件発生からまもなく、どこから聞きつけたのか、報道関係者がやってきた。カメラマンなどの露骨な取材は退けたものの、一般の客と見分けがつかない服装でやって来た者まで、追い返すわけにはいかない。フロントやロビーで従業員に質問したり、中には八階にまで侵入して、現場に肉薄し、小型のカメラで盗み撮りする者まで現われた。

ところで、死体のあった部屋からは、毒物の容器等は発見されなかった。

所持品はスーツケースと、デパートの買い物袋に詰まったもので、中身は着替えや洗面道具類のほかは、ほとんどが書籍であった。それもすべて古本ばかり。しかも、一つ一つ丁寧に紙に包んである。よほど値打ちのある本なのだろう。

洋服のポケットに現金とキャッシュカードがあった。現金は二十六万円あまり。それには手をつけた形跡はないところを見ると、かりに外部から侵入者があったとしても、盗み目的ではなかったと考えてよさそうだ。

その「外部からの侵入者」だが、はたしてそういう人物がいたのかどうかが、そもそも論議の的であった。

部屋のドアは、大抵のホテルがそうであるように、閉まると自動的にロックされる仕組みになっている。たとえ何者かが部屋に入っていたとしても、その人物が出て行けば、そのまま密室状態になってしまう。

ただし、部屋に入るためにはノックをするかチャイムを鳴らして、中から開けてもらうわけだから、中の人間——石井秀司の了解がなければならない。とはいえ、必ずしも石井の知人であるかどうかは、それだけでは判定できない。早い話が、ホテルの人間を装えば入室を拒絶する理由はないのだ。そうでなくても、ひとまずドアを開けて用件を聞こうとするのは、ごく当たり前のことだ。

石井の死が自殺や、あやまって毒物を服用したものでなければ、何者かが部屋に入り、石井に毒物を飲ませたことになる。

ビールに混入して飲ませたとなると、かなり親しい間柄でなければ、そういう状況にはなり得ないと考えられる。

ホテルの従業員や、隣接する部屋に宿泊していた客の中には、誰かが石井の部屋を訪れたのを見たと断言できる者はいなかった。また、石井の部屋で話し声がするのを聞いたという証言も得られなかった。

もっとも、だからといって、そういう事実がまったくなかったことにはならない。ホテルの中を人が歩いているのを、いちいち奇異に感じたりすることはないし、各部屋にはテレビがあって、それらしい音声が洩《も》れてくることは珍しくもなんともない。ことさらに注意を惹《ひ》かれなかったというだけで、実際は誰か訪問者があった可能性のあることは否定できないのだ。

親しい訪問者であるなら、石井一人がビールを飲んでいたという状況は、少しおかしい。当然、テーブルを挟んで、ビールを酌《く》み交わすのがふつうだ。客が下戸《げこ》であるなら、ジュース類だって、冷蔵庫には入っている。第一、缶ビールの容量はグラス二杯分はたっぷりある。缶に残っていた量は僅かで、二人のグラスに酌み分けたと考えられる。それを裏付ける事実があった。

部屋にはグラスが二個、備えてある。そのうちの一個が前述したように床に転がっていて、石井の指紋と従業員の指紋が採取されたのである。

残りの一つは洗って、水を拭き取った状態で、冷蔵庫の上にあった。毎日、チェックアウトごとに交換しているから、それはそれでいい。ところが、グラスには指紋がなかった。石井の指紋はもちろんだが、従業員の指紋までがないとなると、これはいささか不自然だ。何者かが使用後、指紋が残らないように丁寧に拭き取ったとしか考えられない。

死んだ石井がそんなことをしたとは考えられないから、これは常識的にいって、「訪問者」の仕業《しわざ》ということになる。自殺説が否定される、これは有力な事実であった。

自殺説が否定されたのには、もう一つの理由があった。所持品の中に、はっきり遺書と思われるものがなかったことだ。「はっきり」と書いたのには理由がある。意味不明のメモが発見されたからである。

荷物のほとんどを占める書籍と一緒に、ファイルブックが入っていて商売用の書類等が挟み込んであった。

書類には書籍の目録や、おそらく仕入れ価格の覚え書と思われる数字が書き込んである。そこにはそれ以外に、直接興味を惹くようなものはなかった。

問題のメモは、ズボンのポケットから発見された。手帳の一枚を破り取ったような紙に、次のような文字が書いてあった。


コスモス、無残。

マネク、ススキ。アノ裏ニハキット墓地ガアリマス。

4

択一《たくいつ》試験のお疲れ会を、靖子は村上正巳と二人、新宿のステーキハウスで開催した。ビールで乾杯したあと、靖子はさばさばしたように言った。

「父にも言ったんだけど、私、この試験がだめだったら帰ろうと思うの」

「帰るって、弘前にかい？」

「うん、もう見切りどきだから」

村上正巳は複雑な表情を浮かべた。

「まだだめと決まったわけじゃないのだからさ、そう簡単に諦めることはないだろう」

「ううん、たぶん……というより、絶対にだめね。自信がある……というのも変かな。とにかく、ミスが多かったことは確かよ」

司法試験の第一次試験はマークシートによる択一試験である。「記憶力が勝負」といわれるように、六法全書を隅から隅まで、徹底的に暗記した者、そして、その記憶を最大限呼び起こした者が勝ちだ。

スピードと正確さが要求される。そして、当落のボーダーライン上には、一点か二点の差でひしめきあう。笑う者、泣く者はその一、二点が分かれ目なのだ。

あそこで一つ間違わなければ――という悔いが残る。逆にその一カ所さえ正解していれば、難関を突破できたはずだという、悔しさの裏返しのような自信を抱く。

今度はうまくやれる――という次回への希望に繋《つな》がる。

そうして、際限のない司法試験地獄にはまり込むのである。

「でも、私はおりるわ」

靖子はポーカーのようなことを言った。

「いまなら、まだ出直しがきくでしょう」

「そうだなあ」

村上もその点には異論はなかった。

「おれだって、おりられるものなら、おりてしまいたいと思うことがあるものな。しかし、いまとなっては引き返せない」

「村上さんは大丈夫よ。私なんかと違って、いつも惜敗《せきはい》なんだもの。今度は入ってるわよ、きっと」

「いつもそう思いながら、結局、詰めが甘いんだよな」

「大丈夫よ、来年のいま頃は、もう先生様になっているわよ」

「ははは、先生様か……」

村上は寂しそうに笑った。

実際、司法試験は天国と地獄を隔てる壁である。壁の向こうには弁護士、判事、検事への道が開けている。しかし、壁を通過しないかぎりは、ただの、みじめったらしい浪人でしかない。

「もし通ったら……」

村上は意味ありげな目で靖子を見た。

「またァ、だめよ、そんなみみっちいこと考えてちゃ。第一、弁護士先生になったら、私のことなんか忘れちゃうに決まってるんだから」

「いや、そんなことはないって。必ず靖子にプロポーズするよ。きみこそ、その時になって、知らない人みたいな顔をしないでくれよな。いや、そんなことを言ってるけど、ひょっとすると、きみのほうが先生様になってるのかもしれないんだよな」

「あははは、ばかばかしい」

靖子は男みたいな笑い方をして、ビールをひと息で飲んだ。今夜は少し酔ってやろう――というつもりになっていた。

もしかしたら、村上とどうにかなってしまうかもしれない。それならそれでもいいわ。私の悲しい青春の、これが最後の日になるのかもしれないのだもの――。

村上はしかし、依然として紳士であった。苦労してタクシーを拾ってきて、天沼のアパートまで送ってきてくれた。

「寄っていきませんか。コーヒーぐらいご馳走するわよ」

タクシーを降りて、靖子は誘った。

「そうだな……」

村上は考え込んだ。そういうところが、靖子には少しまだるっこい。

その時、アパートの中から管理人のおばさんが飛び出してきた。

「石井さん、大変よ！」

ただごとでない様子だったが、村上を見て、ちょっと戸惑《とまど》った。

「何ですか、おばさん？」

靖子は催促《さいそく》した。

「あのね、お昼過ぎ頃、警察から連絡があって、大変なのよ……いい、気を確かに持って聞いてちょうだい。あのね、石井さんのお父さんがね、お亡くなりになったのよ」

「えっ……」

靖子はおばさんの顔を見つめた。何かひどい悪口を言われたような反感を、人の好いおばさんに感じていた。

「どういうことですか、それ？……」

「どういうって……とにかくね、警察に電話してちょうだい。ここに電話番号を書いてあるから、さあ、早く」

おばさんはメモを示すと、靖子の背中を押して、アパートの電話のところまで連れて行った。

それでも靖子は茫然《ぼうぜん》としていた。彼女の後ろから村上が手を伸ばして受話器を摑《つか》み、メモの番号をプッシュした。

「警察ですか、こちら石井さんの……あの、亡くなった石井さんの……名前、何ていうんだっけ?」

村上は靖子に訊いたが、彼女が答えるより早く、受話器の向こうから「石井秀司さんのことですか」と言った。

「あ、そうです。それでですね、石井さんの身内の者なんですが、石井さんは、どちらで亡くなったのですか? あの、死因は何なのですか?」

「おたくさんは、石井さんの何に当たるひとですか?」

「あ、僕はですね、他人ですが、ここにですね、石井さんの娘さんがいるのです……靖子さんていいます」

「ちょっと本人と代わってくれませんか」

「いや、いま具合が悪いもんで、僕が代わってお聞きします」

「だったら、至急、赤坂署まで来てくれませんか。身元の確認をしてもらいたいのですよ」

「分かりました、赤坂署ですね」

受話器を置いて、村上は靖子を振り返って、励ますように言った。

「行こう」

靖子は黙って、コクリと頷《うなず》いた。村上正巳がこんなに頼もしく見えたことは、かつてなかった。とはいえ、その時、靖子にはそういう判断力も分析力もあったわけではない。ただ、頼るものは村上しかいない——という現実がそこにあっただけだ。

無意識のうちに、靖子の両手が村上の腕に縋《すが》っていた。

表通りまで出て、タクシーを停めた。

「どちらまで？　戻りなんでね」

運転手は乗車拒否をしそうな雰囲気で、訊いた。

「赤坂警察署までやってもらいたいのだけど」

村上は叫んだ。「警察」のひと言で運転手の態度は変わった。ひょっとすると刑事と勘違いしたのかもしれない。

深夜の上り方向は、車が空いていたが、運転手は無茶なスピードは出さなかった。

赤坂警察署は国道246号を挟んで、東宮御所《とうぐうごしょ》と向かいあっている。場所はいいのだが、建物は古く、夜でなくても暗いイメージだ。村上も靖子も警察に入るのは初めてで、一瞬、気後れがしたが、躊躇《ちゅうちょ》している場合ではなかった。

新たな事件が発生したとあって、署内は活気に満ちていた。受付のような場所にいた巡査が二人に気付いて、声をかけた。

「あんた、石井さんの身内のひと?」

「はい、そうです」

「だったら刑事課へ行って。階段を上がってすぐのところだ」

二人は追い立てられるように、その指示に従った。

刑事課へ行くと、顎の張った中年の男が応対に出て、名刺を出した。警視庁赤坂警察署刑事課巡査部長の肩書がある。

「堀越といいます。じゃあ、すぐにホトケさんを見に行ってもらいましょうか」

さりげなく言った「ホトケさん」という言葉が、靖子にはこたえた。

堀越部長刑事はもう一人、若い刑事を伴って、村上と靖子を駐車場まで案内して、パトカーに乗せた。

パトカーは赤色灯をつけ、威勢よくサイレンを鳴らして、夜の街をつっ走った。

「あの、父は病院なのでしょうか?」

靖子はようやく口をきいた。

「いや、大塚《おおつか》の監察医務院です。解剖しましたのでね」

「解剖……」

靖子は体を震わせた。皮膚をメスで切り裂かれる感触が背筋を走った。

「石井靖子さんでしたか」

堀越は助手席から振り返って、言った。

「ええ、そうです」

「あんた、いままでどこへ行っていたんです?」

まるで、父親が娘を叱るように言って、ジロリと村上の顔に視線を走らせた。

「新宿で食事をしていました」

返事が出来ないでいる靖子に代わって、村上が答えた。

「じつは、司法試験が終わったもので、お疲れさまの会を開いたのです」

「ふーん、司法試験ですか」

堀越はいくぶん表情を変えた。司法試験となると、満更、警察と関係がないわけでもない。ひょっとすると、将来、検事ドノになるかもしれない相手である。

「しかし、昼からずっと連絡していたんですがね、それに、新聞にも出たし、テレビでも放送したんじゃないかな」

「そうでしたか、ぜんぜん気がつきませんでした」

村上は唇を噛《か》んだ。

「そうすると、おたくさんは石井さんの何に当たるのです?」

「友人です。司法試験仲間といってもいいですが」

「ほう、そうでしたか」

堀越は無遠慮な視線を、靖子と村上の顔に往復させた。村上は不愉快だったが、抗議はしなかった。

走りだしてまもなく、フロントグラスに雨が当たりはじめた。

「いやな雨だな」

堀越が誰に言うともなく、ぼやいた。

監察医務院は陰鬱《いんうつ》な雰囲気であった。夜だから——というわけでなく、おそらく昼も同じようなものだろうと思わせた。ここの重要な役割は司法解剖なのだから、無理はないのだが、外部の人間にとっては、二度と入りたくない場所だ。

建物に一歩、足を踏み入れると、何か得体《えたい》の知れない、ヒヤッとした空気の中に入った感じがあった。

長い廊下を通り、階段を降りて、遺体安置室に入った。部屋の中央に寝台が置かれ、白布に覆われた「物体」があった。

堀越は「物体」に向けて合掌し、それからおもむろに白布を取り除いた。

「父さん……」

村上の腕を摑む靖子の手に、激しい力が込められた。

村上も靖子も、多少は法医学の勉強をしているから、現場写真や被害者の写真などを見る機会がないわけではない。しかし、なろうことなら、ああいうものとは付き合いたくないという気があった。ことに原色の写真を見ると、その後しばらくは、食事が不味《まず》かった。

それが、写真どころか、現実の「実物」として目の前に置かれているのである。しかもそれは、ほかならぬ父親の遺体なのだ。悲しみと恐怖が錯綜《さくそう》して、靖子の感性はズタズタになった。よく、ドラマなどで、いきなり取り縋って慟哭《どうこく》する――というのがあるけれど、そういう衝動は靖子には生じなかった。むしろ、あってはならない物を見るような気持ちが強かった。ましてや、あってはならない物に触れるなんて、到底、出来そうになかった。

「お父さんに間違いないですね？」

堀越部長刑事は事務的な口調で訊いた。

「はい、間違いありません」

靖子は口頭試問に答えるように、正確に発音した。感情の渇きが、そのまま声になっていた。村上に縋る手に、いっそう力が込められた。

「では、署のほうに戻りましょうか」

堀越と若い刑事がドアに向かい、村上も体の向きを変えようとしたが、靖子は動かなかった。いや、動けなかったのかもしれない。足がもつれたようになって、村上に体を預ける恰好になった。

「いや……」

靖子は呻《うめ》くような声を洩らした。

「いやーっ……」

声は悲鳴になった。嗚咽《おえつ》になった。何を言っているのか、聞き取れない呪文《じゅもん》のような言葉が靖子の口から発せられた。

目がうつろになっていた。

第二章　太宰治の肖像画

1

事件発生二日目に赤坂署に捜査本部が開設された。捜査本部長は署長の佐賀《さが》警視正、警視庁から、捜査一課のメンバーを引きつれ、多田《ただ》警部が主任捜査官として来援した。

第一回の捜査会議では、当初から捜査に当たっている堀越部長刑事が、これまでの経過説明を行なった。

被害者　石井秀司（五十五歳）

本籍　青森県弘前市土手町――

現住所　同　右

職業　書籍商（古書店）
死因　薬物中毒による急性神経麻痺・窒息《ちっそく》
死亡推定時刻　五月七日午後八時〜十二時

「これまでの捜査では、直接、犯人と結びつくような目撃者等は出ておりません。また、遺留物も犯人を特定できるようなものは発見されておりません。一人娘の靖子というのが東京に住んでおりまして、石井さんが上京した日の昼食を一緒にしているそうです。その時の様子では、今回の事件を予測させるような、特別な印象はなかったということであります。現在、なお、石井靖子さんに対する事情聴取を進めておりますが、なにぶんショックがきついもので、こちらの質問に対する応答の状態は、あまり思わしくありません。一応、これまでに明らかになったのは、被害者が年に二、三度、上京して、古本商仲間による交換会を行なっているということで、今回の目的もそれだったと考えられます。ただし、ホテルで業者と会って直接取引を行なったかどうか、現在のところ、はっきりしておりません」

次に鑑識課の警部補から、現場周辺の遺留物の採取状況を説明した。指紋はかなりの量、採取されたが、いずれも犯人のものと特定できるものではなかった。

そのあと、刑事課長が捜査全体の状況について説明した。警視庁の連中に捜査のイニシアチブをバトンタッチする儀式はこれですべて終了したことになる。

「というと、ほとんどめぼしい手掛かりはないといっていい状況ですね」

多田警部は甲高い口調で言った。このキンキン声が、堀越には苦手だ。前にも一度、多田の指揮下に入ったことがあるが、そのワンオクターブ高い声で命令やら質問やらをされると、ノイローゼになりそうだ。

しかも、多田の言うことは辛辣《しんらつ》きわまる。ことに、所轄署で初動捜査に当たった者のミスを見逃さない。捜査がうまくいかない場合には、すべての原因を初動捜査のミスになすりつけようというハラが見え見えだ。

ただし、今回ははっきりミスと指摘されるような齟齬《そご》はなかったと、堀越には、その程度の自信はあった。

「一つだけ、手掛かりのようなものがあるにはあるのですが」

堀越は発言した。

「ほう、あるのかね」

多田は興味深そうな目を堀越に向けた。

「はあ……と言いましても、事件に関係があるかどうかは疑問ですが」

「なんだ、それじゃしようがないな」

「しかし、ちょっと変わったものです」

堀越はビニールケースに入れた証拠物件の一つを、多田の前に持って行った。

ちっぽけなメモであった。

「何か書いてあるね」

「はあ、『コスモス、無残。マネク、ススキ。アノ裏ニハキット墓地ガアリマス』と書いてあります。この紙切れは、被害者のズボンのポケットに、しわくちゃになって突っ込んでありました」

「何なのかな、これは?」

「分かりませんが、しかし、現場から発見された変わったものというと、これぐらいなものなのです」

「これは手帳のページを切り取ったような紙だが、手帳はなかったのかね?」

「はあ、ありませんでした。したがって、もし盗み目的の犯行であるとすると、盗んだものはその手帳ということになるかもしれません」

「もっとも、その前に、手帳があったのかどうかが問題だがね」

「はあ、そのとおりです。ただし娘さんの話によれば、被害者は常に手帳を携帯《けいたい》していたということです」

「その、被害者の娘さんだが、現在はどこにいるのかね？」

「一応、帰宅させました。杉並区天沼のアパートで一人暮らしです」

「誰か張っているのかな？」

「いえ」

「それはまずいんじゃないのか」

「は？……」

「ショックがきついとか聞いているが、下手すると自殺の惧《おそ》れがあるかもしれない。それに、その娘が事件に関係がないとは、まだ断定できないのじゃないか」

「いや、そういう印象はありませんでした」

「きみの印象がどうか知らんが、その程度の措置を取るのが常識だろう。すぐに手配したほうがいい、ああ、加藤君、きみ行ってくれないか」

多田は部下の刑事を指名して、

「誰か、おたくのほうからも一人、出してください。ただし、若い人がいいな」

と刑事課長に言った。

「若い人」という言い方は、堀越のプライドをもろに傷つけた。ロートルは頭の回転が鈍くて、使いものにならない――というように聞こえる。いや、実際、そのつもりで言ったのかもしれない。

それをきっかけに、捜査員の班編成が行なわれた。

ホテル関係　ホテル従業員等、ホテル内での聞込み捜査
交通関係　タクシー等、交通機関に対する聞込み捜査
仕事関係　ビジネス、商売等のつながりを中心とした聞込み捜査
地元関係　家族、親戚、知人等、居住地周辺での聞込み捜査

以上、四つの班に分かれて、合計百二十名にのぼる捜査員が投入されることになった。

そのうち、赤坂警察署からの人員は、刑事課の十二名を含め、防犯、交通、警邏《けいら》、そして少年の各課から合わせて五十二名、およそ半数近くを占めることになった。

もっとも、これは初動捜査段階だけで、ある程度、聞込み捜査が進行すれば、しだいに戦線は縮小されることになる。

弘前へは警視庁から来た部長刑事が二名、所轄の部長刑事と平《ひら》刑事の都合四名が向かった。

堀越は捜査本部内のデスクワークを振り当てられた。まあ、そのこと自体は、捜査の全容を見られるという利点はあるのだけれど、なんとなく戦線を離脱しているような、一抹《いちまつ》の寂しさはある。やはり刑事たる者、足を棒にして歩き回るのでなければ、捜査に参加している気分にはなれないものだ。

それに、終日、あの大嫌いな多田警部と顔を突き合わせていなければならないというのが、たまらない苦痛だ。

（これじゃ、犯人より先に、こっちが懲役刑《ちょうえきけい》を食らっているようなものだ——）

堀越は多田の細い秀才面《づら》を横目で見ながら、むやみに煙草をふかした。

「あんた、煙草は廊下で吸ってくれないかなあ」

多田は文句を言った。

「は、すみません」

堀越は慌てて、煙草の火を揉み消した。そんなふうに反射的に服従する行為が出るのも、われながらいまいましい。

態勢は整ったものの、捜査には思ったほどの進展が見られなかった。その中で、奇妙に「太宰治」にまつわる情報だけが、一二つもたらされた。

一つはホテルの宿泊客による「目撃談」である。事件当夜の午後九時頃、京都の会社員が八階の自室に戻ろうとしている時、廊下で「気になる人物」と擦《す》れ違ったというものだ。

「まあ、ああいう事件でもなければ、べつにどうってことはない人かもしれませんがね、いまにして思うと、なんとなく陰気くさい人だったものだから、一応お知らせしておこう、思いまして」

彼の話によると、「擦れ違った男」は芥川龍之介か太宰治みたいな印象だったというのである。

「ひょろりとした感じの瘦《や》せ型で、長い髪の毛がハラリと額にかかっている、そういう、何ていうか、昔の文士みたいなスタイルがあるでしょう。ほら、芥川龍之介だとか、太宰治だとか……」

捜査員が念のために、芥川と太宰の写真を見せたところ、「あっ、そっくりや」と言って、太宰の写真を指差した。たしかに芥川と太宰は似ていないこともない。もっとも、その謎めいた人物は、京都の会社員以外には目撃されていない。

その時、八階の廊下には彼のほかには誰もいなかったが、ロビー階でも、喫茶店とレストランのある地階でも、さらに地下二階のガレージでも、従業員やガードマンによる目撃談は聞くことができなかった。

もう一つのほうは、被害者の娘・石井靖子から出た話である。

「父は今度の上京の目的について、いい出物があったと言っていたのです。そのいい出物というのは、なんでも太宰治の描いた肖像画だということでした」

靖子はそう言っている。

「太宰治の肖像画ねえ……それはどれほどの価値のあるものかな」

会議の席上、多田は捜査員の報告に対して、まずそう質問した。

「さあ……さっぱり見当がつきません。じつは、専門家に訊いてみたのですが、はたしてそういうものが実在するのかと、反対に訊かれまして」

「つまり、そんなものはありっこない――という意味なのか？」

「だと思います。あったとしても、おそらく、贋物《にせもの》だろうという感じでした」

「しかし、少なくとも現場にはそういう物は残っていなかったわけだな。だとすると、盗まれた可能性はあるね」

「ただ、もともとなかったこともあり得るわけでして」

「それもそうだな」

多田は所轄の捜査員は軽視するくせに、自分の直属の部下の言うことには、よく耳を傾ける。

「石井靖子は、父親が扱うくらいだから、間違いなく本物だろうって言い張っているのですが」

「そんなものは、信憑性《しんぴょうせい》がないだろう」

「はあ、それはたしかにおっしゃるとおりだと思います」

部下もよくしたもので、警部の言うことにはすぐ納得する。チームワークがいいといえば言えるし、馴れあいの雰囲気がいやらしいともいえる。

「しかし警部」と堀越がその〔良好な関係〕に水を差すように言った。

「贋物でも何でも、石井氏が肖像画をホテルで受け取ったというのは事実なのではないでしょうか？　その肖像画が現場になかったということは、とりもなおさず、盗まれたものと考えていいと思うのですが」

「それ以前に、そんな肖像画なるものが実在していたかどうかが問題なのだよ」

多田はピシャリと言った。

「いいかね、よしんば肖像画が実在していたとしてだね、仮定として二つのケースが考えられる。一つは、それが本物である場合だ。その場合には、まあ太宰治の作品ともなると、かなりの価値のあるものだろう。そういうものを、石井氏のような、いっちゃ悪いが、しがない古本屋に扱わせるとは、ちょっと考えにくいのじゃないか？　たしかに太宰の作品と分かっているのなら、もっとしかるべき業者だとか、画廊を通じて売りに出すのがふつうだろう。第二の場合、つまり肖像画が贋物だったとすれば、わざわざ殺人まで犯して盗むはずがない。したがって、事件当時、石井氏が現物を持っていたとは考えにくいどころか、そういうものが現実に存在したかどうかさえ疑わしい。おそらく、そういうものがあるという話を、どこかで耳にしていたといった程度のことではなかったのかな」

「そのとおりだと思います」

多田の部下が早速、提灯《ちょうちん》を持った。

「肖像画のことは、弘前の石井書店に勤務している横山美智代という女性も、何も聞いていないということであります。その点から言っても、肖像画の実在性は疑うに足るものだと思います」

それ以上、異論を唱えるのは依怙地《いこじ》に思われかねない。また、反論するほどの根拠が掘越にあるわけでもなかった。

「ところで、あれは何だったの？」

多田警部は、沈滞したムードを一新するように、言った。

「例の、コスモスがどうしたとかいう、あの文句の意味は？」

捜査員たちは、たがいに顔を見合わせるばかりで、かえって空気が沈み込んでしまいそうだった。

「あれについても、まだ何も分かっておりません。石井氏の娘さんも、店員も、分からないと言っております」

多田の部下の野川という、年配の部長刑事が、仕方なさそうに言った。

「何か、俳句か短歌のアイデアを書き留めたものではないかと思うのですが」

野川は自分も俳句をやるせいか、そういう発想に結びついたらしい。

「なるほど、俳句か……」

多田は首をひねったが、それ以上の追及をする気はないようだ。

堀越にはその点が不満だった。せっかく発見した材料である。

ほかには何も手掛かりらしきものがないのだから、もう少し突っ込んで、調べる気になってもらいたかった。

といっても、「コスモス」がどうしたとかいう、ケッタイな文章（ともいえないようなものだが）に、何か事件との関わりがあるなどとは、考えにくい。結局、堀越も沈黙しているほかはなかった。

2

「なるほど、それがこれですか」

浅見はあらためて紙片を眺めた。


コスモス、無残。

マネク、ススキ。アノ裏ニハキット墓地ガアリマス。

・

「見れば見るほど奇妙な文章ですねえ」

「でしょう？　まったくのチンプンカンプンです。警視庁の野川という人は、俳句か短歌のアイデアではないかと言っているんですが、どう思います？」

「そうですねえ……そう言われればそんな気もしますが。しかし、墓地がどうしたとかいうのは、はたしてそういうものに使えるのかどうか……それより、僕はこの文章にどこかで出会ったような記憶があるのですよ」

「ほんとですか？」

「ええ、かすかな記憶ですけどね。むかし本か何かで見たことがあるのじゃないかな」

「なるほど、そうですか、本の文章ですか」

「いや、はっきりは分かりませんよ」

「はあ……しかし、それじゃどうという意味はないわけですなあ」

堀越は落胆の色を隠せない。

「それより、太宰治の肖像画というのは、ほんとうにあるのですかねえ？」

「いや、それも分かりません……と答えるしかないのですよね。石井さんの娘さんも、父親からそういう話を聞いたというだけで、実物を見たわけでもないのだし。店員も知らないというのではねえ、私としても、間違いなくある、とは言えないわけで」

「しかし、娘さんはあると言っているのでしょう？」

「はあ、それはそうですが……ただし、父親がそう言っていたから間違いないという、まあ、あまり説得力はない言い方ですが」

「そうですか……」

浅見はしばらく思案して、

「いちど、その娘さんに会ってみたいな。いま、どこにいるのですか？」

「いまは弘前です。おやじさんの葬式やら何やらで、弘前に帰って、そのままむこうにいるみたいですよ。かなりのショックでしたからねえ、しばらくはむこうで静養するつもりじゃないんですかなあ」

「仕事は何をしていたのですか？」

「いや、無職……というか、いま流行の万年アルバイターっていうやつですよ。その傍ら、司法試験に挑戦しているのだそうです」

「ほう、司法試験ですか……」

浅見は無意識に顎《あご》を撫《な》でた。試験と名のつくものは大嫌いな男だ。それも司法試験となると、聞いただけでゾッとする。

「末は検事か弁護士か、というやつです」

堀越も縁のない世界だから、皮肉っぽい口調で言った。

「しかし、彼女の話だと、もう諦《あきら》めて郷里へ帰るつもりでいたそうです。年齢制限をするような法案が出てきたし、父親のことが気にもなっていたようです」

「そうですか、年齢制限が気になる年代ですか。もっと、ぜんぜん若いひとかと思っていました」

「いや、そうはいっても、実際は、二十七歳ですよ。それに、弘前美人ていうんでしょうかねえ、歳よりずっと若く見えるし、なかなかの美人ですよ……そうだ、浅見さんいかがです？　ちょうど歳恰好《としかっこう》もピッタリだし」

「ははは、冗談じゃありませんよ。そんな美人なら、とっくにそれなりの人がいるでしょう。僕みたいに嫁き遅れのオジンなんか、相手にされません」

「いや、それがそうでないらしいのですな。そりゃね、ボーイフレンドはいるそうです。しかし、恋人というところまではいってないらしい。司法試験ひと筋っていうやつだったのでしょう。いまどき珍しい真面目な娘さんでしたよ。まったく、近頃の娘ときたひにゃ……いや、男もですがね、どれもこれもパッパラパーで、ロクなもんじゃありませんからなあ」

「そう言われると、耳が痛いです。僕もそのパッパラパーの一人ですから」

「えっ？　あははは、浅見さんは違うでしょう。そんなに若くないし」

「それは慰めているんですか？　くさしているんですか？」

「え？　あ、あははは……」

　堀越は笑って誤魔化して、急いで話題を変えた。

「とにかく浅見さん、そういうわけで、このままだと早晩、迷宮《おみや》入りっていうことになりかねませんからね、ひとつ、名探偵乗り出すで、やってみてくれませんか。といっても、悲しいかな、日本の警察にはそういう予算がありませんから、やらずぶったくりですが、せめて、あのチンプンカンプンの謎だけでも解いていただけるとありがたいのですが」

「チンプンカンプンに謎があれば……ですけどねえ」

浅見はもう一度、メモを眺めて、首を横に振った。

「何も思い浮かびません」

「そう言わないで、お願いしますよ」

堀越はよほど思い余って訪ねて来たとみえて、執拗《しつよう》に頼み込んで引き上げて行った。

浅見は堀越を玄関で見送ってから、ダイニングルームに行き、コーヒーを入れた。

「言ってくだされば、お入れしますのに」

応接室に出したものを片づけてきた須美子は、浅見の不器用な手付きを見て、不満そうに口を尖《とが》らせた。

「ああ、いいんだ。何もかも須美ちゃんにやってもらっちゃ、申し訳ないもの」

「そんな……まるで居候みたいなことを言うんですね」

「だって居候だものな」

「そんなことありませんよ。坊ちゃまはれっきとした浅見家のお生まれなんですよ」

「そう言ってくれるのはありがたいけどさ。その坊ちゃまっていうの、やめてくれないかなあ。なんだか、いつまでも自立できないダメ男みたいに聞こえるよ……」

「あら、だって先代のばあやさんから、そうお呼びするようにって言いつかったんですから」

「しかし、ばあやは昔風の人間だからねえ」

「でも、じゃあ何てお呼びすればいいんですか？」

「名前を呼ぶとかさ」

「名前って……光彦さんて、ですか？　いやだ、恥ずかしい」

須美子は真っ赤になった頬を、両手で押えるようにして、逃げて行った。

「へえー……」

浅見は彼女の後ろ姿を見送って、感心したように呟いた。

考えてみると、須美子が浅見家に来たのは十九歳の春である。浅見とは七つ違いだ。行儀見習いを兼ねたお手伝い——という約束で来たのだが、そのまま居ついてしまった。

途中、何度も縁談はあった。浅見家でも積極的に話を進めたこともあるのだが、当の本人が「その気はありません」と、片っ端から断わってしまう。理由はべつにないという。あまりしつこく勧めると、泣き出して、「何か不都合があるのでしょうか？」と逆に問い返すありさまだ。

だいたい、いまどき「行儀見習い」だとかお手伝いだとかいうのがアナクロじみて、浅見はあまり好きではないのだが、須美子はそれがいいらしい。「ずっと、このままお世話になりたい」などと、真剣な顔で言う。

（まさか——）と浅見はドキンとした。

さっきの赤くなった様子はただごととは思えない。

いままで、ただの一度もそんなことは考えたこともないが、あり得ないことではないのかもしれない。

だとしたら、困る——というより、須美子に対して気の毒な話だ——と浅見は深刻に思った。

「何をぼんやりしているの？」

いきなり背後から、母親の雪江《ゆきえ》に声をかけられて、浅見は、不義密通を見つけられたように、ギョッとなった。

「あ、いや、べつに……つまり、このメモなんですが……」

浅見はうろたえて、テーブルの上に置いた紙片を取って、雪江に差し出した。

「どうも、書いてある意味が分からなくて、悩んでいたところです」

「コスモス、無残。マネク、ススキ……なあにこれ、太宰じゃないの」

「は？……」

「太宰治でしょう？」

「これが、ですか？……」

浅見は中腰になって、母親の手にある紙片を覗き込んだ。

「そうですよ、太宰ですよ……何だったかしらねえ、短編の中にあった文章だと思うのだけれど」

「そういえばそんな気がしてきました。そうですか、太宰治ですか……」

「何だったかしら……いやあねえ、気になっちゃうわねえ、思い出せないなんて……」

雪江は体がムズムズするように、背中を捩《よじ》らせて焦《じ》れた。

「ほんとに近頃、忘れっぽくなって……わたくしも歳なのかしらねえ」

「いえ、そんなことありません。僕だってぜんぜん思い出せなかったのですから」

「ばかおっしゃい、あなたとなんか比較されたくありませんよ。それより光彦、すぐに調べなさい」

「調べるって、何を、ですか？」

「決まっているでしょう、この『コスモス』が何の作品に出ているのか、ですよ」

「はあ……」

「じれったいひとねえ、早く調べなさい」

浅見は渋々、立ち上がったが、本心は自分もこの妙な言葉の出所を知りたかった。

それにしても、さすが、わが母親だけのことはある——と、浅見はあらためて感心した。

このぶんなら、まだ当分ボケる心配はなさそうだ。

書斎に行って太宰治の作品の中から、雪江が言った「短編」を中心に選び出し、繙《ひもと》いてみた。太宰治の作品はざっと見ただけでも次のようなものがある。

晩年、斜陽、ヴィヨンの妻、津軽、人間失格、走れメロス、お伽草紙、グッド・バイ、パンドラの匣《はこ》、津軽通信、惜別《せきべつ》、ろまん燈籠《とうろう》、もの思う葦《あし》……。

この中で浅見が読んだ記憶のあるものは、そんなにない。斜陽、人間失格、走れメロス、津軽通信、惜別ぐらいなものだ。

浅見にもかすかな記憶があるということは、その中のどれかにあったということにちがいない。

そして、『津軽通信』という標題のついた文庫本の中に、早くも目的のものを発見した。『津軽通信』は全部で二十の短編や小品をまとめたもので、その最初に『ア、秋』という小品が収録されている。

『ア、秋』は原稿用紙にしてせいぜい五～六枚の短いものだが、太宰の多くの作品の中でも、際立《きわだ》って奇妙な、謎めいた作品といっていい。

本職の詩人ともなれば、いつどんな注文があるか、わからないから、常に詩材の準備をして置くのである。

こういう書き出しで始まって、「詩人」のメモというかたちで、ノートに書き留めたような言葉や文章を紹介している。

「秋について」という注文が来れば、よし来た、と「ア」の部の引き出しを開いて、愛、青、赤、アキ、いろいろのノオトがあって、そのうちの、あきの部のノオトを選び出し、落ちついてそのノオトを調べるのである。

トンボ。スキトオル。と書いてある。

といった具合だ。

問題の「コスモス」はその数行あとに出てくる。

秋ハ夏ノ焼ケ残リサ。と書いてある。焦土《しょうど》である。

夏ハ、シャンデリヤ。秋ハ、燈籠《とうろう》。とも書いてある。

コスモス、無残。と書いてある。


それから二十行ばかり飛んで、「ススキ」が出てくる。


怪談ヨロシ。アンマ。モシ、モシ。

マネク、ススキ。アノ裏ニハキット墓地ガアリマス。


何のことやら、これを読んだだけではさっぱり意味が分からない。太宰自身、この「メモ」の解説をしながら、「いろいろ書いてある。何かのメモのつもりであろうが、僕自身にも書いた動機が、よくわからぬ」と書いているくらいだから、他人の浅見に分かるはずがない。


しかし、ともかく、ケッタイな文章の出所は判明した。

「お母さん、ありました」

雪江未亡人のところに持ってゆくと、満足そうに、「ほらごらんなさい、やっぱり太宰だったでしょう」

と頷《うなず》いた。

「よく憶えていましたねえ」

「それはね、わたくしの青春時代の記憶ですもの」

雪江は昂然《こうぜん》と胸を張った。なるほど、解説によると、「ア、秋」の初出は、昭和十四年に『若草』という雑誌に掲載されたものであった。その頃は雪江はまだ二十代。「青春時代」はともかく、夢多き年代であったことはたしかだろう。

（このおふくろにも、青春があったのだなあ――）と、浅見はしばし、まじまじと雪江の顔を眺めてしまった。

3

月刊『日本の旅』の編集部は閑散としていた。印刷所への出張校正もすべて終えて、校了にしたあとは、いつもこんな状態だ。

ただひとり、副編集長の藤田だけが、ぼんやり、鼻毛を抜いていた。

「ひまそうですね」

浅見は笑いながらデスクに近づいた。

「珍しいね、こっちから電話しないかぎり現われない浅見ちゃんが」

藤田はジロリと浅見を見て、何か魂胆があるな――という顔をした。

「ちょっと、思いついた企画があるもんですからね」

「へえー、浅見ちゃんが売り込みか。いよいよ商売っ気を出してきましたか」

「そういうわけじゃないですよ。迷惑なら帰ります」

「まあまあ、そう言いなさんな。ともかく承《うけたまわ》りましょう。どういう企画？」

「津軽を旅するっていうのですが」

「津軽？　何よそれ、津軽って、青森県の津軽？」

「ほかに津軽がありますか？」

「いや、ないけどさ。だけど、いまさら津軽なんて、もう古いよ。青函《せいかん》トンネルで騒いでいる頃ならともかくさ」

「太宰治の作品に『津軽』ってあるんですが、知ってますか？」

「ああ、知ってますよ、そのくらい。これでも『日本の旅』の副編集長だからね」

「ことしは太宰治の死後四十年なんです。それで、『津軽』で太宰が旅をしたのと同じコースを歩いてみようと思ったのですが」

「なるほど……」

藤田はチラッと天井を見上げた。猛烈な速さで、旅費と記事内容のバランスを計算している。

「いいんじゃないかな」

言って、鼻毛を抜く作業を中断した。

「よし、それ、やってよ。旅費はあとで精算するから、すぐ出発して。一泊二日でいいよね?」

「だめですよ、四泊五日です」

「無茶言わないでちょうだいよ。せいぜい二泊三日だな」

「三泊四日」

「だめ……じゃあ、こうしよう。二泊三日プラス車中一泊っていうのはどうだろう?」

「何ですかそれ? 僕が自分の車を運転して行くんですよ」

「だからさ、ホテル・ソアラでご一泊っていうわけだ。もちろんドライブインの夜食代ぐらいは出してもいいけどさ」

「分かりましたよ」

浅見は肩を落とした。まったく、藤田のケチケチぶりときたひには、いつもながら感服させられる。

ともあれ、これで津軽行きの旅費はなんとか確保できた。いや、それどころか、些少《さしょう》とはいっても、曲がりなりに原稿料までせしめることが出来る。まずはアイデアの勝利といったところだ。

六月十九日は「桜桃忌《おうとうき》」である。どうせならそれに合わせて出発したほうがいい。そう思って下準備を始めたところに、思いがけない客があった。

例によって、須美子が冷淡な表情を装って客の来訪を告げた。

「村上という人です」

「村上？　誰だろう？」

「また刑事さんみたいな人ですよ」

「ほんとかよ」

浅見はうんざりした。べつに悪いことはしてないつもりだが、刑事の来訪を歓迎する人間はいない。

玄関へ出てみると、大学で同期の村上正巳が立っていた。

「よお、しばらく」

浅見は懐かしさで、思わず声が上擦《うわず》った。

村上は浅見と違って、真面目一本槍の勉強家だった。最初は浅見と同じ文学部に在籍していたのだが、途中から法学部に移って、将来は検事になると張り切っていた。正義感の強い、男らしい人物だった。

いま見る村上はしかし、どことなく元気がなかった。たしか、いま頃は司法試験のシーズンのはずだ。

（失敗したのかな？——）と浅見は思った。村上が司法試験に合格したという話は、まだ聞いていない。検事や弁護士先生らしくない服装や、元気のない様子からいっても、おそらくいまだにチャレンジが続いているにちがいない。

「まあ上がれよ。ははは、まだここでしがない居候を続けているんだ」

浅見は村上の苦衷《くちゅう》を察して、先手を打って、自己卑下《ひげ》に徹してみせた。

村上を応接室に通して、須美子にコーヒーを頼んだ。

「大事な友人なんだ。コーヒーと、それにケーキか何かを出してくれないか」

「分かりました」

須美子はいやに素直に頷いた。いつも憎たらしいことを言う彼女だが、妙に素直だと、それなりに気にかかるものである。

「浅見、きみを見込んで、頼みがあるんだけどな」

浅見が応接室に戻って、向かいあわせに座るやいなや、村上は改まった口調で言った。

「どうしたんだ、頼まれるほどの力は僕にはないよ」

「いや、きみの名探偵ぶりは知っている」

「ああ、あれかい？　あれはほとんど作家のデッチ上げばかりで、実体はあんなにかっこいいものじゃないよ」

「そんなことはない、僕はいつも感心させられている」

「よせよ、秀才のきみにそう言われると照れちゃうな」

「いや、僕はだめだ。この歳になって、いまだに司法浪人の身の上なんだ。今回もだめだったし……」

「そんなの問題じゃないよ。僕なんかそういう大望もないくせに、自立できずにいるんだから」

「まあ、そのことはいいんだが、じつは、頼みというのは、僕の、その、知人のことなんだ」

「恋人か？」

「ん？　いや、そういう……どうして分かった？」

「そりゃ、きみの口振りで察しがつくよ」

「そうか、やっぱりきみは名探偵の素質があるんだな」

「それほど感心することはないよ」

「それで、その名探偵を見込んで頼むのだが、じつは、その彼女の父親が殺された」

「殺された？……まさか、それ、赤坂のホテルの事件じゃないだろうな？」

「えっ？　そうか、知っているのか。テレビのニュースや新聞に出ていたからね。いや、まさにその赤坂の事件なんだ」

「ふーん、そうか、あの事件の被害者がきみの彼女のねえ……」

世の中、不思議な因縁《いんねん》があるものだ――と浅見はつくづく思った。

「事件発生以来、もう三週間も経つのに、警察の捜査はいまだに何の目処《めど》もついていない様子なんだ。なんとか、一日も早く事件が解決してくれないと、彼女は精神的に参ってしまいそうで、気が気じゃない。それで、浅見になんとかしてもらえないかと……」

「分かった、津軽へ行ってみるよ」

「えっ？　ほんとか？」

村上の顔が喜色《きしょく》に満ちた。

「うん……といっても、僕にどれほどのことが出来るか、自信はないけれど、とにかく行くだけ行ってみる」

「そうか、ありがとう、やっぱり来てみてよかった」

村上は涙ぐんでいる。

「それじゃ、来月早々にでも出発するから、弘前の彼女に連絡しておいてくれよ」

「えっ、そんなに早く行ってくれるのか?」

「ああ、早いほうがいいからね。それに、桜桃忌がやってくるし」

「桜桃忌?」

「太宰治にゆかりのありそうな事件なんだろう?」

「ふーん……驚いたなあ、そんなことまで分かっているのか……いったい、きみはどういう頭脳をしているんだい?」

村上はいよいよ驚嘆した。その顔を見ているうちに、浅見はなんとなく、堀越のことや、『日本の旅』のことを言いそびれてしまった。

須美子がコーヒーとケーキを運んできた。村上は立ち上がった。

「あ、奥さんですか、先程は失礼しました」

「えっ? あら、やだ、奥さんだなんて」

須美子は笑いころげそうに喜んで、ドアの向こうへ逃げ出した。

「違うのか?」

「違うよ、まずいな……」

浅見は苦笑した。

「そうか、なかなかきれいな人だからさ……じゃあ、兄上の?」

「違うよ、お手伝いだよ」

「ほんとか? じゃあ、きみはまだ?」

「ああ、独りだ。でなきゃ、居候は務まらないさ」

「なるほど……そうか、独身か……」

「あははは、心配するなよ、きみの彼女を横取りしたりしないからさ」

浅見は村上の危惧《きぐ》を見抜いて、思いきり笑った。

村上は真面目だが、その分、小心なのかもしれない——と思った。それが司法試験の失敗に繋《つな》がっているのではないだろうか。そうでもなければ、村上ほどの秀才が、何度も失敗する理由がない。

「余計なことかもしれないけど」

と浅見は言った。

「この際、きみはその彼女と結婚すべきだと思うな」

「そう言ってくれるのは嬉しいけどさ、僕は浪々《ろうろう》の身だしね。せめて試験でもパスすればべつだが……彼女にもそう言ってあるんだ。そのあかつきには、とね」

「それは間違っていると僕は思うな……なんて、大きなことを言えたガラじゃないけど、きみの場合、結婚することで脱皮するタイプだと思う。試験のほうもうまくいくにちがいないよ」

「そうかな、ほんとにそう思うか？」

「ああ、ほんとにそう思う。弘前へ行ったついでに、彼女にもそう提案してきてやるよ。どうせ、きみのことだ、放っておけば、いつまで経っても、試験にパスしたら——なんて、煮え切らないことを言っているだろうからね」

「浅見……」

村上はまた目に涙を溜めて、テーブル越しに浅見の手を握った。

「感謝する、きみはじつにいいやつだ」

「おい、よせよ、照れるじゃないか」

浅見は顔を赤くしながら、胸にジーンとくるものを感じていた。

4

六月八日、浅見は愛車ソアラを駆って北へ向かった。東京—弘前間はおよそ六百七十キロ、順調にいって七時間の行程である。

東北自動車道のいいところは、休日でないかぎり空《す》いている点だ。これが東名や名神だとそうはいかない。大型のトラックがひっきりなしに通り、厚木《あつぎ》—御殿場《ごてんば》間、京都—大阪間などは慢性的に渋滞する。

ただし、道中は梅雨のはしりのような雨が、ずっと降ったりやんだりの、はっきりしない天候だった。

青森県へは二度、行ったことがあるけれど、青森市から西の方面——西津軽地方には初めて足を踏み入れる。

津軽には、浅見には茫漠《ぼうばく》とした、仄《ほの》かな憧れのようなものがあった。太宰治はともかく、浅見は石坂洋次郎が好きで、ことに高校時代には『若い人』や『青い山脈』などを愛読したものだ。そのイメージがいまも生きている。

石坂洋次郎は弘前高等女学校（現弘前中央高校）という女子校で教鞭《きょうべん》を取っていたこ

とがあり、その教師時代の経験が『若い人』を生んだのだそうだ。

その学校のすぐ近く、弘前城にもほど近い「ニューキャッスル」というホテルに予約しておいた。

弘前には午後三時過ぎに着いた。

第一印象はあまり芳《かんば》しくなかった。街全体に沈滞したムードを感じた。高いビルはごく少なく、街並みや街路の整備も遅れている。せっかく、広々とした新開道路を通していながら、立ち退き拒否の家が、デンと腰を据えている。ボロボロの家で、むろん人も住んでいないし、商売もしていない。だのにそのまま放置してある。この土地は、そういうのがまかり通る体質なのかな——という、いやな気分がした。

それと、小さな街の割りに、むやみに一方通行が多くて、エトランゼを混乱させる。地図の上ではホテルの位置が分かるのに、まるで迷路にでも入ったように、なかなかその場所に近づけない仕組みだ。

知事選挙でも近いのか、街頭で何やら派手な演説をぶっているグループがいた。その場所を三度も通過したから、やはりグルグル迷っていたことはたしかだ。

頭の薄い男がマイクでがなりたてる「大池雄二郎先生が……」とか「大池先生の……」とか、むやみに「おおいけ」という大音声《だいおんじょう》ばかりが耳に残って、「それいけ」「やれいけ」

と急《せ》かされているようで、それがまた、不愉快に拍車《はくしゃ》をかける原因になった。

ニューキャッスルは弘前では歴史も格式もトップクラスのホテルだという話であった。東京あたりのホテルと比べると、建物や設備はさすがに見劣りがするが、しかし、従業員の態度はきわめてよかった。

着くとすぐ、浅見は街を歩いてみた。土手町の石井書店も覗いてみるつもりだ。ちょうど下校時間に当たっているのか、制服姿の女子高校生が大勢通った。紺色の制服の胸に、ポケットから覗いている赤い手帳がアクセサリーになって、なかなか可愛い。可愛いのは服装だけでなく、顔立ちがそろっていいのには嬉しくなった。津軽美人というのか、弘前美人というのか、お雛《ひな》さまの顔のように、すっきり通った鼻筋を中心に、目や口がのびやかに、かつバランスよくまとまっている、あどけない感じがじつにいい。東京やその近郊都市あたりでは、絶対にお目にかかれない、清潔な、それこそ石鹼の匂いのしそうな「女学生」が、この街には溢れている。

車で走っている時から感じていたのだが、弘前には古本屋が多い。新刊本の店よりも多いくらいだ。ちょうど神田の書店街がそうであるように、付近に学校が多いせいなのかもしれない。そういえば、弘前を「学都」という呼び方をするのだそうだ。印象からいうと、長野県の松本市とよく似ている。

石井書店は、そういう古本屋の中でも、比較的大型の店であった、心配していたのだが、店は開いていた。どことなく陰気な印象を受けるのは、喪中《もちゅう》だからというより、古本屋そのものの持つイメージなのだろう。埃焼《ほこりや》けした本が書棚ばかりでなく、どの壁にもうずたかく積まれ、空間がほとんどないという感じだ。

店には若い女性が一人、つくねんと座っていた。丸い顔の、本来は陽気そうな女性であった。

「失礼ですが、石井靖子《せいこ》さんですか？」

浅見は頭を下げて近寄りながら、訊いた。

「いえ……」

女性はびっくりした目を向けて、立ち上がった。

「あの、靖子さんにご用ですか？」

「はあ、東京から来ました。村上君の友人とおっしゃっていただければ……」

「ああ、分かりました」

女性は頷いて、奥へ向かって「靖子さん、東京からお客さんですよ」と声をかけた。

「はーい」

思ったより明るい声がして、すぐに若い女性が現われた。浅見はなるほど——と思った。

村上が不安がるのも無理はない。堀越が言っていたとおり、まさに弘前美人を思わせる美しい女性だ。

「靖子です、村上さんからお聞きしていました。どうぞ上がってください。汚ないところですけど」

たしかに、きれいとはお世辞にも言えない。埃の出る店だし、ずっと男所帯だったのだから無理もない。

しかし、奥へ行くと小ざっぱりと片づいた部屋があった。おそらく靖子が帰宅してから、きれいにしたものだろう。

(嫁さんとしても、合格点がつけられそうだな――)

浅見はひそかに思った。

「村上君から聞いたのですが、司法試験に挑戦しているのだそうですね」

浅見はわざと悔《く》やみを抜きにして、そう言った。

「ええ、でも、もう諦めました」

「どうしてですか？」

「才能がありませんし、それに、父がこういうことになりましたし……」

当然のこととはいえ、父親の死は彼女の将来を大きく変えてしまった。

「残念ですね」

浅見は沈痛な顔で言った。

「村上君はあなたのことを非常に心配していまして、僕が津軽へ行くと言うと、ぜひ寄って、様子を見て来てくれと……」

「あの人、真面目だから」

石井靖子は困ったように、小首をかしげて、微笑した。

「きっと、私が死んだりするんじゃないかとか、そういうこと、思っているんです」

「いい男ですよ、彼は」

「ええ、それは分かっていますけど、あのままでは息が詰まってしまいます」

「彼が、ですか？　それとも、あなたが、ですか？」

「え？……」

靖子は目を丸くして、それから曖昧《あいまい》に笑って、「ええ」と、どちらとも取れる答え方をした。

「僕は彼に、あなたとの結婚に踏み切ることを提案してきました」

「まあ……」

「そのほうが彼にもいい。もちろんあなたにもいいと思います」

「あの……」

靖子は少し非難する目付きになった。

「そのことを言いに来たんですか？」

「あ、いや、これは僕のアドリブです。気に障《さわ》ったら許してください」

浅見は頭を下げた。

「ところで、太宰の肖像画のことですが、警察はその実在性を疑っていますね」

「ええ、信じようとしません」

「あなたは、あると信じているのですね？」

「もちろんです。父が扱おうとしていたぐらいですから、間違いないと思います。いけませんか？」

「とんでもない、いけないわけがありませんよ。だから、そんなに怖い顔をしないでください」

「あら……すみません」

靖子は赤くなった。

「肖像画もそうですが、もう一つ、謎めいたものがあります」

浅見は言った。

「メモのことですか？　あの、コスモスがどうしたとかいう」

「そうです。あの文章が何なのか、ご存じでしたか？」

「いいえ、ぜんぜん。変な文章ですね。警察では、何か俳句か短歌の文句をメモしたのじゃないかって……」

「それが違うのです。あれは太宰ですよ」

「太宰？」

靖子は、浅見が母親に見せたのと、同じような目になって、浅見を喜ばせた。

「あれは、太宰治の短編の、『ア、秋』という作品の中にある文章ですよ」

浅見はバッグから文庫本を取り出して、その個所を靖子に示した。

「ほんと……私、地元人間のくせに、太宰をあまり読んでなくて……でも、父は、どうしてこんなことを書いたのかしら？」

「まったくですね、それが分かるといいのですが。ただ、お父さんは、太宰治の肖像画のことを、『「津軽」を旅する会』の旅の途中で聞いたとかおっしゃっていたのでしょう？　それとの関連を考えてみる必要があるかもしれませんね」

「じゃあ、津軽の旅のどこかに、こういう風景があって、肖像画はそこで見つけたという意味ですか？」

「分かりませんが、最後の瞬間にこのメモを残されたのには、それなりの必死の想いというか、そういう、何かがあったわけで……つまり、ダイイング・メッセージだとすると、現在の段階では、その津軽の旅の風景しか見えてこないのですよね」

「でも、もしダイイング・メッセージなら、もっと具体的に人の名前を書きそうなものじゃないでしょうか？」

「書く時間的余裕があれば、ですね」

浅見は少し躊躇《ためら》ってから、視線を下に向けたまま、言った。

「僕は、その時どうだったかという、状況を推理するのに、自分自身をその場に置いてみることにしているんです。僕があなたのお父さんだったら、どうしただろうか、と……あの時、お父さんは、訪問客を相手に、部屋に備え付けの冷蔵庫から出したビールを、グラスに注いで飲んでいた。客は隙を衝《つ》いてグラスに薬を入れた。それを知らずに、お父さんはビールをあおる。わずかな間を置いて、衝撃的な痺《しび》れが襲う……」

浅見が話を中断すると、靖子までが息を止めて、浅見の口が動きだすのを待った。

「おそらく、お父さんは、アルカロイド系の毒がどういう経過で人を殺すか、知識があったのだと思います。毒の効果が出た時、部屋の外へ逃げ出そうとか、助けを求めようとした形跡がないところを見ても、毒の効果は絶対的なものだと知っておられたにちがいない。

そして、瞬間的に、何か、手掛かりになるものを残さなければならない――と思われた」

浅見の語る言葉とともに、ホテルの一室での情景が浮かんでくる。靖子は目をいっぱいに見開いて、浅見の非情とも思える口の動きを見つめていた。

「衝撃的に効きはじめた毒の苦痛に耐えながら、死へ向かう寸秒の間に、いったい、人間は何が出来るものでしょうか……僕は自分のことに置き換えてみて、せいぜい泣きわめくか、悲鳴を上げるぐらいで、ほんとに、何も出来っこないと思いました。しかし、お父さんは最大限、冷静に対処された。手にしていた手帳の一ページを破いて、ズボンのポケットに隠した……その状況では、それ以上の適切な手段は無かったでしょうね。それに、目の前には殺人者がいたわけで、たとえ手元に紙と鉛筆があったとしても、書置きを残すことは不可能だったにちがいありませんよ」

話し終えて、浅見は気の毒そうに靖子を見た。

「すみません、こんな話は、聞きたくなかったでしょうね」

「いいえ」

靖子は健気《けなげ》に首を横に振ってみせた。

「そんなことはありません。それより、むしろ、父が最後の瞬間、決して取り乱してばかりいたのじゃないって、そう思えて、それなら、残された者だってそれに応えて、何かをしなければって……いま、ようやく、そのことに気付きました。それに、私、父のこと、ずっと無気力な、ただの古本屋のおやじだ、ぐらいにしか思っていなかったんですけど、浅見さんのお話を聞いていて、父を誇らしく思えました。子供の頃以来ですよね、父を誇りに思うなんて」

靖子は邪気《じゃき》のない笑顔を見せたが、その目には涙が光っていた。

第三章　「津軽」を旅する会

1

石井秀司が殺されなければならない理由については、警察がさんざん調べつくしている。それだけに、靖子にしても、横山美智代にしても、いろいろな角度から、あらゆる可能性について、考えさせられ、自分も考えているはずだ。

その結果として、少なくとも、彼女たちには、まったく何も思い浮かばなかった。

いや、彼女たちばかりではない。地元を担当した四人の捜査員は、地元署の協力も得て、弘前を中心に、近隣市町村から、遠く青森市、八戸《はちのへ》市あたりまで足を延ばして、十日間ほど、徹底的に調べ回ったらしい。

そういう作業のほとんどは、靖子と美智代、二人に対する事情聴取から派生していたから、警察がどこをどのように捜査しているのか、しぜん、手にとるように分かってくる。

捜査員は足しげく石井家を訪れ、次なる目標を聞き出し、また出向いてゆく——という、根気と執念のいる作業を、熱心に続けていたそうだ。

その努力は、しかし、報われることがなかった様子だという。堀越から浅見に入ってくる情報にも、その方面での成果も、他方面同様、まったくない、ということであった。

「警察は、肖像画のことも訊いていましたか？」

浅見は靖子に訊いた。

「ええ、もちろん訊かれました。でも、私が言うことを、あまり信用していない感じなんですよね。いえ、嘘をついているとか、そうは言ってませんけど、父が信じていたこと、それ自体をまったく信じてくれないみたいなんです。それらしい話をどこかで聞いたって、そう言っていたんじゃないか——とか、聞き間違いじゃないか——とか、そういう先入観があるみたいで、ちょっと不愉快でした」

「なるほど……」

浅見は多田警部について堀越が言っていたことは、ほぼ間違っていないことを思った。

捜査は生き物だ。

いわば神経中枢《ちゅうすう》ともいうべき指揮官の先入観が、末端の捜査員の行動を左右するのは、当然のことであった。

　彼らがそれなりの努力をしているだけに、肝心な部分を横目に見ながら、通り過ぎているような歯痒《はがゆ》さを、浅見は感じる。

「しかし、いずれ警察は、肖像画に着目し直しますよ。とにかく、犯行の動機は、いまのところ、その肖像画としか考えられないのですから」

「そうですよね。そうだと思いますけど」

　靖子はわが意を得たり――というふうに、大きく頷いた。

　まだ明るいので、気付かなかったが、話し込んでいるうちに、いつのまにか、六時を回っていた。

　その間、美智代は店番をしていたが、お客が途絶《とだ》えた合間を見計らっては、時折り、浅見と靖子の話に参加して、警察に訊かれたことを思いだすまま、話している。

「美っちゃん、お店、もう閉めようよ」

　靖子が提案して、美智代も「そうですね」と、バタバタ、閉店準備にとりかかった。

「ずいぶん早いんですね、いいんですか？」

　浅見は驚いた。自分が来たために営業妨害になっては申し訳ない――と思った。

「そんなに早くないんですよ。十時開店、七時閉店のきまりなんですから」

靖子が言った。

「夜中までやってるのは、東京と大阪ぐらいなもんですよ。弘前じゃ、午後八時を過ぎたら、真面目なお店はどこもやってません」

それから、美智代に向けて、「晩御飯、三人一緒にしない？」と言った。

「いや、僕はこれで失礼します」

「そんなこと言わないで、一緒に食べましょうよ。ホテルの食事なんて、高いばかりでおいしくないでしょう。それに、一人で食べたってつまらないし……」

陽気に言った直後、靖子の表情が、ふっと曇った。

「何か？」

浅見は目敏《めざと》く、それに気付いた。

「え？……ああ、いえ……ちょっと、父と最後に食事したことなど、思い出したものですから……」

靖子は寂しく笑って、想いを吹き飛ばすいきおいで、言った。

「そうだわ、浅見さん、食事だけじゃなく、いっそ、ホテルなんかやめて、この家に泊まったらどうですか？　父の部屋が空いているし……」

「えっ？」

浅見はびっくりした。

「ははは、そんなことをしたら、それこそ村上に殺されちゃいますよ」

「あ、そうか……そうですよねえ……」

靖子は赤くなった。どうやら、そういう常識が欠如しているらしい。この無邪気な女性が二十七歳だとは、浅見には信じられなかった。

ともかく、一緒に食事だけは付き合うことになった。美智代も靖子の台所仕事を手伝って、賑やかにお喋りをしている。美智代は隣接する岩木町《いわきまち》に住んでいて、バスで通っている。ときどき、こうやって、晩御飯を一緒にしているらしい。二十三歳、まだ独身で、

「目下、相手を物色中です」と言って、屈託なく笑った。

やはり津軽美人系統の顔立ちで、靖子よりは少しふっくらとした感じが、むしろ女らしい。

「ね、浅見さんはどう？」

靖子が冷やかすように言うと、「東京のひとは、怖いから」と、小声で言っていた。

怖いかどうかはともかく、「東京のひと」を迎えて、石井家の台所は、久し振りに明るさを取り戻したようだ。

彼女たちが働いている間、浅見は、靖子が出してくれた「『津軽』を旅する会」の資料

調べに没頭した。

太宰治が津軽への旅に出たのは、「五月中旬のことである」と、小説『津軽』の中に書いてある。

『津軽』の「本編」の書き出し部分に、夫人との会話と思われるものが出てくる。


「ね、なぜ旅に出るの?」

「苦しいからさ」

「あなたの(苦しい)は、おきまりで、ちっとも信用できません」

「正岡子規三十六、尾崎紅葉三十七、斎藤緑雨三十八、国木田独歩三十八、長塚節三十七、芥川龍之介三十六、嘉村礒多三十七」

「それは、何の事なの?」

「あいつらの死んだとしさ。ばたばた死んでいる。おれもそろそろ、そのとしだ。作家にとって、これくらいの年齢の時が、一ばん大事で」

「そうして、苦しい時なの?」

「何を言ってやがる。ふざけちゃいけない。お前にだって、少しは、わかっている筈《はず》だがね。もう、これ以上は言わん。言うと、気障《きざ》になる。おい、おれは旅に出るよ」

こう「気障」なせりふで書いてはいるけれど、じつは、太宰の津軽への旅は、小山《おやま》書店という出版社の依頼で「津軽風土記」を書くための、いわば取材旅行であった。いまの浅見光彦と、その点では大差はない。

津軽――青森県への旅の第一歩は、もちろん東京の上野駅から始まった。

十七時三十分上野発の急行列車に乗った～（中略）～朝の八時に着いた。

つまり十四時間半の行程である。いまなら、列車で五時間半、車でも七時間――隔世《かくせい》の感がある。

小説『津軽』によると、青森に着いてからの太宰は、津軽地方のあちこちを訪ね歩き、十四日目に、津軽半島西海岸の北端近い港町「小泊《こどまり》」に行き、乳母であり、育ての親ともいうべき「たけ」に会う。

そして、幼年時代の感傷的な思い出にひたるところで、『津軽』は終わっている。

その十四日間、太宰は働きづめに旅したわけではない。二日目から五日目にかけて、蟹《かに》田《た》の親友「N君」の家に滞在している。

また、八日目から十二日目にかけては、金木町《かなぎまち》の生家にいた。
その行程を整理してみると、次のようなものであった。

第一日　上野――青森　泊
第二日　青森――蟹田　泊
第三日　蟹田付近を散策　泊
第四日　同右　泊
第五日　蟹田――三厩《みんまや》　泊
第六日　三厩付近散策――竜飛崎《たつぴざき》　泊
第七日　竜飛崎――蟹田　泊
第八日　蟹田――船で青森へ行き、そのあと――川部《かわべ》、五所川原《ごしよがわら》を経由――金木　泊
第九日、十日、十一日　金木に滞在
第十二日　金木――深浦《ふかうら》　泊
第十三日　深浦――五所川原　泊
第十四日　五所川原――小泊

靖子の父親、石井秀司が主宰する「『津軽』を旅する会」は、この行程と日程を忠実になぞるわけでは、もちろん、ない。たった二日でまわる、駆け足のような旅だ。途中、太宰の生家であり、現在は旅館を営んでいる、金木町の『斜陽館』で一泊するのが、習わしだったようだ。

その旅の途中のどこかで、秀司は、太宰の描いた（と思われる）肖像画を掘り出したのだろうか？

十二年前から始まった「『津軽』を旅する会」の参加者は、多い時には六十人ほどもいたが、最近はいくぶん下火で、石井のほかには今年は十六人だけだったらしい。

食事が始まった時、浅見がその「発見」のことを話した。

「そうなんですよねえ、太宰治の人気も、少しずつ低下しているのか、それとも、文学そのものがピンチなのか——って、父は心配していました」

靖子は感慨深げに、言った。

「父にとって、太宰治は文学そのものの象徴的存在だったみたいです。父ばかりでなく、津軽人は、おしなべて、津軽出身の文学者こそが、本物の文学を書く人種だ——と思い込んでいるようなところがあるんですよね。よく言えば孤高《ここう》だし、悪くいうと偏狭《へんきょう》っていうことじゃないかしら」

靖子は、自分も津軽の女性であるのに、第三者的な言い方をしている。やはり、彼女には、先天的に法律家としての素質があるのかもしれない——と、浅見は感心した。

そういえば『津軽』の中に、「弘前の人には、そのようなほんものの馬鹿意地があって、負けても負けても強者にお辞儀をする事を知らず、自矜《じきよう》の孤高を固守して世の笑いものになるという傾向があるようだ」云々と書いてある。

つまり、郷土に誇りを持っているくせに、郷土出身の人間が、中央で成功すると、「かれは賤《いや》しきものなるぞ、ただ時の武運つよくして」などというと、けなして書いている。

ずいぶん痛烈な批判だが、太宰もまた「成功者」という意味では異端であったわけで、そういう風当たりを、実感していたのかもしれない。

「『津軽』を旅する会」関係の資料といっても、地図や観光資料、太宰の『津軽』に出てくる地名、場所等の解説、「旅」のスケジュールといったものがほとんどで、特別に「捜査」の参考になるようなものはなかなか見つからない。

「あなたが参加した時も、やはり金木町の『斜陽館』に泊まったのですか?」

浅見は訊いた。

「ええ、そうです。そのスケジュールだけは、いまも変わっていないみたいですね」

靖子は新しい資料を見て、言った。

『『津軽』の旅の中で、もっとも注目すべき場所は、蟹田と金木、そして小泊ということになると思うのですが、やはり、そういうところを見学したのですか?」

「ええ、それも決まっていたみたいです。たぶんその三カ所を重点的に回っていたと考えていいのでしょうね」

靖子は、そう言ってから、ちょっと思案して、言葉をつづけた。

「もっとも、十二年も続けていれば、飽きもくるでしょうし、余裕もできてくるから、そういう決まりきったパターンを卒業して、意外なアナ場に着目していたっていうことだって考えられないわけじゃないですけどね」

「なるほど、それはいえますね」

浅見も頷いた。

「いずれにしても、そのどこかで肖像画に出会ったと考えるしか、いまのところ手掛かりはないわけですよねえ……とにかく、われわれも、『津軽』を旅する会』と同じ道程を歩きましょうか」

浅見は、空間に焦点の定まらない視線を向けて、まだ見たことのない、『津軽』の風景に思いを馳《は》せた。

そのどこかに、コスモスの咲く、侘《わび》しい墓地があるのかもしれない——と思った。

2

「『津軽』を旅する会」の最後の「旅」に参加したメンバー十六名のうち、青森県関係者は、次の十名であった。

谷川《たにがわ》潤子《じゅんこ》　弘前市　学生
長内《おさない》淑子《よしこ》　同右　同右
清水《しみず》洋子《ようこ》　同右　同右
志沢《しざわ》美幸《みゆき》　同右　図書館司書
高野《たかの》常則《つねのり》　木造町《きづくりまち》　養鶏業
井上《いのうえ》諭《さとし》　弘前市　会社員
宮森《みやもり》省三《しょうぞう》　同右　教師
小俣《おまた》務《つとむ》　青森市　会社員
石部《いしべ》元章《もとあき》　岩木町　飲食業
岸上《きしがみ》悦治《えつじ》　黒石市　無職

他の六名は県外からの参加者で、東京からの四名と福島県からの二名である。

県内の十名の内、はじめから五人までが、石井秀司の葬儀に参列してくれたという。弘前市の三名の学生は、いずれも、弘前学園女子短大に在籍中で、同大学内にある「太宰治研究会」のメンバーだそうだ。

四人目の志沢という女性は、学生ではないけれど、大学の図書館司書をしていて、やはり「研究会」に参加しているらしい。

「さしあたり、この人たちに会ってみることにしますよ」

浅見は言った。

「でしたら、私がご案内します」

靖子は気負って、そう言った。

「それは助かります。なにしろ、二泊三日で帰ってこい、などというヤツがいるものですからね」

「は？　それは奥さんですか？」

「え？　ははは、いや、おふくろですよ、おふくろ……」

浅見は慌ててごまかした。

ホテルに戻ったのは九時を過ぎていた。まったく、靖子が言ったとおり、弘前の街は夜が早い。ホテルまでの道は、飲食店などがチラホラ明かりをつけている以外、いずれもシヤッターを下ろしていた。

しかし、ホテルのロビーは賑《にぎ》わっていた。映画のロケ隊が入っていると聞いた。そのスタッフの連中が、遅い食事をとっていたらしく、一階ロビーの奥にある、「この花」という日本料理の店から出て、それぞれの部屋へ引き上げるところだった。

「遊びに行きたくても、この街には何もないんだよなあ」

と若い男が声高《こわだか》に嘆いていた。

「たまには、そういう真面目な生活もしてみろ」

と監督らしい男が笑っている。

映画関係の人間には、独特の臭みのようなものがあって、どこで会っても、すぐにそれと分かる。

浅見は彼らを敬遠して、エレベーターを一台、待つことにした。

ほかの連中より少し遅れて、中年の、助監督か照明のチーフ——といったタイプの男が「この花」から出てきた。

何か思案げに、手帳を覗きながらやってきて、エレベーターのほうをチラッと見やったが、そのまま外へ出て行った。夜の街の、どこかの穴場にでもシケ込もうというのだろうか。

浅見は706号室に入った。このホテルは九階建てで、八階までが客室になっている。エレベーターを降りた時、階段を通して、六階のざわめきが聞こえてきた。さっきの連中が、まだ遊び足りなくて、これからギャンブルでもしようというのかもしれない。

ロケ隊の出演者は八階に泊まっているという話だが、そっちのほうはコソとも音がしない。静かだと静かなりに、何をしているのか、いずれにしても気になる連中であった。

翌朝、浅見は、この男にしては珍しく八時前に起きて、シャワーを浴び、ホテルの朝食をとり、九時半には部屋を出た。

石井書店は、ちょうど店を開けるところだった。店の前にソアラを停めると、横山美智代が店の奥へ向かって、大きな声で「おみえですよ」と叫んだ。

靖子は、浅見が車を出かかった頃には、店から現われた。淡くくすんだピンク地に、白を基調にした花柄のワンピース姿で、上に純白のカーディガンを羽織っている。

「お早うございます」

声がはずんで、いかにも待ち受けていた感じだ。浅見は彼女の、少し紅《べに》を差したような顔が、眩《まぶ》しかった。心配性の村上が、この情景を見たら、さぞかし気に病《や》むにちがいないと思った。

美智代の、いくぶん冷やかすようなまなざしに見送られて、靖子は助手席に乗った。

大学は弘前市の西南にある。弘前そのものが学園都市だが、そのあたり一帯には、とくに学校関係の施設が集まっているらしい。

弘前学園女子短期大学は、ミッション系の大学であった。小ぢんまりした施設で、学生数も少ないらしい。それだけに、静謐《せいひつ》な気配の漂う、なかなかいい環境ではある。

当然のことながら、キャンパスの中は女子学生ばかりが目につく。そういう場所に、靖子と連れだって入って行くのは、いくぶん気がひけた。浅見は、遠慮ぶかく、ゆっくりと車を進めた。

いくつかある建物の中で、もっとも新しそうな、茶色い二階建てが図書館であった。外装に煉瓦《れんが》色《いろ》のタイルを貼った、いかにも渋い、落ち着いたたたずまいだ。

図書館に入って、そこにいた学生らしい女性に「志沢さんはこちらでしょうか?」と、案内を求めた。

志沢美幸はふっくらした顔立ちの、ふだんなら、たぶん陽気な性格だろうと思わせる女性だった。しかし、靖子の顔を見ると、沈んだ様子になって、悔やみを言った。

靖子は浅見を簡単に紹介した。「東京から来た父の友人」という言い方をしている。

「じつは、石井さんが僕に、例の『「津軽」を旅する会』の途中、面白い資料を発見した

――と言っていたのです。何か、太宰治にまつわる、新しい発見らしいのですが、そのことを詳しく話してくれないまま、ああいうことになってしまいました」

浅見はそう言って、暗澹《あんたん》とした表情を見せた。

「そこでですね、僕は石井さんが発見したという、『面白い資料』というやつが何なのか、それをひとつ、突き止めてみようと思い立ったのです」

「はあ……」

志沢美幸は、浅見が熱のこもった口調で話すので、びっくりした顔をして、頷いた。

「それで、お訊きしたいのですが、志沢さんは、その旅の途中のどこかで、石井さんに何か変わった様子があったかどうか、気づきませんでしたか?」

「変わった様子――というと、具体的にはどういう様子なのでしょうか?」

志沢美幸は困ったように、眉をひそめた。

「たとえば、何か発見したというようなことを言っておられたかどうか……いや、そうでなくても、途中で一人だけ抜け出して、どこかへ行ったとか、誰かと会っていたとか、そういうことですね」

「何か発見したとかいうような話は聞いていませんけれど……そうですねえ、石井さんはリーダーだったわけで、みんなのまとめ役でしたから、自分だけどこかに行ってしまうということは、あまりなかったと思うのですが……でも、自由時間もありましたし、夜なんかは、女性は早く寝てしまったりしますから、はっきりしたことは分かりません」

浅見は落胆したが、ある程度、予想された答えであったことも事実だ。

「志沢さんと、こちらの大学の三人の方は、一緒に行動されていたのでしょうか？」

「ええ、今回の参加を勧めたのは私でしたし、みんな割りと、世間知らずのお嬢さんばかりでしたので、なるべく離れないようにと、それは一応、注意してありました」

「そうすると、志沢さんが石井さんについて知っている以上のことを、その方たちに期待するのは無理でしょうね」

「だと思います」

志沢美幸は申し訳なさそうに言った。

「この文章をご存じですか？」

浅見はメモを出した。

「コスモス、無残……あら、これはたしか、太宰の……ええと、何だったかな……あ、そうそう、短編の中にこういう文章、ありません？」

「そうです、『ア、秋』という短編の一節です」

「あ、そうそう、『ア、秋』ですね。思い出しました。変わった小品ですよね」

「しかし、よく知ってますねえ、さすがですねえ」

「いえ、そんなでもありません」

志沢美幸は真っ赤になって、背を反《そ》らせ、手を左右に振った。年齢は三十代なかばといったところだろうか。そういうはにかみかたは、まるで幼児のようだ。

「じつは、この短い文章を書いたメモを、石井さんは死ぬ間際に、ポケットに突っ込んでいたんです。たぶん、犯人の目から隠す意志があったのか、それとも、こちらのお嬢さんに、言い残したい言葉だったのか……いずれにしても、何を目的にこんな文章を残されたのか、まるっきり見当がつかないんですよね。どうでしょうか？　志沢さんには、何か思い当たることはないですか？」

「えーっ？　この文章にですか？」

彼女は目を丸くした。

「分かりませんよ。でも、これ、『ア、秋』の一節ですけど、『コスモス、無残』のところと『マネク、ススキ……』のところは、ぜんぜんべつの文章ですね。繋《つな》がっているわけではありませんよね？」

「ええ、離れた場所にある、独立した二つの文章です」

「そうですよね。だったら、石井さんはどうして、この二つの文章をお書きになったのかしら?」

「そのとおりです。それも分からない謎の一つです。なぜなのか、志沢さんも考えていただけませんかねえ」

「考えるって……でも、そんなこと、私にはさっぱり分かりませんよ……でも、何か理由があるのでしょうねえ」

志沢美幸はしきりに首をひねった。

「私より、ほかの誰かが、知っているかもしれませんね。あの会では、私なんか、まだ新《しん》参者《ざんもの》ですし、それに、男の人のほうが、石井さんと親しく付き合っていたのじゃないかしら?」

「誰が親しそうでした?」

「さあ?……誰かしらねえ……」

「そうそう、このあいだ、お葬式に見えた高野さんはどうでしょうか?」

靖子が言った。

「あ、そうですね、高野さんなら詳しいかもしれないわ」

志沢美幸も同調した。

「お葬式の時、私たちと、『津軽』の旅の時のことをあれこれ話して……とても懐かしそうでした。近いうちに、ぜひまた会いましょうって約束して……そういえば、あなたとも、長いこと話していましたよね」

「ええ、そうなんですよね」

　靖子は大きく頷いた。

「あの方は、父とかなり親しくしていたみたいです。私にもこのあいだの旅の話をしてくれました。父の日常のことだとか、東京で会った時の様子なんかとか、つまらない話だと思うんですけど、熱心に聞いてくれて……太宰の絵のことを言ったら、すっごく興味を持ってくれたみたいだし……」

　靖子が不用意に、そう言ったとたん、志沢美幸は妙な顔をした。

「太宰の絵って、何ですの？」

「いや、太宰はなかなか絵が上手《うま》かったという話をしていたのです。そうでしたよね、靖子さん」

　浅見は、靖子に見えるほうの眉をしかめて、言った。靖子は慌てて、「え、ええ」と頷いた。

「なるほど、高野さんですか……」

　浅見は、志沢美幸の疑いを逸《そ》らすように、わざとらしく、「『津軽』を旅する会」の参加者名簿を写したメモを拡げて見た。

「高野常則さんは木造町の人ですね。木造というと、西のほうでしたか?」

「弘前からだと、北西の方角です。五能《ごのう》線で行きます」

志沢美幸は言って、

「電話をしてみましょうか」

デスクの上に手を伸ばして、受話器を取り上げた。

しかし高野は不在であった。

「奥さんがお出になって、昨日から小泊のほうへお出掛けで、何時に帰られるか分からないということです」

「そうですか……」

浅見はどうしたものか、思案した。「取材日程」のほうはわずか三泊四日だ。いくら自腹を切るにしても、そんなに延ばせるものではない。これから、蟹田や金木町といった、『津軽』を旅する会」が歩いたコースを回らなければならない——。

「あの、なんでしたら、高野さんのほうには、私からときどき連絡を入れておきましょうか?」

志沢美幸が浅見の困った様子を察して、言ってくれた。まったく気配りのいい女性だ。

「そうですか――そうしていただけるとありがたいですねえ」

浅見は思わず顔がほころんだ。

「じゃあ、高野さんへの連絡は、志沢さんにお願いしておいて、僕たちはとにかく、『津軽』の旅のコースを走ってみます。ひょっとしたら、この変てこりんな文章の風景に、出会えるかもしれない」

「はあ……」

志沢美幸は（本当かしら？――）と疑うように、小首をかしげ、あらためて「コスモス、無残……」の文章に視線を落とした。

そのあと、浅見は彼女に、「『津軽』を旅する会」の時の通過地点ごとに、どういう旅だったのか――とくに時間をかけて散策したり、見学したような場所がなかったかどうか――などについて確認した。

3

太宰治の「津軽の旅」は、列車とバスがほとんどで、一度だけ、第八日目に蟹田から青森まで、船に乗ったのが例外である。それ以外は、竜飛崎に遊んだ時や、滞在地の周辺など、徒歩で散策している。

列車もバスも、当時（昭和十九年）は現在と比較にならない劣悪なものであったことはたしかだ。ことに道路事情はひどく、青森市内の目抜き通りを別にすれば、ほぼ、すべての道路が未舗装だったと考えられる。バスは土埃《つちぼこり》を舞い上げながら、でこぼこ道を走ったことだろう。

ことに、津軽半島東海岸は、北に進むにつれて地形が険しくなってゆく。青森から北の交通手段はバスか馬車にたよっていた。

昭和十四年――つまり、太宰が東京・三鷹《みたか》に居を構えた年になって、ようやく鉄道の着工が本格化した。トンネルが掘られ、一部にはレールも敷設《ふせつ》された。

しかし、せっかく進捗《しんちょく》した工事も、戦争の激化とともに中止され、敷設したばかりのレールは撤去《てっきょ》されて、大砲に化けた。

戦後まもなく、工事は再開されたものの、青森―蟹田間が開通したのは昭和二十六年暮れ。三厩までの全線開通にいたっては、昭和三十三年十月になってからのことである。

それから十四年後の昭和四十七年、青函トンネルが着工され、六十三年に、ついに海峡線が本州―北海道を鉄路で結んだ。まさに、昔を知る津軽人にとっては、夢のような話ではある。

太宰がバスで走った津軽半島東海岸の道は「松前街道《まつまえかいどう》」と呼ばれた。竜飛崎と一衣帯水のかなたには、北海道南端の松前町があり、三厩からは頻繁《ひんぱん》に船便が通った。文字どおり「松前への道」であったわけだ。

現在は国道２８０号。幅員は片側一車線、大型車同士の擦《す》れ違いがやっと――と狭いけれど、とにもかくにも、完全舗装の道がつづく。

太宰の『津軽』には、青森から蟹田までを「バスで二時間近く」と書かれている。現在は、ふつうに走っても、四十分からせいぜい五十分もあれば行ける。

青森市郊外から国道２８０号に入り、北へ向かう。

「東海岸」といっても、道路が海岸線に接して走るのは、青森からしばらく行った油川《あぶらかわ》の集落から先になる。

右手に漁師小屋ふうの倉庫や防波堤が、途切れ途切れにうちつづく。その合間合間に、時折り、穏やかな陸奥湾《むつわん》の水面が覗く。

北の海――というと、しょっちゅう風が吹き荒《すさ》び、白波が立っている風景を想像しがちで、浅見もそういうイメージを抱いてやってきたのだが、その意味ではあてが外れた。

市街地を離れるにつれて、靖子はしだいに口数が少なくなった。ほんの少し前、このルートを、父親が十六人の会員を引率《いんそつ》して、嬉しそうに走って行ったのだ――と思うと、さすがに、さまざまな想いが湧《わ》いてくるのだろう。

「蟹田では、いまでも蟹が獲《と》れるのですかねえ。『津軽』の中には、蟹をしこたま食ったと書いてありますけど」

浅見は靖子の気持ちを引き立てるように、とぼけた口調で言った。

「僕は蟹が好きで、蟹を食える土地への取材となると、ついノーギャラでも引き受けてしまうんですよね」

「でしたら、今回はがっかりですね。蟹田の蟹は、もう名前だけなんです。いまではシャコが獲れるくらいのものじゃないかしら」

「シャコか……シャコも、塩ゆでにして食うと、結構、美味《うま》いですけどねえ」

道路際まで人家がせまっているような集落をいくつか過ぎて、蟹田の町に入った。町とはいっても、右手は海とのあいだ、左手は線路とのあいだに、一重か、多くても数重の人家が疎《まば》らに並ぶ、寂しい集落だ。

集落の中心で信号を左折すると、二百メートルばかりで蟹田駅にぶつかる。ちっぽけな駅だが、駅前広場らしきものがあって、客待ちのタクシーが三台、退屈そうに駐《と》まっていた。

広場の片隅に車を停めて、浅見は外へ出た。両手の指を交差させ、真っ直ぐ天を突くようにして伸びをした。ふと見ると、靖子もそっくりの恰好《かっこう》をしている。二人は顔を見合わせて、笑った。

「寂しい町ですねえ」

浅見は周囲を見回して、小声で言った。もっとも、声をひそめなくても、誰も聞いている人間はいない。

「でも、私が『旅』に参加した頃から見ると、ずいぶんきれいになったみたいです」

靖子は感慨深げに、言った。

「あの頃は、青函トンネルの工事に通うダンプが、ひっきりなしに行き交《か》い、町全体が埃まみれでした」

いま見ても、お世辞にも「きれい」とは言いにくい。しかし、十年前よりは「きれい」になったという証言は、おそらく正しいにちがいない。

太宰治の『津軽』には、こういう文章がある。


海浜のすぐ近くに網がいくつも立てられていて、蟹《かに》をはじめ、イカ、カレイ、サバ、イワシ、鱈《たら》、アンコウ、さまざまの魚が四季を通じて容易に捕獲《ほかく》できる様子である。この町では、いまも昔と変らず、毎朝、さかなやがリヤカーにさかなを一ぱい積んで、イカにサバだじゃあ、アンコウにアオバだじゃあ、スズキにホッケだじゃあ、と怒っているような大声で叫んで、売り歩いているのである。

そういう風景は、太宰が死んだ昭和二十三年頃も、そしてその後もしばらくは、それほど変化なくつづいていたにちがいない。そういう、いわば魚臭漂う町から、いったいいつ頃、埃まみれの町へ——さらに「きれい」な町へと変貌してきたのだろう？　ひょっとすると、誰も知らぬ間に、ふと気がついてみたら、いまの風景があった——ということなのかもしれない。

「人間も、いつのまにか、変化してゆくのですねえ」

浅見は途中の思考をネグレクトして、結論じみたものだけを、ポツリと呟いた。

「は？……」

靖子は、怪訝《けげん》な顔をしたが、すぐに浅見の想いを推量したとみえて、それ以上は何も訊かなかった。

駅前に奇妙な恰好をしたスナックがあった。西部劇にでも出てきそうな、板張りの粗末な建物で、入口が歩哨《ほしょう》小屋のように突き出し、どうやら二重ドアになっているらしい。

窓は極端に小さく、全体として、愛嬌《あいきょう》に乏しい表情の店だ。

浅見は近づいて、おそるおそるドアを開けてみた。

「あ、やっぱり二重ドアだ。ほら、二重ドアですよ」

振り返って、靖子を手招いた。

「そんなの、珍しくありませんよ」

靖子はおかしそうに笑っている。

「冬、まともに吹雪が吹き込まないように、そうしているんです。風除室っていってるみたいですよ」

「なるほど、そうなんですか……」

烈風吹き荒れる冬の風景が、たちまち思い浮かんだ。

スナックのマスターは、四十歳ばかりの、頭の薄い痩せた男だった。二人が入って行って、窓際のテーブルに座ると、「いらっしゃい」と低い声で言って、水を運んできた。

「コーヒーをください」

注文をしてから、浅見は訊いた。

「この辺に、コスモスが咲くところはありませんか?」

「コスモス？　さあねえ……」

マスターはそっけない顔をした。

「おれ、そういうの、関心がねえからなあ。分かんねえなあ」

たしかに、このマスターに、コスモスは似合いそうにない。

「それじゃ、墓地はどうでしょう？　墓地はありませんか？」

「墓地なら、あっちこっちにあるべさ。人間はどこでも死ぬからな」

哲学的なことを言って、「あははは……」と笑った。

「墓地の周りで、ススキが招いているようなところはありますか？」

「ススキが招くってかい？　おいでおいでってかい？　それだば、お客さん、幽霊が招いているんでねべか」

ばかばかしいジョークを言って、また一人で笑った。

「コスモスって、この辺でも咲くものかしら？」

靖子は、埃に汚れた窓の外を、透かすようにして眺めた。

「あまりそういう感じがしませんけど」

「コスモスの北限ていうのは、どの辺りになるんですかね？」

浅見にはそういう知識はあまりない。ここのマスターのことも、笑えた立場ではないのだ。

コーヒーが運ばれる時になって、裏口からマスターの奥さんが子供を連れて帰ってきた。

浅見は、彼女の顔を見て、津軽の女性たち共通のイメージだと信じた「津軽美人」の印象を、撤回しなければならないと思った。

「おい、おめえ知んねえだか。コスモスの咲く場所はねえか、訊いてるだが」

マスターは、客に顎《あご》をしゃくってみせて、訊いた。

「コスモスかい？　コスモスはこの辺には咲かねえすべ。シオ風の入るところには、咲かねえんでねべか」

「シオ風」は「潮風」というより「塩風」のほうが、彼女の風貌にはふさわしいような気がした。

「そうか、コスモスは塩には弱いんですかねえ。だとすると、内陸部の花ということになりますね」

浅見は靖子に確かめた。靖子は黙って、困った顔をしている。

「んだすよ、シオ風の吹かねえ金木のほうなら、咲くだよ」

「金木か……」

太宰の生家のある金木町の名前が出たので、浅見は緊張した。信ずるに足りないように思えた、スナック夫人の話が、急に信憑性を帯びてきた。

志沢美幸の話によると、蟹田では観瀾山《かんらん》に登ったほかは、文字どおり駆け足のような忙しさだったそうだ。

観瀾山というのは、国道２８０号が蟹田町を北に出外れそうな、蟹田川の岸辺に立つ、百メートルばかりの小山だ。『津軽』の中で、太宰はこの山に登ったと書いている。道路脇に、そのいわく因縁《いんねん》を書いたものが立っていた。観瀾というくらいだから、山上に立てば、陸奥湾が一望できるのだろうけれど、浅見はそれはやめて、国道と別れて内陸へ向かう道を急ぐことにした。

その道の右側に蟹田町役場があった。これがおそろしく汚ない。まるで小樽《おたる》で見た、ニシンの番小屋である。町財政の貧しさを、天下にアピールして、救済を求めているような凄味《すごみ》さえ感じられた。

ところが、そこからものの二百メートルばかり行ったところに、ベンガラ色の堂々たる鉄筋コンクリート三階建てのビルが聳《そび》え立つ。建物は、広大な敷地の奥に引っ込んで建っているが、すぐ前の道路標識に「蟹田警察署」と表示されてあった。

貧しげで、荒涼とした風景の中で、それはあたかも、民意を威圧する権力の象徴のように見えて、あまり愉快ではなかった。

「ひどいアンバランスですね」

浅見は呆《あき》れて、しばらく警察署の前に車を停めた。

「行きましょうよ、変に思われますよ」

靖子は気にして、浅見の左腕を叩いた。彼女がそう言ったとたん、建物の中から、制服、私服とり混ぜて、数人の男たちが飛び出して、パトカーに乗り込んで、こっちへやって来た。

一台、二台、三台——猛烈な勢いである。正直、浅見はドキッとしたが、連中はソアラには見向きもしないで、浅見が向かうのと同じ方角へ、サイレンを鳴らして突っ走って行った。

「ああ、びっくりした……」

靖子は浅見以上に驚いたらしい。

「冗談で言ったのに、ほんとに逮捕されちゃうのかと思いました」

真顔で胸を押えている。

「ははは、まさか、ここにこうしているだけで、逮捕されたりしませんよ」

浅見は笑い飛ばしたが、この趣味の悪いベンガラ色の建物を見ていると、なんだか、いつの日にか、そういう理不尽が行なわれることもありそうな予感がしてきた。

4

蟹田から西へ行く県道は、「つがるやまなみライン」とよばれる。途中、ヒバ林のある山を越える。ときどき、林の中から人がヒョッコリ現われたり、道端から深い藪《やぶ》の中へ消えて行く人も見掛けた。

「このあたりは山菜がよく採れるんです」

靖子が説明した。

峠を下りきる坂道から、西海岸が見えてくる。はるかに霞《かす》んで見える長大な橋は、十《じゅう》三《さん》湖を渡る橋だ。

国道339号に突き当たる。右へ行けば小泊だが、浅見はとりあえず金木町を見たかったので、左にハンドルを切った。

金木町が近づくとともに、『斜陽館』の案内板が、道路脇にポツリポツリ出ていて、道を尋ねる必要はまったくなかった。

太宰治の生家を、旅館兼資料館兼飲食店兼土産物店にした『斜陽館』は、金木町の中心街にあった。

金木町は人口一万四千、農業主体の町である。中心街といっても、津軽線金木駅の周辺に、チマチマと展開する、ささやかな商業地域にすぎない。

太宰は『津軽』で、「五所川原は浅草」と譬《たと》え、対照的に「金木は小石川《こいしかわ》」と書いている。「どこやら都会風にちょっと気取った町で」ともいっている。東京の山の手、小石川は、かつて（いまでも）、高級住宅街の代名詞であった。しかし、それになぞらえるのは、少しばかりでなく、身贔屓《みびいき》にすぎる表現で、五所川原の住民にすれば、怒るどころか、噴《ふん》飯《ぱん》ものであったにちがいない。

『斜陽館』は、ビルはおろか、大きな建物のほとんどない金木町の中にあっては、まずまず目立った存在といっていい。

『斜陽館』は、太宰の生家・津島《つしま》家の当時の面影を、ほとんどそのまま残している。津島家は「山源《やまげん》」の屋号で知られる、この地方きっての名家であった。

この建物は、貴族院議員だった太宰の父親が建てたもので、当時、この家の屋根に登って、見渡すかぎりの田や土地が、津島家の所有であったとさえいわれる。

戦後、「山源」のシンボルともいえるこの建物は人手に渡り、階下十一室、二階八室、八百四十平方メートルの豪邸は旅館に変身し、『斜陽館』と名付けられることになった。

その津島家のことや、太宰治の身内のこと、彼をめぐる女性たちの数奇な運命など、それぞれが興味深い物語を秘めているけれど、それにかかずらっているゆとりは、いまはない。

しかし、浅見と靖子は、まるで太宰の熱狂的なファンででもあるかのように装って、『斜陽館』の一階奥にある資料室や、建物内部のあちこちを見学して回った。

『斜陽館』に入るのに、入場券はいらない。ただ、一階にある喫茶ルームで何か一つ、飲み物を注文するのが条件になっている。喫茶ルームは、かつて土間であったのを改築したスペースで、入って左側に座敷、右側に小庭がある。

浅見と靖子のほかにも、数人の客がいて、庭の池で泳ぐコイを眺めながらコーヒーを飲んだり、隣りの資料室を覗いたりしていた。

二人がいるあいだに、十数人の団体客が入って、賑やかにお茶を飲み、館内を巡ると、つぎなる目的地へ向かって、ドヤドヤと出て行った。

そういう客でなく、静かに太宰の思い出を探り、感傷に耽《ふけ》りたい客は、若い女性ばかりでなく、かなりの年配らしい紳士もチラホラ見掛けた。

しかし、浅見もそうだったのだけれど、彼らの多くは、おそらく「失望」というべき、複雑な想いを抱いて、この由緒ある建物を去って行くことになったにちがいない。

太宰が生まれ育った家は、外観や建物内部のほとんどが、往時のままだという。観光パンフレットなどに出ている外観写真や、二階へ上がる階段の結構《けっこう》や、二階の応接室など、たしかに保存状態はかなりよい。応接室の窓にかかる豪華なカーテンは、ごく最近、新調したばかりだそうで、そういうものだけを見ているぶんには、「長椅子に寝ころんだ」という、太宰の文章が素直に思い浮かぶ。

しかし、その優雅であるはずの応接室の床には畳が敷かれ、その上に、布団部屋のように数組の布団が積まれていた。

玄関を入った、本来は土間であったところを、床板をかさ上げし、絨毯《じゅうたん》を敷いて、喫茶ルーム兼土産物売り場にしたのも、太宰ファンとしては興醒《きょうざ》めする風景だろう。とはいえ、そういうことはまだいい、この建物はいまは観光資源として経営されているのだ。その程度のことは、いわばやむを得ざる許容の範囲にあるといわなければならないだろう。

だが、どうしても納得できないことが、一つ、あった。

喫茶ルームには、五人の女性が働いていた。上は三十歳ほどから、下は二十歳前後の若い娘ばかりである。その中のもっともチャーミングな一人と、その彼女と冗談を言いあいながらコーヒーを飲んでいる友人らしい二人の客が、なんと、フィリピン女性であった。ちょっと見た目には、日本女性と似ていて、そういうことに鈍い浅見は、しばらく気付かなかった。目鼻立ちがいくぶん変わっているけれど、蟹田のスナック夫人の例もあることだし、これもまた、津軽の女性像の一タイプなのか——と思ったくらいだが、靖子はすぐに気がついて、眉をひそめながら、浅見に耳打ちした。

あとで知ったことだが、その三人のフィリピン女性は、じつは『斜陽館』の裏にある、かつての土蔵を改造したバーで働いているのだそうだ。六カ月ごとに帰国したり、メンバーが変わったりするそうだから、観光ビザで来日しているというわけだ。むろん、違法である。司法試験を目指す靖子でなくても、耐えられないスキャンダルではないか。

前述した「感傷紳士」の一人は、感慨深げに首を振って、「これも時代かねえ……」と慨嘆した。泉下《せんか》の太宰のことを思い、やりきれなかったにちがいない。

グループを引率してきて、こういう現実を見せつけられた石井秀司は、どんな想いだったろう——。

浅見と同じことを、靖子も考えていた。

「あれを見て、父はどう思ったかしら」

『斜陽館』を出ると、靖子は、苦いものでも吐き出すように、言った。

「腹が立ったでしょうねえ。いや、情けなかったかもしれない」

「それとも、さっきの紳士みたいに、これも時代の流れ——なんて、達観しちゃったかもしれないわ」

「まさか……そういう、なんていうか、逆らわないような部分があるんですよね。私へ行くって言った時も、やっぱりそうだったし……」

「いこれとは違うでしょう」

は同じです。父は強引に自説を貫き通すという、強さに欠けていました。昔はそうじなかったのですけど、母のことがあってから、変わったのかもしれない……」

「お母さんのこと？……」

靖子は（いけない――）というように、口を噤《つぐ》んだ。何か言いたくない理由があると察して、浅見もそれ以上は追及しなかった。

金木町にコスモスが咲くかどうか、まだこの季節では分からない。しかし、コスモスなんかはどこにでも咲きそうな気がした。塩の風が吹くところには咲かない――などということもなさそうに思えた。

『斜陽館』ショックのせいで、そういったことを、この町の人に確かめる気持ちを、浅見は喪失《そうしつ》していた。

まだ夕暮れには間があったが、浅見は弘前へ向けて走ることにした。二十分ほどで五所川原市に入った。予想していたのより、ずっと大きな街だ。それほど高いビルがあるわけではないが、一面が田圃《たんぼ》の津軽平野の中に、いくつものビルが建つ風景は、蜃気楼《しんきろう》を見るような気分さえする。

五所川原駅へ寄ってみた。靖子が「旅」に参加した当時は、列車を利用していた。

「あの時、五所川原駅で食べたオヤキの味が忘れられないんですよね」

靖子が懐かしそうに言ったのが、浅見の食欲を刺激した。

五能線五所川原は、金木や、十三湖に近い津軽中里へ行く津軽鉄道の起点でもある。津軽鉄道の駅と、それに隣接するバスターミナルは、これ以上、典型的な地方駅は見ることができないだろう――と思わせる、博物館的共感をそそる見物《みもの》であった。

まず駅舎がすごい。ペンキの剝げ落ちた木造平屋で、ちょっといい牛小屋なら、ここよりはるかに立派だ。「ふるさとここにあり」といった看板が、あちこちに掲げてあるの、なんだか開き直った感じで、むしろ爽快だ。

しぜ[illegible]中、待合室は薄暗く、適度にジメジメしている。冬になると、きっとダルマのス[illegible]とえられ、その周りでは濃厚な津軽弁の会話が聞かれるのだろうな――と、[illegible]い[illegible]る。

それでも、プラ[illegible]トホ[illegible]ムは三本もある。発車間近の二両連結の列車が、二本目のホームに待機している。

列車はディーゼルカーで、車体は茶とカーキ色のツートンカラーだ。一両か二両編成で運行されるらしい。浅見はその列車に乗って、田園地帯を走ってみたい衝動にかられた。

「オヤキ、食べませんか？」

靖子の即物的な言葉が、浅見の詩情をうち砕いた。

道路の向かい側にあるバスの待合所は駅舎に較《くら》べると、はるかに大きい。床のない大きな体育館か、卸売市場《おろしうり》を想像すると、ほぼそれに近い。バスターミナルからは各方面行きのバスが出るらしく、目的地ごとのブロックが五つほどに分かれていて、そこにベンチや、バスでご用済みになったシートが、ズラッと並んでいる。

その市場のような建物に、実際にはいくつもの店が同居している。オヤキを焼いて売る店は、そのもっとも待合所寄りの、いわば、この「市場」としては一等地ともいえそうな場所に、堂々、店を張っていた。

オヤキというのは、東京でいう「ドンドン焼き」、もしくは「タイコ焼き」を、少し平たくしたようなものを想像すればいい。要するにウドン粉を水で溶いて焼いたもののなかに、アンコが入っているのだ。

これがこの地方では、驚くべき人気なのであった。浅見と靖子が見ている前で、次から次へと客がきて、それこそドンドンと売れてゆく。

香《こう》ばしい甘い香りが漂って、待合所の客たちを魔力のとりこにしてしまうのかもしれない。

靖子は「黒アンと白アン、二つずつ、ください」と言った。黒アンが三十円、白アンが四十円なのだそうだ。浅見は慌ててポケットからお金を出して、靖子がいいというのを、押しのけるようにして払った。たった百四十円のことだが、年下の女性の、しかも無職の靖子に奢《おご》られるわけにはいかない。

紙袋の中から、ホカホカと温かいのを摘《つま》み出して食べる。

柔らかく、そのくせ弾力に富んだ外皮に、歯がクチャッと割って入ると、アンコの甘味が口の中にフワァーッと広がる、そのタイミングが絶妙だ。

「あ、これはまさしく、下町の味ですね」

浅見は感動的な声を発した。

「太宰が五所川原を浅草に譬《たと》えたのは、正しかったのかもしれない」

「あら、オヤキぐらい、どこにでもありますよ。弘前にだってあります」

靖子は地元のために弁護した。

「そうかもしれないけど、しかし、この雰囲気はまさしく浅草的雑駁《ざっぱく》さですよ」

浅見は待合所を眺めて、言った。

「僕は好きだなあ、こういうの……」

言いながら、二つ目の、白アンのほうにかぶりついた。靖子はおかしそうに、そういう浅見を見つめていた。

「市場」の通りに面したところに、花屋が店を出している。花だけでは成り立たないのか、写真材料や簡単な文房具なども売っている。花と文房具がどう結びつくのか知らないが、それもまた「浅草的雑駁さ」の発露《はつろ》といえるのかもしれない。

花屋の女性はそう若くはないが、浅見光彦の尺度における「弘前美人」であった。

浅見はフィルムを一本買って、女性に話しかけた。

「この辺りには、コスモスは咲くのでしょうか？」

「咲きますよ、コスモスぐらい」

女性は呆れたように、笑いを含んだ口調で言った。土地訛《なま》りは少しあるけれど、すきとおった、きれいな声であった。

「どの辺に咲きますか？」

「どこにでも……でも、山裾みたいなところのほうが、沢山咲くようですね」

「信州にコスモス街道というのがあって、歌にもなっていますよね。そういうところは、

この辺にもありますか？」

「さあ……そんなに群生するところはないかもしれないけど、でも、そうそう、黒石《くろいし》のほうで見たことがあります」

「黒石というと、リンゴの産地ですね。信州もリンゴの産地だから、あの辺りは似通った土地柄なのかもしれないな……」

浅見は靖子を見て、訊いた。

「黒石は『「津軽」を旅する会』のコースに入っていませんよね？」

「ええ、黒石は太宰の旅のコースからもはずれているのでしょう？」

「そうですよね」

「でも、リンゴの産地でしたら、アップルロードの周辺はすべてそうですよ」

アップルロードというのは、岩木山の広大な裾野を、ほぼ等高線に沿って半周する、いわゆる広域農道のことで、観光目的のドライブコースにもなっている。まさにその名にふさわしく、沿線は見渡す限りのリンゴ園である。

「なるほど……」

浅見は失望した。どう考えても、「コスモス」というキーワードから、場所を特定しようという作業は、事実上、不可能としか思えない。

「問題は、『無残』というのを、どう解釈するか、ですね」

「ええ」

浅見と靖子の、禅問答みたいな会話を、花屋の女性は、不思議そうに眉をしかめて、傍観していた。

浅見はふとわれに返って、時計を見た。

「そうだ、そろそろ大学が終わってしまう時間ですね。志沢さんに電話、してみてくれませんか。もう、高野さんと連絡がついているかもしれない」

高野の家のある木造町へは、弘前へ帰る道の途中から、右へ行く。浅見は、できることなら、今日のうちに高野の話を聞いておきたかった。

靖子は花屋の店先にある公衆電話で、弘前学園女子短大に電話をかけた。交換手が図書館に繋いでくれるあいだ、色とりどりに揺れる花たちをぼんやり眺めている。

その横顔を浅見は見つめた。無心の状態にある瞬間、その女性のほんとうの美しさが現われる――と思った。

石井靖子は、娘としてはもう、若いとはいえない。それなのに、ふっと放心した瞬間の横顔には、まだ人生の垢《あか》に塗《まみ》れていない、少女のあどけなさがほの見えた。女性には、いくつになっても、どこかにそういうあどけなさが残っているものかもしれない。残っていてほしいものだ――と浅見は思った。

「はい、あ、志沢さんですか、石井です、どうもけさほどは……」

靖子はいきいきと喋りはじめたが、「えっ?」と言ったとたんから、相手の言葉に耳を奪われたように、沈黙してしまった。

やがて、浅見を振り向いた彼女の眼には、これ以上はない驚きと恐怖の色が込められていた。

「浅見さん、死んだんですって……」

掠《かす》れた声で、ようやく言った。

「えっ? 死んだ?」

浅見は顔を近づけ、靖子を励ますように、強い口調で言った。

「ええ、高野さん、死んだんです」

「死んだって……どうして? いつ? 何があったんです?」

「殺されたらしいって……」

靖子は、少し受話器を遠ざけ、恐ろしそうに指差して、言った。

第四章　養鶏業者の死

1

「代わりましょう」

浅見は靖子の手から受話器を取り上げるようにして、志沢美幸に呼びかけた。

「もしもし、浅見です。高野さんが殺されたというのは、ほんとうですか？」

「ええ、ほんとうです」

志沢美幸の声は、靖子ほどには取り乱していなかった。おそらく、「事件」を知ってから、ある程度、時間がたっているせいなのだろう。それでもやはり、浅見に事情を説明する口調は上擦《うわず》っていた。

「あれから、思いついては、ときどき高野さんのお宅に電話をしていたのです。四回ばかりおかけしたのですけど、二度はお宅がお留守で、あとの二度は、やはりまだ戻っていないという返事でした。それで、五度目に電話したら、奥さんが泣き声で、『主人が殺された』って……それで、何を言っているのか分からないくらい、ヒステリックになっていたんですけど、なんとか宥《なだ》めて、落ち着かせて訊きましたら、たったいま、警察から連絡が入って、高野さん、亡くなったって……殺されたらしいって、そう言うのです。びっくりして、もっといろいろ訊きたかったのですけど、すぐに出なければならないからって……それで、電話を切られて……」

「分かりました」

浅見は努めて冷静を装って言った。

「志沢さんもびっくりしたでしょうけど、僕も正直言って、驚きました。しかし、驚いてばかりはいられません。ひょっとすると、石井さんのお父さんの事件と、何か関係があるのかもしれませんし、とにかく、僕は警察に行って、詳しいことを聞いてみるつもりです。で、高野さんが殺されたというのは、どこですか？　小泊へ行かれると言っていたようですけど、やはりそっちのほうですか？」

「いえ、そこまで聞けないうちに、電話が切れてしまったもので……もしなんでしたら、私の友人が新聞社にいますから、聞いてみましょうか？」

「あ、そうしてもらえるとありがたいですね。じゃあ、このあと十分後に、もう一度、電話をします」

浅見は静かに受話器を置いた。

振り向くと、靖子は目をいっぱいに見開いて、こっちを見つめていた。

「びっくりしましたねえ」

浅見はきびしい表情で言った。しかし目には、かぎりない好奇心が現われるのを、隠しようがない。

「これ、父のアレと、関係があるのでしょうか?」

靖子は脅《おび》えたように、言った。

「さあ……分かりませんが、しかし、だとしたら、不気味ですね。なんだか、僕たちが動き出したとたんに、悪魔の手が動いたような気がします」

「そんな……だったら、私たちが原因で、高野さん、殺されたみたいじゃないですか」

「それはないでしょう。だって、こっちの動きは、高野さんだって、まだ知らなかったのですからね」

「ええ、それはそうですけど……でも、悪魔なら、そのくらいのことは見抜いてしまうかもしれません」

「なるほど、その可能性はありますね」

「そんな、冗談を言ってる場合ではありませんよ」

靖子は眉をひそめた。

「とにかく、事件がどこで起きたのか、志沢さんに確かめて……」

浅見は言いながら、ふと思い出した。

「まさかあれじゃないでしょうね。ほら、蟹田の警察の前にいた時、パトカーが三台、ものすごい勢いで飛び出して行ったでしょう。あれはふつうじゃなかったですよ」

「えっ？　じゃあ、蟹田で殺されたのですか？　でも、高野さんは小泊へ行ったっていう話でした」

「いや、蟹田かどうかは分かりません。あれだけ大きな警察署だと、管轄地域もかなり広いはずですからね。ひょっとすると小泊まで含まれるのかもしれない」

浅見は車に戻ってロードマップを持ってきた。津軽半島のページを拡げたが、蟹田のベンガラ色の警察署が、いくら中軸的な役割を負う、大型の警察署であるとしても、小泊村までは、津軽半島を横切ることになり、常識的には、そこまでは管轄しそうにない遠距離であった。

とはいえ、殺人事件ともなると、隣接署から応援が動員されるから、あるいは浅見の想像が当たっている可能性もあった。

きっかり十分待って、浅見は志沢美幸に電話を入れた。

「現場は市浦《しうら》村だそうです」

志沢美幸の言葉と同時に、浅見は地図の上の「市浦村」の文字を探した。

「市浦村は十三湖のあるところです」

志沢美幸が教えてくれた。

なるほど、十三湖のほぼ全域が、市浦村の境界線の中にあった。

「十三湖に注ぐ川の一つに、太田川《おおたがわ》というのがあるのですけど」

「ああ、あります、あります」

浅見は地図を叩いて、言った。

「その川に沿って、上流のほうへ遡《さかのぼ》る道がありますか？」

「あります、あります」

「その道を行ったところに、砂利《じやり》の採取場があるのだそうです。そこに高野さんの車が停まっているのを、山菜採りに行った村の人がみつけ、その中で亡くなっていたのだそうです」

「分かりました。それで、犯人その他は、まだ分かっていないのですね？」

「ええ、まだそうです。もっとも、新聞社に情報が入っていないだけかもしれませんけれど」

「そうですね、分かりました、これから、現場のほうへ行ってみることにします」

浅見は礼を言って、電話を切った。

時刻はすでに四時を回ったが、空を見上げると、まだ陽は高い。

「僕は市浦へ行きますが、石井さんはどうしますか？」

靖子に訊いた。

「もちろん行きます。こんなところで一人にしないでください」

靖子は怒ったような口振りだ。

ソアラに乗り込むと、ふたたび北へ向かう道を引き返した。

「やっぱり、蟹田警察署のパトカー、あれは現場へ向かう連中だったようですね」

浅見はハンドルを操作しながら、言った。

「小泊だと少し遠いけれど、市浦なら、かなり近い。もしかすると、蟹田署の管轄なのかもしれません」

北津軽郡市浦村は、白鳥の渡来で有名な「十三湖」のある村である。村域の四分の一は十三湖だから、傾斜地の多い村としては、さながら湖そのものが村のようなものだ。

十三湖の西側を北上する国道は、手前の中里町からゆるやかな登り坂になり、坂を登りつめた辺りからしばらく、美しい景観を楽しむことができる。

右手に広がる十三湖の彼方には、十三湖大橋が優雅な曲線を描いているのを望める。反対側は柔らかなスロープの牧草地帯で、北海道の田園風景をほうふつさせる。

市浦村に入って真っ直ぐ行くと、問題の太田川沿いの道に突き当たる。そこを右へ、山へ向かって進む。この辺りは津軽の木として名高い、ヒバの原生林だったところだ。いまは伐採《ばっさい》が進み、ヒバはほとんど見られず、その代わりに杉の人工林と、灌木《かんぼく》が濃密な緑を繁らせている。

ほどなく、パトカーが一台と、その傍に制服の警察官ばかりが三人、佇《たたず》んでいる場所に着いた。道路の左側がどうやら砂利の採取場になっているらしく、大きな空間が広がっている。

浅見は警察官のかなり手前にソアラを停めて、外に出た。警察官はいっせいにこっちを見た。

「どうもご苦労さんです」

浅見は愛想よく挨拶しながら、彼らに近づいた。

「おタクさんは?」

中の一人、巡査部長の襟章《えりしょう》をつけた男が、胡散《うさん》臭げな目を向けて、訊いた。

浅見は名刺を出して、渡した。肩書のない名刺で、かえって相手に不審を抱かせるやつだ。

「雑誌関係の、フリーのルポライターをやっている者です。たまたま、金木町に来ていたら、この付近で殺しがあったと聞いたものですから」

「ふーん、東京から来たのかね、ばかに熱心でないの。しかし、もうここの作業は終わったよ。ブンヤさんたちも引き上げて行ったところだ」

「はあ、そうですか……そうすると、発見は何時頃だったのですか？」

「昼過ぎ頃だね、警察に通報があったのは一時頃だったから」

「殺されたのは、木造町の高野という人だそうですね？」

「ああ、よく知ってるじゃないすか」

「ええ、ちょっと、新聞社に知り合いがいるもんですから」

「ふーん」

「犯人は分かっているのですか？」

「いや」

「高野さんは車の中で死んでいたのだそうですね？」

「ああ」

「そうすると、犯人も車で来て殺害したと考えられるわけですね。死因は何ですか？　複数の人間による犯行ですか？」

「あんたねえ……」

巡査部長はうんざりしたように、顔をそむけた。

「われわれは死体が搬送されたのを見送っただけで、死因とか、そういうことはまるっきり知らないすよ。署のほうで発表があるだろうから、そっちへ行って聞いてくれませんかねえ」

「分かりました。ところで、所轄署はどこになるのですか？」

「金木署ですよ」

それじゃ――と、巡査部長はハエでも払うような手付きをした。

話のあいだ、浅見は現場の、車があったと思われる地点や、周囲の状況を眺め回した。車は砂利採取場の広い空間の、もっとも奥まった辺りにあったらしい。簡単なロープの目印が施《ほどこ》してある。

現場は砂利を敷き詰めたような土地である。犯人（たち）が車で逃げ去ったものとしても、はたして、タイヤ痕《こん》を採取できたかどうか、疑問に思えた。

道を下って、市浦村役場へ行ってみた。役場は国道から左へ逸《そ》れ、十三湖大橋へ向かって、五百メートルばかりのところにあった。広い敷地に、役場と公民館が並んで建っている。どちらも、長尺のヒバ材をふんだんに使った、真新しい、宏壮な建築だった。

五時少し前だ。浅見は走り込むように、役場に入った。靖子もあとに続く。ドアを開けたとたん、ヒバの香りがワーッと押し寄せてきた。まるで森林浴そのものの、すがすがしい気分であった。

とにかく広い。職員の数は疎《まば》らで、高い天井と床のあいだに、ポツリポツリと蠢《うごめ》くように人の姿があった。

手前の、カウンターのようなテーブルに座っている女性に、ともかく声をかけてみた。

「そこで殺人事件がありましたね」

「は……」

女性は脅《おび》えたような目で、浅見を下から見上げた。

「東京から取材に来た者ですが」

浅見は慌てて名刺を出した。女性は肩書のない名刺を見て、どう判断したものか、思案顔である。

「いま、警察の人から話を聞いてきたのですが、発見者は地元の人だそうですね」

「ええ、そうですが」

警察と了解済み――と解釈したのか、それとも、傍らに靖子の姿を見たせいか、女性はいくぶん安心したように答えた。

「あの場所は砂利採取場だそうですが、それらしいトラックや施設は見当たりませんよね。現在は砂利を採っていないのですか？」

「ええ、もう採り尽くしてしまって、あれ以上掘ると、環境を破壊するということで、中止してもらったのです」

「それは、いつ頃からですか？」

「もう去年の秋までで、冬のあいだは雪がありますから……」

「というと、この春になってからは、ぜんぜん掘っていないわけですね？」

「ええ、そうです」

「そのことは、この村の人なら、誰でも知っていますか？」

「はあ、大抵は知っていると思いますけど。村の人ばかりでなく、この近くの人なら、山菜採りに行くし、ほとんどの人が知っていますよ」

「そうですか……」

高野自身は知っていたのだろうか？――と、浅見はそのことに興味を持った。

終業の時刻がきた。女性も帰り支度を始めたい様子だ。

「どうもありがとうございました」

浅見は礼を言って、辺りを見回した。

「ずいぶん立派な建物ですね、市浦村は裕福なんですね？」

「そうでもないですけど」

女性は照れたような笑みを浮かべた。

「前の役場が火事で焼けたものですから」

「ほう、火事があったのですか」

「ええ、去年の暮れに丸焼けになりました」

「火事の原因は何だったのですか？」

「さあ、詳しいことは知りませんけど」

女性は困った顔をしている。知らないのか、知っていても言えない理由があるのか、どちらとも取れる顔であった。

2

役場を出て、浅見と靖子は南へ、十三湖大橋の方角へ向かった。この道は、金木町、五所川原市を通る国道339号線と、ほぼ平行して南北に走る県道で、高野常則の家がある木造町に達する。

十三湖大橋は昭和三十四年に、木造の長大橋として完成した。当時の橋は十三橋と呼ばれ、津軽の名物の一つに数えられていたが、老朽化して、昭和五十四年、鉄筋コンクリートの十三湖大橋に生まれ変わった。

「十三」の名の由来には諸説があって、それを研究するだけでも、結構、面白い。安藤(安東)氏の時代(鎌倉期)には、ここは十三湊《とさみなと》と呼ばれ、遠く瀬戸内海にまで船を送る、一大根拠港として発展していた。青森、鰺《あじ》ケ沢《さわ》、深浦とならぶ四港の一つであったことから、「四浦」、転じて「市浦」という村名が生まれたという。

しかし、いまの十三湖にはかつての繁栄の跡は何も見ることができない。わずかに、中の島という湖中の小島に、往時の遺跡などが残っているらしいが、そういったものは、浅見たちには、この際、無縁のことだ。

空は曇ってきていたが、日本海に沈むはずの太陽は、まだ高く、四辺は明るい。それと対照的に、車中の二人の気持ちは沈みがちであった。

「高野さんが殺されたのは、やはり父の事件と結びつけて考えないわけにはいかないのでしょうね」

靖子は、結論づける口調で言った。

「そうだとすると、高野さんの死には、どういう意味があるのだろう？」

浅見も関係があることを前提に、推理を進めるほかはない——と思った。

「いまにして思うと、お葬式の時、高野さんがいろいろ質問してきたこと、どこか不自然だったのですよね」

靖子は行く手の遠くを見つめながら、言った。

「不自然というと、どういう質問をしたのですか？」

「父が、亡くなる前に、何か言っていなかったか——とか、何か書いたものはないか——とか、そういったことを、クドクドと訊いていました」

「太宰の描いた肖像画のことは、話したって言いましたね？」

「ええ、べつに隠しておくようなことではないと思ったものですから……」

「その話をした時の、高野さんの様子はどうでしたか？」

「あまり驚いたようには見えませんでしたけど、興味はすっごくあったみたいです。もしかすると、最初から肖像画のこと、知っていて、何か訊き出したかったのじゃないかしら？　だとしたら、そのことは言わないほうがよかったのかもしれませんね」

「結果論ですけどね、そうかもしれない。しかし、いまとなっては、こういう形で反応があったという意味で、お父さんの事件の謎が、向こうから一歩、こっちに近づいてきたことを評価するべきでしょう」

「じゃあ、高野さんが殺されたのは、太宰の肖像画のことで何か知っていて、それで策動しようとして……それが原因だったわけかしら？」

「いまのところ、そう考えたいところですが……しかし、勝手にそう決めつけてしまうのはまずいですね。案外、こっちの事件とはぜんぜん次元の異なる事件だったのかもしれないのですから」

「ええ、それはそうですけど……」

　十三湖を離れるにつれ、牧歌的な田園風景が広がってゆく。ほぼ正面に津軽富士・岩木山の秀麗な姿が、まるでパノラマのように望めた。まだ頂上付近には、まばらな雪が残っている。

「のどかな風景ですねえ」

浅見は無意識に車のスピードを緩《ゆる》めて、景色を楽しんだ。

前方に人だかりがしている。道路脇に何台もの車が停まり、数十人の人間が群がって、何かを覗き込んでいる様子だ。

浅見はドキッとして、靖子と顔を見合わせた。

「何かあったのかしら？」

靖子も不安そうな声を出した。第三の殺人——を連想している。

「ちょっと見てみましょう」

浅見は車を停めて、群衆に近づいた。

騒ぎの原因はすぐに分かった。映画のロケーションと、それを見ようと集まった観衆であった。どうやら、田園を舞台に、岩木山を背景にして、若い男女の演技を撮影しているらしい。

「なあんだ……」

浅見は傍らの靖子を振り向いて、ほっとした顔を見交わした。

「そういえば、ホテルにロケ隊が泊まっているのですよ。そうか、ひょっとすると、石坂洋次郎の『青い山脈』でも製《つく》っているのかもしれませんね」

その時、「すみませんが」と声が飛んできた。

「本番いきますので、静かにしていてくれませんか」

見ると、昨夜、ホテルで見た、一人だけ遅れて「この花」を出てきた男が、こっちに怖い顔を向けている。アシスタント・プロデューサーといった立場の人間らしい。そういえば、昨夜の冴えない表情は、スタッフの飲食代の多さを憂《うれ》えている顔であった。

その男ばかりでなく、周辺の見物連中までもが、憎々しい目を向けたのにはおそれいった。たぶん夕暮れの岩木山をモチーフに、いい写真を撮ろうとして、緊張の瞬間だったにちがいない。

浅見と靖子は、首をすくめ、そうそうに退散することにした。

ロケ風景を見たお蔭で、気分が少しほぐれていた。

ガイドブックによれば、木造町は人口二万四千の、比較的大型の町である。しかし、ほぼ平坦な土地と、広い町域のせいで、集落は疎《まば》らに散らばっている印象を受けた。

高野常則の住所は、木造町字吹水。日本海に面した農業地帯であった。

この付近は、太古、陸奥湾にも匹敵するような、広大な入江であったそうだ。その名残りが十三湖で、周辺部は隆起、または岩木川などが運ぶ砂泥の堆積《たいせき》によって、肥沃《ひよく》な土地が出現した。

とはいえ、吹水地区辺りは日本海の風をもろに受ける、条件の悪い土地であった。かつ

てはほとんど砂丘といってもいいような、不毛の砂地が展開していたらしい。

それを松の防風林によって、砂丘の侵食を防ぎ、土地改良を行なって、水田耕作を可能にした。また、冷害にも耐えるような、稲の品種改良によって、コンスタントに稲作経営ができるようになった。

しかし、それで必ずしも、津軽の農民が豊かになったわけではない。米の生産過剰は慢性化し、水田の転用促進はわが国農政のもっとも重要な施策として、毎年、きびしさを増すばかりなのである。

木造町にかぎらず、津軽半島全域の農家は、水田耕作からメロン等の温室栽培に、新たな活路を模索しつつある。

高野常則は、先行き不安の稲作を見放し、養鶏業の経営にのりだした。広大で安価な土地と、養鶏業につきものの公害の心配がない、いわば辺地という、本来なら不利であるはずの立地条件を逆に活用して、大規模な養鶏業を営んでいる。

高野の家は、この辺りの農家の中では、ひときわ大きな建物で、彼の転業が成功したことを物語る。

その高野家が、沈鬱《ちんうつ》な気配に包まれていた。夕暮れが迫ってきたことを思わせる、薄ネズミ色のもやが漂って、遠くの山ばかりでなく、すぐ目の前にそそり立つ岩木山でさえ、

おぼろに霞《かす》んで見える。

黒っぽい服装の男や女たちが、全部で十人あまり、家の周囲でたがいに背をかがめて、ヒソヒソと囁《ささや》き交わしている。

時折り、新しい客がやってくる。中に入って行く者、表の連中と合流して、噂話の仲間入りする者と、さまざまだ。

浅見はしばらく様子を窺《うかが》ってから、靖子を伴って屋敷に近づいた。

この辺りでは見掛けない顔と、ちょっと垢抜けた恰好《かっこう》の二人に、人々の眼がいっせいに注がれた。

二人はそういう視線のあいだを、泳ぐようにして通り過ぎ、開けっ放しの玄関に入った。

玄関には履き物が乱雑に脱ぎ捨てられ、建物の中にはさらに大勢の人間がいる気配だ。

たまたま玄関に出てきたおばさんを掴《つか》まえて、浅見は言った。

「あの、失礼ですが、高野さんの奥さんですか？」

そうじゃないことが分かっていて、そう訊いている。

「いいえ、違います。奥さんでしたら、警察さ行って、まだ戻っていませんけど」

おばさんは、たっぷり訛りのある言葉で、言った。

「では、ご家族の方は？」

「はあ……どちらさんですか?」

はじめて、胡散《うさん》臭げな目になって、訊いた。浅見は靖子を前に出して、「『津軽』を旅する会」の仲間であることを説明した。

「ああ、そういえば常則さん、旅行さ行ったつう話をしておりました。たしか、主催者の人が東京で殺されなすったとかいう話でしたけど、それだば、あんたのお父さんでしたっけか?」

「はい」

靖子は深刻な表情で、頷《うなず》いてみせた。もっとも、演技などするまでもなく、父親の死に対して、靖子は心の底から痛恨の表情を作ることができる。

「それは、はあ、気の毒なことでしたなす」

おばさんは、元来、人が好いらしい。眉をひそめて、ほんとうに気の毒そうに、悔やみを言った。

「高野さんが殺されたというのは、いったいどういうことなのでしょう?」

浅見は漠然とした訊き方をした。

「わたしらには分からねえすけど、恨みっこば、買ったのでねえかつってるだね」

「恨み……というと、何の恨みですか?」

「さあなあ、少しやりすぎたんでねえべか」

「やりすぎたっていうと、何をやりすぎたのですか？」

「いやいや、滅多なことは言えねえす」

おばさんは手を振った。少々、喋《しゃべ》りすぎたことを反省したように、あたふたと奥のほうへ引き上げてしまった。

入れ代わりに、明らかに刑事と分かる人間が二人、現われた。おそらく来客を一人一人当たって、事情聴取をつづけていたのだろう。玄関先に二人の新しい顔を発見して、すぐに近寄ってきた。

「ええと、あんたたちは？」

「はあ、こういう者です」

浅見は名刺を出した。

「フリーのルポライターをやっているのですが、東京からほかの取材でやって来たら、たまたま、ここの事件に遭遇したのです。ちょうどよかった。少し事件の話を聞かせてもらえませんか」

「だめだめ、何も話すことはねえすよ」

刑事は靴を履《は》いて、外へ出かけて、ふと靖子に目を留めた。

「そちらさんは?」

「僕の連れです」

「ふーん、やっぱし東京のひと?」

「いえ、弘前のひとです。僕が案内を頼んだのです」

「一応、お名前と住所を聞いておきましょうか」

靖子は一瞬、躊躇《ためら》ったが、断わる理由はないので、弘前の住所と氏名を名乗った。

「石井靖子さん……奥さんですか?」

年齢の印象から、そう訊いたらしい。

「独身ですよ」

靖子はムッとして答えた。

「何か仕事をしているんですか?」

「いえ、目下のところ、アルバイト程度のことだけです」

「石井靖子さんか……どこかで聞いたことのある名前だなあ……」

刑事は首をひねっている。父親の事件のことは、新聞にも載っているし、捜査協力で弘前周辺の警察署に、東京から連絡が来ているのかもしれない。

「高野さんの死因は何だったのですか?」

浅見は刑事が余計なことを思い出さないように、先手を打って質問した。

「絞殺ですよ」

「絞殺？　すると、犯人は男ですか？」

「さあね、それ以上、詳しいことは知らねえすよ。知っていても話すわけにはいかねえすけどね」

刑事は相棒を促して、そそくさと出て行ってしまった。しかし、家の外に屯《たむろ》している近所の人たちに対して、事情聴取をつづけるつもりらしい。

浅見と靖子は玄関の中で耳をすましていて、外の様子を窺ったが、あまり大した内容ではなさそうだった。高野が誰かに恨まれている事実はなかったかとか、夫婦仲はどうだったとか、通りいっぺんの質問だ。そんなことを大勢の中で訊いたところで、実のある答えが期待できるはずもない。事務的というより、なんとなく、儀礼的といってもいいような作業に思えた。

いずれにしても、真相をもっともよく知っているのは、高野夫人ということになりそうだ。

しかし、この状況では、たとえ彼女が戻ってきたとしても、土地の人たちにガードされて、浅見たちが肉薄する余地は、到底、期待できそうにない。

「ひとまず、引き上げましょう」

浅見は決断して、言った。

「そうですね」

靖子も頷いた。疲労の色が、靖子の頬のあたりに、翳《かげ》をつくっていた。

3

その晩、ホテルニューキャッスルの「この花」へ行くと、ロケ隊のスタッフ連中が数人、お好みてんぷらを肴《さかな》に、酒を飲んでいた。例のアシスタント・プロデューサー氏の顔もあった。

浅見は刺身定食を頼んでおいて、見るともなく、彼らの顔を眺めていた。

浅見が行ったのがかなり遅かったので、すでに連中の大半は出来上がっていた。ロケはまずまず順調にいっているらしく、監督をはじめ、スタッフの顔は陽気そのものだ。

ただし、プロデューサー氏をべつにすれば――である。

「さあ、そろそろおヒラキにしませんか。明日もまた早いし」

浮かない表情で、しきりに時計を見ては、言っている。

「そうだな、これぐらいにしておこうか」

監督も苦労人らしく、プロデューサーの気持ちを察したようだ。腰を上げて、まだ飲み足りない様子の、助監督や照明らしい人間をせきたてて、外へ向かった。

プロデューサー氏はレジに立ち寄って、溜息をつきながら、伝票にサインをした。

浅見はサインが終わるのを待って、近寄った。

「さきほどは、失礼しました」

「は？……」

怪訝《けげん》そうに振り返った。

「木造町の近くで、ロケをしていたでしょう。あの時、観衆の中でお喋りをして、あなたに叱られた者です」

「あ、ああ、あの時の……ははは、これは失礼しました。ちょっとばかし気が立っていたもんだから」

「いや、謝るのはこっちです、申し訳ありませんでした」

浅見は頭を下げて、名刺を渡した。

「フリーのルポライターをやっています」

プロデューサー氏も名刺をくれた。

――キネマ・プロモーション　製作部　藤井宇一《ういち》――


「ああ、やっぱりプロデューサーの方でしたか」

「えっ？　分かりますか？」

「ええ、いろいろ、出費のこと、気にしておいでのようでしたから」

「ははは、まさにご明察。参ったなあ、どうも正直なもんだから」

「昨夜も、浮かない顔で、どこかへ出て行かれましたよね」

「え？　昨夜ですか？　昨夜はすぐに寝ましたけど？」

「昨夜といっても、この店を出たあとですから、東京の感覚からいうと、まだ宵《よい》の口みたいなものですけど」

「いや、昨夜はここを出てすぐ部屋に戻りましたよ。このところ、毎日そうです。なにしろ、弘前って街は、何も遊ぶところがありませんからね」

藤井プロデューサーは「ははは」と笑い、それではと手を上げて、行ってしまった。

（あれ？――）と浅見は妙な気がした。たしかに、昨夜、彼がホテルを出るところを、浅見は目撃している。見間違えということは考えられない。

なぜ隠したのだろう？　何か、この店の者に聞かれると具合が悪いことでもあったのだろうか？

刺身定食が運ばれてきた。

弘前は青森県の内陸部にある。魚料理は大したことはないが、陸奥湾でとれるホタテだけは新鮮でうまい。

浅見はビールを一本だけ取って、ゆっくり独りきりの晩餐《ばんさん》を楽しんだ。

「この花」を出て、エレベーターに乗る時になって、また、ふっと藤井プロデューサーのことが頭を過《よぎ》った。

（なぜ隠したがったのだろう？――）

しかし、それほど大きな疑問には発展しないまま、すぐに忘れた。アルコールと疲れのせいで、睡魔が襲ってきていた。

翌朝の新聞に、高野常則の事件のことが、三面トップに掲載されていた。

ホテルで各室に配達される新聞は、黙っているかぎり地元紙である。浅見はなるべくその土地の新聞を読むことにしているから、希望を訊かれても、やはり地元紙を頼む。地元紙のいいところは、中央紙では扱わないような小さな事件でも、丁寧に取材して報じてく

れるところだ。

高野の事件など、いまどき珍しくもないニュースだろう。ぜんぜん出さないかどうかはともかく、三面トップになるような事件ではない。

「木造町の養鶏業者殺される——背景に業界の複雑な事情か？」

こういうヘッドラインで、まず事件の概要を報じ、そのあとに養鶏業界のお家の事情について、詳細な解説つきで、暗に高野の事件が養鶏業にからむ恨みによる犯行である——というニュアンスを打ち出していた。

事件はあらまし次のように報じてあった。


九日の午後、北津軽郡市浦村太田の、現在は使われていない砂利採取場に、乗用車が放置されてあり、中で男の人が死んでいるのを、山菜採りに来ていた同村の人が発見し、警察に届けた。金木警察署と青森県警で調べたところ、この男の人は、西津軽郡木造町吹水の養鶏業、高野常則さん（46）と分かり、八日午後十時から九日の未明にかけて死亡したものと推定された。現場の状況や、首をロープ状のもので絞められた痕があるところからみて、他殺の疑いがあり、警察では金木署に捜査本部を設け、捜査を始めた。

高野さんの妻、利江《としえ》さん（43）の話によると、高野さんは八日午後九時頃、小泊まで

行ってくると言って出掛けたまま、連絡が途絶えていて、心配していた矢先の出来事だった。

高野さんは仕事熱心な人柄で知られ、政府の減反政策にさきがけ、稲作主体の農業からほとんど百パーセント、養鶏業に転業し、従業員十数人をかかえる、県内でもトップクラスの、鶏卵《けいらん》生産業者となったことで知られている。

しかし、このところの卵価の大暴落で、養鶏業者はどこも苦しく、大幅な生産調整でなんとか市況の回復を目論《もくろ》んでいる。その中にあって、高野さんは調整違反ともいうべき増産によって、他の零細な業者を圧迫していた。

高野さんが殺されたことについて、近所の人は思い当たることはないと言っているが、事情を知る人の中には、競争相手の養鶏業者の恨みを買ったのではないか——と見るむきもあって、業界の複雑で深刻な事情を見せつけている。

県内養鶏業者の話——

卵価の低迷はもはや泥沼のような状態にある。昭和五十五年頃にはキロ当たり三百円以上だったのが、現在はキロ当たりわずか百十五円。卵を生産すれば、キロ当たり四十五円の赤字が出るありさまだ。こういう状況になったのは、木造町の養鶏業者が生産調整を無視した、大規模なヤミ生産を行なっているためだ。

そういう意味では高野さんを恨んでいないといえば嘘になるが、しかし、もちろんわれわれは事件とはまったく関係がない。

新聞記事の中から、いまにも養鶏業者の悲鳴が聞こえてくるような、なまなましい内容であった。

新聞がこういう真相めいたことを書くというのは、警察が何らかの発表をしたためとは考えにくい。事件が発生したばかりの段階で、警察がここまで露骨に捜査対象を明かすわけはないのだ。

だとすると、この記事は新聞社独自の判断で書かれたものということになる。読みようによっては――というより、かなりきわどく、犯行が養鶏業界の「複雑な事情」を背景に行なわれた――と推測させるような記事になっている。ここまで書いても問題がないほど、業界の状況や木造町の「ヤミ生産」は公然のことなのだろう。

警察もおそらく、そのスジで捜査を進めているにちがいない。浅見たちが握っている「太宰治の肖像画」などというデータは、警察にはないはずだ。もし、そのことを知ったとしても、警察がそれに興味を抱くかどうか、疑わしい。

ともあれ、そういうこともある――と、教えてやるのが、善良な市民の義務というもの

だ。

浅見は金木警察署の捜査本部に、その話をしに行くことにした。もちろん、データを提供することばかりでなく、事件の詳細や捜査の進捗《しんちょく》状況に探りを入れることも、大きな目的ではあるのだけれど――。

食事をしてから、石井靖子に電話してみた。靖子も当然、新聞は読んでいた。

「まるで、養鶏業者が犯人みたいな書き方をしていますね」

やはりそういう受け取り方をしている。

「ちょっとどうかと思いますけどね。僕は、ひょっとすると、新聞の勇み足じゃないかっていう気がします」

「そうですよねえ、名誉毀損《きそん》すれすれっていうところですよね」

「それはともかく、金木警察署へ行ってみようと思うのですが、あなたに声をかけずに行くのは悪いので、一応、電話したのです」

「そうなんですか、金木へ行くんですか……私も行きたいけど、でも、美智代さんが休みなもんですから……」

「いや、僕一人で大丈夫です、行ってきて、報告しに行きますよ……しかし、横山さん、どうかしたのですか？　病気ですか？」

「大したことはないらしいんですけど、お父さんから電話で、一日休ませてほしいっていうことでした」

「本人が電話できないくらいなのに、大したことはない……とは、どういうことですかねえ?」

「そんな、意地悪なことを言うもんじゃありませんよ。彼女だって、いろいろある年代でしょう」

「いろいろ……というと、どういうことですか?」

「そんなこと、私だって知りませんよ」

言って、靖子はおかしそうに笑っている。それ以上、質問を重ねるのは、なんだか具合が悪そうなので、浅見は不得要領のまま、質問を打ち切った。もしかすると、「お父さん」というのは、じつは、若いお父さんなのかもしれない——と勝手に想像して、浅見は一人で赤くなった。

ホテルを出る時になって、浅見は雨が降っていることをはじめて知った。ことしの梅雨は、例年より早く宣言されたのに、梅雨入りしたとたん、梅雨前線が南下して、それきり雨が降らない日が続いていた。しかし、東北から北海道にかけては、むしろヤマセなどのせいで、雨の日が多いのだそうだ。

ヤマセによる雨は冷たい。気温も当然、低く、例年を五、六度も下回る日が何日も続いているという。稲の品種改良がなされてない時代なら、さしずめ大凶作になりかねない年だろう。

そういえば、昭和二十年代までは、津軽の凶作は、ごく当たり前のことだったらしい。太宰の『津軽』の中にも、津軽在住の親友・「N君」と、津軽の凶作について語るくだりがある。

「何せ、こんなだからなあ」と言ってN君は或る本をひらいて私に見せたが、そのページには次のような、津軽凶作の年表とでもいうべき不吉な一覧表が載っていた。

元和一年　大凶
元和二年　大凶
寛永十七年　大凶
寛永十八年　大凶
寛永十九年　凶
明暦二年　凶
寛文六年　凶

寛文十一年	凶
延宝二年	凶
延宝三年	凶
延宝七年	凶
天和一年	大凶
貞享一年	凶
元禄五年	大凶
元禄七年	大凶
元禄八年	大凶
元禄九年	凶
元禄十五年	半凶
宝永二年	凶
宝永三年	凶
宝永四年	大凶
享保一年	凶
享保五年	凶

元文二年　凶
元文五年　凶
延享二年　大凶
延享四年　凶
寛延二年　大凶
宝暦五年　大凶
明和四年　凶
安永五年　半凶
天明二年　大凶
天明三年　大凶
天明六年　大凶
天明七年　半凶
寛政一年　凶
寛政五年　凶
寛政十一年　凶
文化十年　凶

天保三年　半凶
天保四年　大凶
天保六年　大凶
天保七年　大凶
天保八年　凶
天保九年　大凶
天保十年　凶
慶応二年　凶
明治二年　凶
明治六年　凶
明治二十二年　凶
明治二十四年　凶
明治三十年　凶
明治三十五年　大凶
明治三十八年　大凶
大正二年　凶

昭和六年　　　凶
昭和九年　　　凶
昭和十年　　　凶
昭和十五年　半凶

津軽の人でなくても、この年表に接しては溜息をつかざるを得ないだろう。大阪夏の陣、豊臣氏滅亡の元和元年より現在まで約三百三十年の間に、約六十回の凶作があったのである。

この長々しい年表を、太宰はすべて掲載して、津軽の凶作の凄《すさま》じさを紹介している。そこには、「津軽人」太宰の故郷に対する痛恨の想いが、ほとんど怒りを伴って吐露《とろ》されていて、読む者の胸を打つ。

太宰が『津軽』を書いたのは昭和十九年のことだ。それから現在まで、さらに四十数年が経過している。その間、昭和二十年をはじめ、凶作はしばしば津軽を襲った。

江戸期、庶民文化が花開いた――といわれる元禄時代には五度も凶作に見舞われている。津軽人にとって、文化や繁栄など、他国の出来事でしかなかったのだ。

その長い不運の歴史の中で、津軽人独得の精神や文化が培《つちか》われてきた。

太宰はこうも書いている。

「これは、いかん」と言った。「科学の世の中とか何とか偉そうな事を言ったって、こんな凶作を防ぐ法を百姓たちに教えてやる事も出来ないなんて、だらしがねえ」

（中略）

私は、誰にとも無き忿懣《ふんまん》で、口を曲げてののしった。

N君は笑って、

「沙漠の中で生きている人もあるんだからね。怒ったって仕様がないよ。こんな風土からはまた独得な人情も生れるんだ」

「あんまり結構な人情でもないね。春風駘蕩《しゅんぷうたいとう》たるところが無いんで、僕なんか、いつでも南国の芸術家には押され気味だ」

「それでも君は、負けないじゃないか。津軽地方は昔から他国の者に攻め破られた事が無いんだ。殴《なぐ》られるけれども、負けやしないんだ。第八師団は国宝だって言われているじゃないか」

生れ落ちるとすぐに凶作にたたかれ、雨露をすすって育った私たちの祖先の血が、いまの私たちに伝わっていないわけは無い。春風駘蕩の美徳もうらやましいものには違い

ないが、私はやはり祖先のかなしい血に、出来るだけ見事な花を咲かせるように努力するより仕方がないようだ。

4

金木町の警察署はごった返していた。ここは蟹田署のような、コケ威《おど》しのビルではなく、古くて小さい建物だ。警察署はやはりこうでなければいけない――と浅見は勝手に納得した。警察が、他の民間企業の建物や役場より大きいのは、気になることだ。もっとも、生命保険会社のビルがむやみに大きいのも、なんだか不気味な感じがしないわけでもないけれど。

入口脇の柱に「市浦村殺人事件捜査本部」という大きな張り紙がしてある。ふだんなら、おそらくのんびりムードの漂う田舎警察なのだろう。忙しげに出入りする捜査員や報道関係者を、近所の住民が集まって、びっくりした目で眺めていた。

浅見は報道関係の人間らしく見せて、玄関を入った。警察署内部も慌《あわ》ただしい雰囲気が充満している。その中で、制服巡査を摑まえて訊いた。

「捜査本部はどちらでしょう？」

「ん？　おたくさんは？」

　巡査は、浅見の腕にチラッと視線を走らせ、冷たい表情で言った。「報道」の腕章のないことを確かめたにちがいない。

「ちょっと情報を提供したいと思いまして」

「情報？　事件に関係する情報ですか？」

「はあ、まあそうです」

「ちょっと待っていてください。本部に伝えてきますから」

　巡査の態度が変わった。タレ込みとなると、むげに追い返すわけにはいかない。

　まもなく私服を一人伴って戻ってきた。

「何か、情報があるそうですが」

　刑事は巡査から引き継いで、訊いた。

「どういった内容ですか？」

「殺人の動機に関係すると思われることについて、お耳に入れたい話があるのです」

「なるほど……まあ、とにかく入ってください」

　刑事は先に立って、粗末な応接室に連れ込んだ。廊下を行くあいだも、ひっきりなしに
捜査員と擦れ違う。かなりの人数が集まっていることを思わせた。蟹田署から飛び出した

連中も、やはり捜査に参加しているにちがいない。隣接する五所川原署はもちろん、高野の住所地である木造署からも、当然、捜査協力の人員が投入されているはずだ。

応接室に、まもなく先程の刑事のほかに、二人の刑事がやってきた。

「青森県警捜査一課の松尾といいます」

松尾は名乗りながら、名刺をくれた。「警部補」の肩書があった。三十代後半ぐらいの年配で、顔つきも体つきもがっしりしていて、いかにも柔道が強そうに見える。

浅見も名刺を渡した。

「フリーのルポライターをやっています」

「はあ、ルポライターさんですか」

ルポライターに「さん」をつけられたのは、はじめての経験であった。

「それで、何か情報があるとか？」

「ええ、じつはですね、高野さんの事件の背景には、ひょっとすると、太宰治の肖像画がからんでいるのではないかと思うのです」

「太宰治？　肖像画？……」

松尾警部補は妙な顔をして、左右の刑事を交互に見た。見られたほうの刑事も、胡散臭げな顔になっている。

「何なのです？　その太宰治の肖像画というのは？」

「弘前市の古本屋さん、石井秀司さんという人が、東京で殺された事件のことはご存じですよね？」

「ああ、それは知ってますが？」

「その石井さんが、太宰治の肖像画のことを話しておられたのです」

浅見は長い難しい内容を、かなりの部分、省略して話した。

「つまり、浅見さんが言いたいのは、そういう、太宰治の描いた肖像画のようなものがあって、それにからんで、高野さんは殺されたと、そういうわけですな？」

「そうです、そうです」

「しかし、そういう話がもしあるのなら、東京の警視庁が、青森県警のほうに何か言ってくるはずですがねえ。だが、現在のところ、われわれは何も聞いておりませんよ」

「ああ、やっぱりそうですか。いや、東京の捜査本部は、その件についてはまったく軽視しているらしいのですよ。せっかく、事件解明の手掛かりになりそうなものが、目の前にあるというのに、もったいない話だとは思いませんか？」

「なるほど……しかしですなあ、警視庁ともあろうものが、そう簡単に無視してしまうというのは、どうも信じられんですなあ。何かそれなりの判断理由があってのことではあり

ませんかなあ」

「いや、警視庁というと大きく聞こえますがね、直接、捜査に当たっているのは、一人一人の人間だし、捜査指揮をとっているのは、主任警部個人ですからね。材料の取捨選択はきわめて個人的な判断で行なわれるケースが多いのではありませんか？」

「そんな単純なものではないです。捜査会議というものもあるし、いろいろな捜査員がそれぞれの英知を結集して、最善を尽くしておりますよ」

どうやら、この警部補は捜査本部のスポークスマン的役割を担っているらしい。言うことにそつがないし、きわめて公式見解的な発想だ。

「しかし、そうおっしゃいますが、現にですよ……」

浅見は、堀越部長刑事の進言が無視されている実情について言おうとして、思い返して口を噤《つぐ》んだ。万一、青森県警から問い合わせがいって、赤坂署の捜査本部にそのことが伝わると、堀越の立場はなくなってしまうにちがいない。

「ま、とにかく、東京とも連絡を取ってみることにしますよ。浅見さんがせっかく運んでくれた情報ですからね、そう粗末に扱いませんん」

松尾警部補は言って、立ち上がった。

「どうもありがとうございました。ええと、それで、連絡先はこの住所にすればよろしい

ですかな？」

「あ、そこは具合が悪い……いえ、住所はそこですが、自宅には当分、戻りませんので。現在は弘前のニューキャッスルに泊まっています。何かありましたら、そちらにご連絡ください」

浅見は慌てて言った。警察からの電話なんかは、ないに越したことはない。

「ところで」

と、浅見は挨拶の前に言った。

「死因は絞殺によるものだそうですね？」

「ああ、そうですよ」

「だとすると、犯人は力の強い男――ということになりますか？」

「いや、いちがいにそうとは断定できませんなあ。後頭部に鈍器様の物で殴った形跡がありますからね。気を失ったところを、絞殺したとすれば、女性でも犯行は可能です」

「えっ？　殴った痕があるのですか……そうすると、犯行は車の中で行なわれたわけではないのですね？」

「うーん……」

松尾は油断のならない目を、あらためて浅見に向けた。車の中では、鈍器を振り上げる

には窮屈すぎる。そのことを浅見は言っているのだが、ずぶの素人が、反射的にそういう着想を得るというのは、彼らにしてみると、少しばかり気になることなのだろう。

「まあ、それはたしかに、そう言えないこともないが……しかし、いくら狭い車の中だからといって、まったく不可能というわけでもないですからね」

「実際にはどうなのですか？　警察としては車の中と外、どちらで殴打されたと考えているのですか？」

「それはまだ、結論が出ておりません」

「では、お訊きしますが、発見当時、高野さんは運転席に座っていたのですか？」

「まあ、そうです」

「殺してから、そこに運び込んだ形跡はあったのでしょうか？」

「それはなんとも言えません」

「まさか……そんなはずはないでしょう。鑑識がそのへんのことを見逃しているとは考えられませんが」

「あんたねえ」

松尾警部補は苛立《いらだ》たしそうに言った。

「情報をもたらしてくれたのはありがたいですがね、そういう、警察のやっていることに

対して、余計な口を挟んでもらいたくないのですがねえ」

「あ、すみません、つい好奇心が強いものですから」

「好奇心もいいが、あまりすぎると、火傷《やけど》しますよ」

松尾は皮肉な笑みを浮かべると、スッと頭を反《そ》らせるようにして、部屋を出た。

浅見は警察を出て、車を警察の駐車場に置いたまま、『斜陽館』に行ってみた。思ったとおり、『斜陽館』の喫茶ルームには、各社の記者たちが数人、屯《たむろ》していた。

新聞記者には、どことなくそれらしいニオイのようなものがあって、どこにいてもそれと分かるものだが、彼らの何人かは、「報道」の腕章をつけていた。

「失礼ですが、津軽中央日報の記者さんですか？」

腕章の文字を読んで、浅見はその中の二人連れに話しかけた。

「ああ、そうですよ」

二人のうち、いくぶん年長らしい男のほうが、気さくに応じた。浅見は簡単に自己紹介をしてから、言った。

「朝刊に、ここの事件の背景には、ドン底状態にある養鶏業界の問題がからんでいるのではないか――というような記事が出ていましたが。あれは、相当、確度の高いことなのでしょうか？」

「まあそうですね、あれはウチのスクープですからね、建て前からいっても、そうですと断言しないわけにはいかない。もっとも、多少の逃げ場を用意しておく必要があるので、若干、トーンを落としてはおりますがね」

記者は鼻をうごめかすように、言った。

「というと、ニュースソースはかなり信憑性《しんぴょうせい》の高いところと思っていいわけですか」

「そうですね」

「捜査当局、ですか？」

「さあ、そこまではあんた、言えませんよ」

記者は笑ったが、否定はしなかった。どちらとも、勝手に解釈しろ——という顔だ。しかし、記事そのものについては、かなり自信があるらしい。

「そうすると、高野さんは、よほど業界の協約違反めいたことをやっていたというわけですね」

「それはたしかです」

「しかし、それだからって、高野さん一人を殺してどうなるというものでもないのではありませんか？」

「さあ、それはねえ、第三者的な言い方をすればそうでしょうが、当事者で、頭に血がの

ぼっている場合には、そういうことが起こっても不思議はないですよ。現に、高野さんはすでに一度、襲われたことがあるのですからね」

「えっ？　襲われたことがあるのですか」

浅見は驚いて、おうむ返しに言った。

「ああ、去年の夏に、黒石のほうで、養鶏業者に脅迫されたという事件があったのです。まあそういう伏線がなければ、ウチもあそこまではっきりとは書きませんがね」

「その時の犯人は逮捕されたのですか？」

「いや、だめでした。高野さんはかなり強硬な姿勢で、警察に捜査を要求したのだが、結局は証拠不充分で、ウヤムヤということになりました」

「真相はどうだったのですか？」

「それは、ウチとしてはコメントする立場にはありませんが、しかし、個人的な意見としては、そういう事件があったことは間違いないと思いますよ」

「黒石ですか……」

浅見は地図の上の「黒石市」の文字を、頭の中に思い浮かべた。

第五章　黒石ねぷたの夜

1

木造町に入ってまもなく、高野家の葬列に行き逢った。浅見は車を停めて、道路脇に立って頭を垂れた。

およそ二百人近い人だろうか、長い葬列であった。

先頭の男が、「カン、カン」と耳障りな音のする鉦《かね》を叩く。そのあとに僧侶、骨壺《こつつぼ》を抱く高野未亡人と続き、彼女を譲るように、金と銀の、クジャクの羽のような、あるいはシュロの葉のような、長く大きな飾りものを持った男が数人、行く。

どういう宗教的意味があるのか知らないけれど、その奇妙な飾りものは、人の歩みとともにユラユラ揺れて、なんとなく不気味だ。見ていると、二百人もの葬列そのものが、飾

りものに先導されて、このままあの世に行ってしまいそうな気もしてくる。

人々が着ているものは、和服、洋服を問わず、誰もが黒ずくめの恰好《かっこう》である。そして、女は頭に白い布を姉さんかぶりのように載せて、しずしずと歩く。

黒い衣装と暗い空に、白い姉さんかぶりが浮き出て、寂しげな雰囲気をいっそう、効果的に演出している。

遺体はすでに荼毘《だび》に付したあとで、骨を墓に納めにゆくところらしい。葬列はゆっくり歩みを進め、集落の西のはずれにある森へ向かって行く。

木立ちの中に、寺の屋根らしきものは見えないが、墓地はあるのだろう。

「アノ裏ニハキット墓地ガアリマス……か」

浅見は何気なく、石井秀司の「ダイイング・メッセージ」を呟いた。呟いたとたん、ふいに、意味もなく、落ち着かない気分に襲われた。何かを発見しそうになる瞬間に、浅見がいつも感じる不可解な気分だが、その正体を見極める間もなく、心は空白になった。

葬儀がすべて終わるのに、どのくらいかかるのか分からないが、とにかく、浅見は高野未亡人が帰宅するまで、遅い昼食をとりながら待つことにした。もっとも、食事をするといっても、近くにはそれらしい店も見当たらない。尋ね尋ね、結局、隣りの五所川原まで行ってしまった。

木造町に較べると、五所川原市ははるかに賑やかで、レストランも沢山ある。それにしても、こんな地方の街なのに、駐車場を探すのにひと苦労しなければならないのだから、まったく、日本は小さな国である。

二時間近くあいだをあけて、浅見はふたたび高野家を訪ねた。葬儀は終わって、参列者のほとんどは引き上げたあとだった。

それでも、家の奥の座敷では、葬儀のあとの宴会が始まったらしい。まだ酔いが回るには早すぎるけれど、声高に喋《しやべ》る胴間声《どうまごえ》が玄関まで聞こえてきた。めでたいといっては飲み、悲しいといっては飲むのが、百年一日のごとき農村の習慣である。農家に嫁が来たがらない理由の一つに、そういう陋習《ろうしゆう》があることを、彼らは知らない。

お客の接待があって、面会は無理かな――と心配したが、未亡人は会ってくれた。

高野利江はかなり憔悴していた。新聞の記事では、たしか四十三歳ということだったけれど、実際の年齢よりは五つ六つは老けてみえる。色白の丸顔、口許に大きな黒子《ほくろ》があって、ふだんならきっと、愛嬌《あいきよう》のある顔なのだろうけれど、それすらも、まるで泣き黒子のように、哀しげに見える。

仏前で焼香《しようこう》をすますと、浅見は座敷から少し離れた、静かな部屋に通された。

浅見は石井秀司の「『津軽』を旅する会」のメンバーの一人――という触れ込みで自己

紹介をした。

「昨日もおいでになったそうで……」

利江は、昨日、胡散《うさん》臭げな顔をしたおばさんから、そのことを聞いていたらしい。恐縮そうに、深く頭を下げた。浅見も負けずに、丁寧に悔やみを述べた。こういう行儀作法だけは、母親仕込みで自信が持てる。

「高野さんは、去年の夏にも、黒石のほうで何者かに襲われたことがあるのだそうですねえ」

「はい、そうでした。でも、警察がかまってくれないもんで、それっきりになってしまいました」

未亡人は浅見の標準語に合わせようと、無理して話すから、なんとなくぎごちない喋りになっている。

「その事件というのは、どういうものだったのですか?」

「私も主人に聞いたもんですので、はっきりしたことは分からねすけど、黒石の『ねぷた』だったか、それとも『よされ』だったか……とにかく夏祭りを見に行っておりましたのです」

「えっ? 『ねぷた』というのは、弘前のお祭りじゃなかったですか?」

「いいえ、『ねぷた』はもともとは、黒石で始まったものだそうです」

「そうなのですか。『よされ』というのも、お祭りですか?」

「はい、そうです。徳島の阿波踊りのようなものだと思ってくだされば、まんつ、間違いはないです」

「なるほど……それで、祭りを見に行って、事件に遭遇したのですね?」

「はい、暗闇で何人ものやつらに殴られたということでした」

「暗闇から、いきなり殴りかかってきたのですか?」

「はい、そうだったようです」

「名乗りもしないで、ですか?」

「はい」

「それなのに、ご主人は、どうして養鶏業者だと分かったのですかねえ?」

「さあ……」

高野利江は困った顔になった。

「どうしてか知りませんけど、主人はそう言っておったのです」

「殴られたというと、かなりの怪我をしたのですか?」

「はい、手足に打撲傷と、それから、倒れた時に頭を打ったとかで、しばらく気を失って

いたようでした。それで、救急車で運ばれて……でも、大怪我というほどのことはなかったようでしたけれど、病院から電話をもらった時は、もうびっくりしてしまって……」

「それはそうでしょうねえ」

浅見は同情して、眉をひそめた。

「しかし、そんなひどい目に遭ったというのに、警察が捜査をしてくれなかったというのは、ひどい話ですねえ」

「そうです、ひどいです。家サも何度か刑事さんが見えて、いろいろ主人から話を聞いて行ったのですけど、結局、何も分からないままで、ウヤムヤになってしまって……黒石の警察でしたので、たぶん、地元の人間を贔屓《ひいき》しているのではないかと、主人はそう言って怒っておりました」

利江は、悔しそうに涙を浮かべた。

「その時、ちゃんと調べて、犯人を捕まえておけば、こんどのようなことはなかったと思うと……」

「分かります、わかります」

浅見は何度も頷《うなず》いた。しかし、心の中では首をかしげていた。

警察はたしかに、おうおうにして、恣《し》意的な捜査を行なうことがないとはいえない。い

や、警察ばかりでなく、司法全体が、そういう意味ではかなり怪しい。

福岡県の苅田《かんだ》という町で、住民税一億数千万円が使途不明になった。町の収入役は、元の町長で地元選出の代議士に五千万円を渡したことを認め、陳謝した。町民は怒り、町議会は代議士を召喚《しょうかん》して事実関係を追及しようとした。代議士は召喚を拒否した。町は代議士を告発した——と、これだけの図式があれば、当然、警察は捜査し、検察は収入役と代議士を起訴して、裁判が行なわれ、その結果、有罪判決が出る——と思うのがふつうだ。

いや、誰だってそう思う。

実際、事件が発覚した当初の、東京地検特捜部のやる気まんまんの姿勢からいっても、そういう形で進むであろうと予測できた。

ところが、なぜか、捜査の主体は東京地検から突然、福岡地検に移された。そしてまもなく、両名ともに不起訴処分ということで決着がついたのである。「公金流用」については「証拠不備」、「証言拒否」については「起訴するほど悪質ではない」——というのがその理由だった。

町民は唖然《あぜん》とした。町民だけでなく、このニュースに関心を抱いていた、全国民が唖然とした。

証拠が不充分どころか、現実に一億数千万円の金が行方不明になっていて、当事者の一

方である収入役が、公金流用の事実を認めている。自白第一主義の警察のことだ、このことだけでも、それこそ鬼の首を取ったように喜んでいいはずだ。しかし、鬼が政治家である場合には、警察は二の足を踏む。仕方がないので、町議会が審議を通じて、ことの次第を明らかにしようとした。

収入役は罪を認めているのだが、代議士は「知らぬ存ぜぬ」と突っぱねている。だから、代議士を証人として喚問し、事実関係を質《ただ》そうというのである。それを拒否するどころか、議会に出頭もしない行為が「悪質でない」というのなら、証言拒否はすべて悪質でないことになる。地元の関係者も「これじゃ、証言拒否罪なんて、成立しないことになる」と怒っていた。ニュースを知った政治家や悪徳業者の中には、「おれの時もそうしよう」と思った者もいるかもしれない。

しかし、そう単純にはいかない。なぜなら、これはあくまでも「不起訴処分」なのであって、「判例」にはならないからだ。このあたりが、じつはきわめて危険であり、恐ろしいことなのだ。つまり、起訴するかしないかは検察の意志によって、自由裁量されることを意味している。検察を動かすのが国である以上、国家の都合によって、どのようにも操作できる。警察官による電話盗聴事件が不起訴処分になったことなどは、その象徴的な例といえる。

浅見光彦は兄が警察幹部だから、身贔屓に警察に好意的ではあるけれど、それでも、いけないな――と心騒ぐ思いを抑えかねることがある。苅田町の事件では地元民は真相究明にかなりの熱意を示した。自分たちの住民税がめちゃくちゃな使われ方をしたのだから、当然といえば当然の怒りだが、町政に対して、町民がそこまでカッカするのは珍しいことなのだ。だが、検察はその町民の熱意をあっさり握りつぶした。全国民の良心を、また一つ摘み取ったといってもいい。「やっぱりな、長いものには巻かれるほかはないのだ」という声が聞こえてくるようだ。こういう決着をつけざるを得なかった検事は、はたして満足しているのだろうか？　恥ずかしくはないのだろうか？　彼はいま頃、どこかの屋台で、ひとり苦い酒を酌《く》んでいるのかもしれない。そうあってほしい――と浅見は思う。

とはいえ、いま高野未亡人の言っていることには、少し首をひねらないわけにはいかなかった。

高野が夫人に語ったような「暴行」の事実があったとしたら、いくら地元べったりの警察だとしても、ぜんぜん放ったらかしにしておけるわけはない。事実、高野家に事情聴取にも来ているのだ。その結果として、捜査を終結させたのには、地元贔屓といった単純なものでない、何かほかの理由があったと考えるべきだ。

しかし、浅見はそのことを未亡人に言わなかった。悲しみと怒りに震えている彼女には、

いまは何を言っても詮《せん》ないことだ。

浅見は高野家を辞去し、ソアラに乗った。津軽平野には今日も冷たいヤマセが吹き、空はどんより曇っている。

一面の田にはまだか細い稲が、寒そうに揺れ、農道に立つ男と女が、不安げに田圃《たんぼ》の中を覗き込んでいる。

やれコシヒカリだ、やれササニシキだ、とグルメ時代とあって、上質米ばかりがもてはやされている中で、津軽の米のランクは低く見られがちだ。津軽では、まずヤマセに耐える稲でなければならなかった。そして、食糧難の時代を切り抜けるための、高収穫率が求められた。

よりうまい米を——という要望に応えるために、若い農民はいち早く稲の品種転換を試みている。彼らにとって、この暗く重い空や冷たいヤマセが、どんなにか不安なことだろう。

——サムサノナツハオロオロアルキ——

宮沢賢治がそううたった昔は、いまもちゃんと生きているのだ。

弘前市の北側をかすめるようにして、浅見のソアラは黒石市に入った。

2

黒石市の中心部は、岩木川の支流・浅瀬石川《あさせいしかわ》の北東側にある台地の上に展開している。

かつて、黒石は津軽藩祖・為信《ためのぶ》の孫の代から明治維新まで、黒石藩一万石の城下町だった。

城は廃藩置県によってとり壊されたが、街の静かなたたずまいには、どこかそれらしい面影を感じることができる。

人口は四万五千弱、田畑とリンゴ園に囲まれた、典型的な田園都市だ。

浅見は市役所の観光課を訪れた。地元の様子を知るには、観光課に聞くのがいちばん手っ取り早い。ほかのセクションへ行って、いろいろ訊こうとしても、いくぶん警戒されるけれど、その点、観光課は前向きに説明してくれる。

「昔、奥羽《おうう》本線が敷設される際に、黒石町は挙げて、線路が黒石市街の中を通ることに反対したのだそうです。お蔭で、線路ははるかかなたを通り、この町は交通の便《べん》からも文明からもとり残され、とどのつまり、繁栄にも乗り遅れることになりました」

観光課係長の肩書のある、佐藤《さとう》という青年は、なかなかしゃれたことを言って、残念そ

うに笑った。

「津軽人にはそういう、なんていうか、ちょっとばかしでない、依怙地《いこじ》なところがありましてなす」

浅見はその時、弘前の街の真ん中で、新開道路に通せんぼするように残っている、オンボロ住宅を思い出した。

「いや、そういう失敗は黒石ばかりではありませんよ。以前、丹波篠山《たんばささやま》に行ったことがあるのですが、あそこも、市街地からはずれたところを鉄道が通っています。不便といえば不便ですが、そのために、古い武家屋敷なんかが、ひっそりと残されて、いまでは大切な観光資源になっているのですから、どちらがよかったか、分かりません」

浅見は慰めて、言った。

「んですな、賑やかなばかりが、いいというわけでもないすからな」

佐藤観光係長は気をよくしたのか、黒石の自慢を喋りはじめた。中町地区にある「高橋家」というのは、国指定の「こみせ（雪や雨をふせぐアーケード状に作られた街路・新潟のガンギとよく似ている）」のある民家であるとか、板留、青荷、温湯《ぬるゆ》、落合など、いくつもの温泉があるとか、十和田や八甲田山周遊のベースになっているとか……。

「津軽じょんがら三味線は黒石が発祥の地なのです。さらにいえば、『ねぷた』だって黒

石のが正統派であります。ここのねぷたは、青森や弘前のような、ばか騒ぎでなく、昔ながらの本物のねぷたを見せます。八月一日からの一週間、ぜひ見に来てください。そのあとの八月十四日から十七日までは『黒石よされ』。これがまたいいのです」

佐藤の愛市精神の発露《はつろ》に、頷き頷き、浅見は辛抱づよく付き合った。

「ところで、黒石は養鶏業がさかんなのだそうですね」

佐藤が話し草臥《くたび》れた瞬間を捉えて、浅見は言った。

「はあ……」

夏祭りとニワトリとの結びつきが唐突だったせいか、佐藤はそれこそ、ニワトリのように目をパチクリさせた。

「そうですな、さかんですな。黒石の産業はリンゴ、米作、そして養鶏業ということになりますか。業者の中には、十万羽ものニワトリを飼っているところもあります」

「昨日、木造町の養鶏業者が殺されるという事件がありましたが、新聞には、業者間の争いが背景にあるように書かれていましたねえ」

「うーん……あれねえ、あれは問題ありですなあ。そりゃ、青森県の中には、あちこちに養鶏業者がおりますが、そういう、なんていうか、あらぬ疑いをかけられるような記事は、名のある新聞社が出すべきではないでしょう」

「ああいう事実はないわけですね？」

「もちろんですとも」

何を言っている――と言いたげに、佐藤は浅見を睨《にら》んだ。

「しかし、殺された高野という人は、去年の夏、黒石で養鶏業者に襲われて、怪我をしたと言っていたそうです」

「そうそう、そういうこともありました。いや、襲われたのはデッチ上げですがね。そういう、ありもしないことを喋って、いやがらせしたのです。その意味からいえば、被害者はむしろこっちなんですからな。結局、警察が調べたところで、何も出はしない。まったく、出鱈目《でたらめ》もいいところでした」

「そういったことも、高野さんが殺される一因になっているとは考えられませんか？」

「いや、そういうことはないです」

佐藤はムキになった。

「黒石の人間は、自分でも歯痒《はがゆ》いくらいおっとりしたところがありますからなあ。もともと、津軽人そのものが時勢に疎《うと》いのに、その中でも特別です。だから鉄道も断わったりするわけでして……」

佐藤は鉄道が通らなかったことを、よほど、残念に思っているらしい。

「しかし、高野さんが怪我をしていたことは事実らしいのですよねえ。もし出鱈目だとしても、どうしてそんな見え透《す》いた嘘を言ったりしたのでしょうねえ？」

浅見は正直、その点が分からないので、真顔で訊いてみた。

「まったく見当がつきませんなあ。もっとも、祭りの夜は、地元の人間ばかりでなく、よそからも大勢のお客さんが入り込みますからな。その人たちとトラブルがあったんではないか、とも考えられるわけでして。事実、そういう喧嘩みたいなことは、ねぷたにかぎらず、どこの祭りにもつきものみたいなものですからねえ……しかし、妙ですなあ、浅見さんはそのことを訊きにみえたのではないのでしょう？」

佐藤はようやく疑いの目を向けてきた。

「あ、いえ、もちろんそのことは本来の目的とするところではありません。単に、ついでにお訊きしてみただけです。どうも、お忙しいところをありがとうございました」

浅見はこれが潮時と、立ち上がって礼を言った。

黒石市役所を出ながら、しかし、浅見は一つの収穫はあったと思っていた。佐藤観光係長が最後に言った言葉がヒントになった。

――祭りに喧嘩はつきもの――

佐藤はそう言ったのだ。つまり、祭りの黒石で暴行を受けたとしても、まったく不思議

でない。そんな、取るに足らない暴力事件では、警察もまともに調べる気は起こさないだろうし、たとえその気になって調べたところで、犯人が挙がるとは考えられない。高野が「怪我」の原因を説明するのに、これほど都合のいい弁解は、ほかにはない。

高野の怪我は、黒石とも、ねぷたとも、まったく関係のない場所、もしくは、まったく関係のない原因で負った怪我だったのではないか——と浅見は思った。

それを隠すために、高野は嘘を言い、「相手は黒石の養鶏業者」などというデッチ上げを言った。その可能性は大いにあるのではないだろうか？

（いや、待てよ——）

浅見はあやうく、思い直した。原因や相手のことはともかく、「黒石」という場所に関しては、高野は嘘をついていない。なぜなら、高野はその時、失神して、救急車で病院へ運ばれているのだ。

浅見は市役所を出て、すぐ隣りにある消防署へ行った。

「去年の八月に、木造町の高野さんという人が怪我で倒れていたのを、救急車で運んだはずですが、そのことについて、詳しい事実関係を教えていただきたいのですが」

妙な申し出だと思ったにちがいない。しかし、係員は、それほどいやな顔をしないで、記録を調べてくれた。

「ああ、たしかにそういう事実はあります。高野常則さんでした。八月三日の午後九時二十分頃ですなあ。たしかに、堀江外科に運んでいますよ」

「その時の状況ですが、どんな様子だったのですか？」

「どんな様子というと？」

「つまり、現場はどこで、通報者は誰で、収容した際、被害者はどの程度の怪我だったのか……といったことです」

「記録では、通報のあった時刻は九時十七分、通報してくれたのは、市内に住む若い男の人で、女の人——まあ、たぶん恋人みたいな感じの女性でしたが——その人と一緒に現場にいてくれました。現場はこの少し先の、妙感寺というお寺の境内でして、われわれが行った時、被害者は失神状態にあって、すぐに応急手当てをして、意識は回復しました。怪我の程度は、軽い打撲傷と擦過《さっか》傷ぐらいでして、ご本人は大丈夫だと言ったのですが、堀江先生のほうで大事を取って、脳波検査をする一方、ひと晩、安静にして、様子を見ることにしたようです。しかし、翌日は完全に回復して、帰宅しております」

係員は記録を見ながら、説明した。

「被害者の高野さんは、事件を警察に告発しているはずですが」

「ああ、そうだったですね。その後しばらくのあいだ、警察からも、刑事さんが事情聴取

に来ていましたよ。しかし、結局のところは、何も分からなかったのじゃないかな」

それ以上のことは、もはや、記録にも記憶にもないようだ。

消防署を出ると、雨がひどく降ってきていた。浅見は走るようにして車に戻った。シートに座り、ハンドルを握ったものの、エンジンをかけずに、そのまま考え込んだ。フロントグラスを大粒の雨が叩く。空は真っ暗だし、夕立のようなはげしい雨だ。ことしの天候はどうかしている。昔なら、まちがいなく、凶作を予測させる天候不順といったところだろう。

それにしても、高野常則の昨年八月の「暴力事件」というのは、いったい何だったのだろう?

高野が養鶏業者のいやがらせ——と、強硬に主張していたのは、何か根拠があったのだろうか?

警察は、はたして、高野の告発に真剣に対応したのだろうか?

「警察か……」

浅見は憂鬱《ゆううつ》そうに呟いた。最後にはどうしても潜《くぐ》らなければならない門らしい。

黒石警察署は市街地のはずれにあった。さいわい、大きな事件は発生していないらしく、

刑事課はひまそうに見えた。

浅見を応接したのは、花田という警部補であった。大柄で、どことなくかつての貴ノ花《たかはな》に似ている。そういえば元大関の本名も花田だった。

浅見がそのことを言い、「ご親戚ですか？」と訊くと、花田警部補は大いに照れた。

「いやあ、そうでねえんだけど、みな、そう言うんですよね」

地元の英雄と似ていると言われて、悪い気のする者はいない。

「で、ご用件は何でしたかね？」

積極的に訊いてきた。

「じつは、市浦村で殺された、高野さんの事件について、ルポしているのですが」

「ほう、東京からわざわざ、そのことでですかね。それほどの大事件とも思えねえですがなあ」

花田は浅見の名刺を見直して、怪訝《けげん》そうに言った。

「はあ、事件としては大きなものではないかもしれませんが、養鶏業界の不況にからんだ事件ということで、自由化以後のわが国の農業問題と考え合わせ、決して津軽だけの問題ではないと……」

浅見は大上段に振りかぶって、話を大きくした。人の好さそうな警部補は、目をパチク

リしている。

「高野さんは、昨年の夏にも、ここ黒石で暴力事件に巻き込まれているそうですね。しかも、その相手は地元の養鶏業者だということですが、警察は高野さんの告発を無視してしまったというふうに聞きました」

「それは違う、無視だなどと、事実と違うことを言ってもらっては困るなあ」

花田は憤然《ふんぜん》として言った。

「いや、これは僕が言っているのではありません。高野さんの奥さんがそう言っていたのです。たぶん、誤解があるのだろうと思ったもので、事実関係を確認するためにお邪魔したようなわけで。それで、真相はどういうことだったのですか？」

「あの事件は自分が扱いましたがね、高野さんの言っていることは、一方的で、物的証拠はもちろん、裏付けがですな、何もないのですよ」

「やはりそうでしたか、いや、奥さんに話を聞いたかぎりでは、暗闇で名前も名乗らずに襲ってきたというのでしょう。それなのに、どうして養鶏業者だと分かったのか、そのことを訊いても、奥さんは答えられないのですよね」

「それそれ、その点は高野さんも答えられんのです。ただ、あれは間違いなく養鶏業者にちがいないと、そればっかりでした。それでもまあ、一応は、地元の業者に当たりはしま

したがね。しかし、誰もかれもアリバイはあるし……いや、それは、全員が完全なアリバイを証明できたわけではありません。なにしろ、黒石は祭りの最中でしたからなあ。どこで何をしていたかなどということは、本人だってはっきりしねえのです。しかし、だからといって、それだけではどうしようもないわけでして……」

花田警部補が熱心に、警察の正当性を話すのを聞いていて、浅見はふと、ひらめくものがあった。

（そうか、アリバイか――）

曙光《しょこう》のようなかすかな光だったが、浅見はすぐに飛びついた。

「ちょっとうかがいますが、その事件の時ですね、高野さんは気を失っていたのでしたね？　となると、暴行を受けたのは、正確には何時何分頃だったのですか？　いや、もちろん、高野さんの記憶に頼るしかないと思いますが」

「ふーん……」

警部補は、浅見の真剣そのもののような顔を不思議そうに眺めていたが、ふいに、まるで、意気に感じたかのように立った。

「ちょっと待っていてくださいよ、書類を調べてきますので」

花田はそれほど待たせずに戻ってきた。

「喧嘩が始まったのは、だいたい八時半頃だったようですな」

椅子に座りながら、メモを浅見の前に突きつけて、言った。

「高野さん本人の記憶もそうだし、目撃者の証言も一致しています」

「目撃者というのは、つまり、救急車を呼んだ人のことですか？」

「そうです、地元の青年で、たまたま現場付近でデートしておったのですな。あそこは妙感寺といって、黒石ではちょっとしたデートコースでしてね。痴漢もあったりして、警察としてはパトロール重点地区の一つになっているのですが。しかし、最近の若い連中は、多少、見られていようと、平気なところがありましてねえ……」

花田の話は脱線しかかった。

「八時半に喧嘩があったとして」

浅見は割り込むように、言った。

「119番に通報が入ったのは、九時十七分だったそうです。だとすると、事件から通報まで、四、五十分ぐらいの間があったということになりますね」

「ああ、そうらしいですな。目撃者は、物陰に潜んでいて、喧嘩の様子を見ていた——といっても、暗闇でしたがね——そして、静かになったので、みんな行ってしまったのかと思って、デートを続けていたのだそうです。ところが、それからしばらくして気がつくと、

現場に、高野さんが気を失って倒れていたのですな。はじめは死んでいるのではないかと思ったそうです」

「なるほど……」

浅見は「八時半」と書かれたメモの文字を、じっと見つめてから、言った。

「ところで、その日の八時から九時頃のあいだに、この付近で殺人事件はありませんでしたか?」

「は?……」

花田は、浅見が突拍子もないことを言い出したので、また大きく目を見開いた。

3

花田警部補は、浅見の目的がどこにあるのか分からないまま、とにかく、「殴打事件」当日の、管内および周辺の、事件発生の記録を調べ出してきてくれた。

「殺人事件はありませんな」

パラパラとページを繰ってみたが、当日ばかりでなく、前後ひと月ばかりは、殺人事件はおろか、凶悪な強盗事件も発生していないらしい。

「ただし、自殺と事故死は多い。近頃は老人の自殺が多いですなあ。それも、比較的、元気なお年寄りが自殺する。若い後継者はどんどん都会へ出て行ってしまうし、前途に希望を失い、そこへもってきて、病気にでもなったら大変だ……と、そんなことを深刻に考えるうちに、死にたくなるのでしょう」

花田警部補は、彼自身、深刻そうに考え込んでしまった。

「あの、それで、当日はどうだったのでしょうか？」

浅見はおそるおそる、訊いた。

「あ、どうも失礼しました。ええと、この日は、津軽地方の割りと近いところだけでも、事故死が二件、起きていますが……具体的な内容も知りたいですか？」

「ええ、ぜひ教えてください」

浅見は花田の厚意に、縋《すが》りつくような口調で頼んだ。

「一つは、岩木町で起きています。岩木町の元町議が、つつみ……つまり灌漑《かんがい》用の貯水池ですな、そこに転落して死亡したというものです。直接の死因は溺死《できし》ということになりますが、七十五歳という高齢で、以前から心臓の具合が悪かったそうですから、急に発作が起きて、転落、そのまま死亡に到ったものと考えられます。外傷はなく、死体が発見されたのは、この日の夕方近くですが、事故が発生したのは、前日の夕方です。家人の話によ

ると、田圃の様子を見てくると言って出掛けたまま、帰ってこないので、心配していたそうです。もう一件のほうは、これもダムに転落した事故ですが、こっちは車ごと転落したものですな。現場は西目屋村《にしめや》、ここからはちょっと遠くなりますがね。こっちのほうは、当日の午後八時三十分頃の発生になっています」

「八時三十分……確かなのですか？」

「かなり確かなようですな。といっても、五分や六分の違いはあるかもしれないが。目撃者……というか、通報者が、事故発生の時、時計を見ていたのです」

「え？　じゃあ、事故が起きた時、現場に人がいたのですか？」

「いや、転落した現場にいたわけではないですがね、近くにいて、転落した際の水音を聞いているのです。その人はダムの管理員でして、夜、食事が終わって、奥さんと子供さんとテレビを見ていたら、衝突音と、それに続いてものすごい水音がしたのを聞いたのだそうです。それで、調べに行ってみたら、どうやら道路脇のガードレールを突き破って、車がダム湖に落ちたらしい。それで警察に通報したというわけです。ただちにレスキュー隊が出て、救出に当たったのだが、現場は真っ暗闇で、結局、発見は翌日の昼前頃になったようですな。湖水に沈んでいた車の中に、男の人が一人、閉じ込められ、溺死していました。死んだのはええと、蟹田《かにた》町の人で、前崎という人ですな」

「蟹田町……ですか」

浅見は胸の奥で、キュンとなるものを感じた。

「そこの、ええと、西目屋村でしたか、そこから黒石までは、どのくらいかかるのでしょうか?」

「どのくらいって……所要時間ですか?」

花田は驚いた目を浅見に向けた。

「そらまあ、一時間近くはかかると思いますがな」

「一時間近くというと、何十何分ぐらいでしょうか」

「ははは、えらく一生懸命ですなや……西目屋村といっても、広いですからなあ。ダムの辺りからだと、四、五十分はかかるでしょう」

「四、五十分……」

西目屋村のダムで「転落事故」があったのは午後八時半である。デート中の若い二人が、喧嘩を目撃したのは、午後八時半頃。まさに西目屋の「事故」と同時刻であった。

そして、彼らが実際に負傷している高野を発見、119番通報したのが午後九時十七分。発見から通報までに数分かかったとして、発見時刻は午後九時十分頃か。

「発見時刻なら」と浅見は呟くように、言った。

「発見時刻なら、間に合いますね……」

「は？」

「いや、その発見者は、八時半に喧嘩していた人物と、九時十分過ぎ頃に負傷して倒れていた人物が、同一人物であるかどうか、確認したわけではないのですよね」

「それはまあ、そのとおりですが……」

花田は、(何を言いたいのか？――)という顔になった。

「八時半の喧嘩が、じつは高野さんではなかったということは考えられませんか？」

「どういう意味です？」

「つまり、高野さんが実際に現場に倒れたのは、九時を回った時刻だったということです」

「ははあ……」

花田は疑わしそうな目で、浅見を見つめた。

「浅見さんは、ひょっとして、高野さんが西目屋のダムの事故に関係しているのではないかと……そう思っているのですか？」

「ええ、じつはそうです。その可能性がないかと思っています」

「つまり、ダムの事故はじつは殺人事件であって、犯人は高野さんであると……」

「はあ……」

「ははは、これはまた、驚きましたなあ。何でよその事故のことを訊《き》かれるのか、分からなかったのだが、そうですか、そういう疑いを持っているのですか」

花田は感心したような、呆《あき》れたような、妙な表情になった。

「そうすると、要するに、ここでの暴行事件はアリバイづくりではないかと、そういうことですか？」

「そうです。高野さんが、養鶏業者にやられたと言っているのは、いかにもこじつけくさいですよね。暗闇で、しかもいきなり殴られて、どうして相手の素性が分かるのか、説明ができません。高野さんにしてみれば、とにかく、むちゃくちゃなことを訴えて、警察の記録に残りさえすれば、それで目的は達せられたのではないかという感じがします。八時半に黒石にいれば、たとえ、西目屋村の事故の件で疑いをかけられても、アリバイを主張できると考えたのではないでしょうか」

「うーん……しかし、ダムに車が落ちたのは八時半だし、同時刻には、現実に黒石で暴力事件が起きているのですよ」

「ですから、それは高野さんではなかったのではないかと……」

「うーん……強引な推理ですなあ……しかし、かりにそうだったとしてもですよ、少なくとも、高野さんが負傷して倒れていたことは事実でしょう」

「ええ、それはそうです。ただしそれは、九時十分頃ですから、西目屋から現場にやって来ることのできる時間ではあります」

「どうかなあ……」

　花田は首をひねった。

「西目屋のダムからは約三十五キロ。なんぼ田舎の夜道でも、四十分ではちょっと無理だと思いますがねえ。いや、かりに自動車レースなみのスピードで、追い越し違反、信号無視を繰り返して走ってくれれば、そりゃ可能かもしれませんが。しかし、そんなことをして、もし交通違反でパクられたら、それっきりですからなあ」

「………」

　浅見もついに沈黙した。花田警部補の言うとおりだ。そんな無茶な「完全犯罪」は、じつは完全犯罪でもなんでもない。ご都合主義の推理小説ならともかく、現実に完全犯罪を計画する者は、非のうちどころもない「安全犯罪」を組み立てなければならない。

「無理でしょうな」

　花田は気の毒そうに、しかし、はっきりと結論づけて、言った。人の好さそうな、貴ノ

花みたいな顔をしていても、さすがに刑事課のベテランだけのことはある。

「第一、考えてみると、かりにそうやって来たとしても、発見者がその前……つまり、その『喧嘩』があった直後に現場を覗き込む可能性もあったわけですからね」

自嘲《じちょう》して、低く笑ってしまった。

「そうそう、そのとおりですよ」

花田も苦笑を浮かべて、言った。

それでも、浅見は完全に諦《あきら》めたわけではなかった。不可能が可能になる可能性だとか、無意味なことに意味を見つける意味について、しつこく考える男だ。

「ところで、その事故で死んだ、蟹田の前崎という人ですが、年齢だとか、職業だとか、そういうことは分かりませんか？」

「さあねえ、そこまではこっちでは記録してませんが、調べれば分かりますよ。調べてみましょうか？」

「あ、いえ、これ以上、ご面倒をおかけしては恐縮です。いちど、そのダムを見たいし、西目屋村まで行って来ます。所轄はどこになるのでしょうか？」

「弘前署の管轄です。行くなら、あそこの係長は私と同期ですから、電話しておいて上げますけど」

「あ、それはありがたいです。ぜひお願いします」

「分かりました……しかし、あんたも熱心ですなあ。ルポライターなんかより、刑事のほうがよっぽど向いていますよ。大きな声じゃ言えないが、近頃の若い刑事は、まるでサラリーマンですからな、彼女から電話がかかってきて、定時になればさっさと帰って行ってしまう。あんたの爪《つめ》の垢《あか》でも、煎《せん》じて飲ませたいですよ。そうだ、浅見さん、あんたいっそ、私立探偵でもやったらどうです？　明智小五郎みたいな、名探偵になるんでないでしょうか」

花田は真顔で言ってから、愉快そうに「ははは」と笑った。

そういう花田を見て、ほんとうは、こっちが「私立探偵」であることまで、見抜いているのかもしれない――と、浅見はドキリとした。

4

西目屋村のダムまで、かっきり四十六分、かかった。まさに花田警部補は有能な警察官であることが立証されたわけだ。

ダムの名称は「目屋ダム」。岩木川上流を堰《せ》き止めた発電・治水・灌漑用の多目的ダム

である。

目屋ダムが出来るまで、西目屋村は毎年のように岩木川の洪水で悩まされた。昭和二十八年から六年の歳月を費やして、ダムは昭和三十四年に完成。砂子瀬《すなこせ》という集落が水没したけれど、以後は水害は無くなり、ダム湖は「美山湖《みやまこ》」と名付けられ、目屋渓谷の中心をなす観光資源としても貢献している。

「車の転落事故は、これで二度目でした」

ダムの管理員は残念そうに話した。観光ドライブコースになるとともに、車の入り込みが増えたけれど、目立った事故は起きなかった。四年前、居眠り運転と思われる車が、ガードレールを突き破って転落、乗っていたアベックが二人とも溺死する、という事故があった。

「今回の事故も、ほぼ同じ場所で起きておりまして、どうも、あのカーブは魔のカーブかもしれません」

管理員は真剣そのもののような顔で、恐ろしそうに語った。

美山湖は、ダム湖特有の、青い無表情な湖面に、周辺の山並みを映して、静まりかえっていた。人間のいのちを呑《の》み込んだことなど、まったく知らないと言いたげだ。

浅見は背中に不気味なものの気配を感じながら、渓谷沿いの道を急いで下った。

弘前に戻った時には、すでに日は落ちて、ただでさえ暗い曇り空の下、街は濃い夕闇の底にあった。

浅見は弘前警察署に立ち寄った。黒石署の花田警部補が連絡を入れておいてくれたので、刑事課に顔を出すと、目指す係長はいなかったが、若い刑事が親切に応対した。

「去年の夏の、目屋ダムの事故について、何か聞きたいことがあるとか？」

「はあ、とりあえず、亡くなった人の氏名、住所などを聞かせていただければありがたいのですが」

「いいですよ」

刑事はすでに用意してあったメモを、そのままテーブルの上に置いて、浅見のほうへ滑らせて寄越した。

——蟹田町——、前崎良雄　四十九歳

「職業は会社役員、昔から醸造《じょうぞう》業を営んでいる旧家の何代目かです。いまは大したことはないそうですが、かつては、蟹田町きっての素封家《そほうか》だったとかいう話でした。そこの社長だか専務だかじゃなかったかな」

「その人が、その日、なぜ目屋ダムへ行ったりしたのですかねえ？」

「そうそう、その事件は自分が処理に当たったのですが、まさにその点がですね、家族の者にも分からないと言っておりました。まあ、県内のあちこちにお顧客《とくい》さんがいるわけですから、西目屋村へ行ったこと自体はおかしくないのですが、あんな山の中の湖へ行く理由がですね、分からないというのですよ」

「まさか、事故ではなく、自殺だったということはないでしょうね？」

「いや、もちろんその点についても、われわれは事情聴取しました。しかし、遺書はもちろん、日頃の言動からも、そういうことを予感させるようなことは、何もなかったということでした。家族ばかりでなく、友人関係も同じ意見でして、現に、翌日も数日後も、ちゃんと仕事とゴルフの予定が入っていたそうですから」

「発作的に死にたいとか……」

「いや、誰に聞いても、そういう性格ではないようでした」

警察が調べたことである。必要なだけ調べて、結論として、自殺の理由がない――と判断したのなら、ほぼ、その決定には間違いないのだろう。

浅見は長いこと逡巡してから、言いにくそうに訊いた。

「こんなことをお訊きして、気を悪くされると困るのですが……」

「はあ」

「どうなのでしょう、他殺の可能性はなかったのでしょうか?」

充分、声をひそめるようにして言ったつもりだが、刑事はギクッとして、周囲を見回した。

「他殺だなどと、そういうことはありませんでしたよ」

浅見以上に低い声で、囁《ささや》いた。

「もちろん、その可能性についても、お調べになったわけですね?」

「もちろんです」

警察のやることに、万事、ソツなどあるわけがない——と言いたそうに、刑事は少し背を反らせた。

「ごもっともです」

浅見は、犯人がおそれいったというような角度で、頭を下げてから、なおも食い下がった。

「それはそうだと思いますが、しかし、商売をやっている以上、競争相手だとかですね、怨みを抱いている人間の一人や二人はいたと思うのですが」

「いや、それはそうでしょうが、かといって、そういう人物を片っ端から容疑者扱いできるものでもありませんからね。そりゃ当然、一応の確認は取りましたよ。何はともあれ不

審死であることに変わりはないのですからねえ。しかし、その結果、事故死という結論に達したのです」

「アリバイ調べなどもしたのでしょうか?」

「必要と考える人物については、もちろん、やりましたよ」

「必要——という意味は、多少なりとも、動機を持った人たちがいた——ということですね?」

「まあ、そういうことですね」

「その人たちの名前を教えていただけませんか?」

「は?……」

刑事は驚いて、身をのけ反らせた。

「いや、いくらなんでも、そりゃ出来ませんよ。そんなことをしたら、人権問題ですよ。堪忍《かんにん》してくださいよ」

ゴキブリでも見るように、眼を三角にして、言った。

浅見は刑事に詫びと礼を言って、スゴスゴと引き上げざるを得なかった。

ホテルへ帰る途中、石井書店の前を通る。すでに店は閉まっていた。浅見は車を道路際

に停めて、シャッターをノックした。

「どなたですか」

靖子の声がした。

「浅見です」

ほとんど間を置かずに、シャッターがガラガラと上がった。

「どうしたんですか？　すっごく疲れた顔をしてますよ」

浅見の顔をひと目見て、靖子は心配そうに眉をひそめて、言った。

「そうですかねえ……」

浅見は右手で顔中を撫《な》で回した。短く伸びた髭《ひげ》が、掌にザラザラと当たった。

「髭のせいで、翳《かげ》があるみたいに見えるのですよ、きっと」

「そうでしょうか……とにかく入ってください。いま、お茶を入れます」

「いや、これからホテルに帰るところなのです。ここで失礼します」

「そんな……お願いです、寄って行ってください。それに、お食事だって、まだなのでしょう？」

靖子は怒ったような口調で言って、シャッターを開けたまま、さっさと奥へ行ってしまった。浅見も仕方なく、あとに従った。

「あ、シャッター、下ろしておいてください。お客さんが入ってくると困りますから」

靖子が奥のほうで、ふりかえって言った。

「はあ……」

浅見は困ったが、ともかく地面とのあいだを少し残して、シャッターを引き下ろした。

「それで、どうだったんですか?」

浅見が店から上がるのを待ち兼ねて、靖子は台所から顔を覗かせて、訊いた。

「何か収穫はあったのですか?」

「あったと言えばあったし、なかったと言えばなかったようなものです」

浅見はうんざりした口調で、言った。そう言ったとたん、たしかに靖子に指摘されたように、猛烈な疲労感に襲われ、座布団《ざぶとん》の上にへたり込んだ。

「そんなんじゃ、分かりません」

不満そうに言いながら、靖子はコーヒーを入れてきた。リンゴのプリントだけがアクセントの、ごくシンプルなエプロンをしている。理知ばかりが勝ったイメージの彼女が、そういう恰好をすると、それなりに歳相応に女っぽく見えて、浅見は眩しかった。

「インスタントですけど、間に合わせにしてください」

「いや、これで充分です。なにしろ、市役所と消防署と警察ですからね、出がらしのお茶

ばかり飲まされました」

「かわいそうみたい。いますぐ御飯にしますからね。筋子《すじこ》のおいしいのがあったんです。それと、ホタテのガーリックソテー。津軽では、これくらいしか、おもてなしの材料がありませんけど、期待していてください」

靖子は質問を中断して、台所へ戻って、また顔を出した。

「それで、どうだったんですか?」

「ははは、忙しいひとだなあ」

浅見は笑った。久し振りで笑ったような気がした。

「だって、早く聞きたいんですもの。支度しながら聞いてますから、話してください」

ほんとうに、出たり引っ込んだりして、話を聞くつもりだ。浅見も苦笑しながら、ポツリポツリと「苦心談」を話しだした。高野常則の「暴行致傷事件」が、彼のアリバイ工作ではないか——という、浅見の仮説には、靖子も共感した。

「それですよ、きっと」

意気込んで、言った。

「いや、僕もそう思ったんだけど、しかし、どうもうまくいかないんですよ」

浅見は黒石署の花田警部補に、せっかくの推理を、あっさり否定されるに到るまでの話

をした。

「日屋ダムで事故死した人物が、蟹田の人だと知った時は、ちょっとばかり緊張したんですけどねえ。しかし、考えてみると、『津軽』の旅のルートには、蟹田ばかりでなく、いろいろな地名が出てくるわけだし……」

「でも、蟹田はその中でも、やっぱり特別なニュアンスを持っていますよ」

靖子は励ますように言った。

その頃には、食卓の上はほとんど整っていて、最後の味噌汁を運んで来るところだった。

浅見は連想を思わず口走った。

「そういえば、その人の家は醸造業だとか言っていたが、まさか味噌屋じゃないでしょうね」

「このお味噌が……ですか？」

靖子は味噌汁の椀《わん》を手にしたまま、立ちすくんだ。

「あははは、そのお味噌がそうだとは言ってませんよ」

「でもこれ、津軽のお味噌だし……」

「醸造業っていっても、醤油屋もあるし、酒屋だってそうでしょう」

「酒屋だったら酒屋って言うはずです」

「困ったなあ。とにかく、早くその味噌汁を飲ませてくれませんか」

「その味噌屋さん、なんていうんですか？」

「いや、味噌屋かどうか分からないって言ってるのに」

「だったら、その醸造業の人の名前です」

「前崎ですよ」

「じゃあ、違うメーカーです」

「当たり前ですよ。しかし、前崎なんて、割りと珍しい名前ですね。静岡県の御前崎《おまえざき》から御を取った……と憶えたのです。津軽には多い名前なのかな？」

「さあ……私はよく知らないけど、でも、そうかもしれませんね。『旅する会』の会員の中にも、そういう名前があったような記憶があります」

「ほう、そうですか、その人、やっぱり蟹田の人ですかね」

何気なく遣《や》り取りしていて、二人は同時にギョッとした。

「まさか、その人が目屋ダムで死んだ人じゃないでしょうね？」

浅見が口に出して言った。

靖子は、その声に弾かれたように、資料を取りに奥へ走った。

「その人、前崎何っていうんですか？」

大学ノートを拡げながら、駆け込んでくるなり、言った。

「前崎良雄です、大石良雄の良雄……」

「ありました！」

ほとんど間髪《かんはつ》を容《い》れずに、靖子は叫んだ。

第六章　美智代の失踪

1

美山湖で死んだ前崎良雄は、「『津軽』を旅する会」の会員だった。しかも、去年までの「旅」には、必ずといっていいほど参加している、熱心な会員なのだ。

「そういえば、ことしの参加者名簿には、載っていなかったんですね」

当然のことだが、靖子は感慨深そうに、言った。

「お父さんは、その事故のことを、ご存じなかったのですかねえ？」

「まさか、知っていたでしょう。津軽で起きた事件なら、地元の新聞には必ず載りますから」

「靖子さんは？」

「私はぜんぜん知りませんでした。東京の新聞にはそんな記事、出ませんもの。たとえ、出たとしても、前崎っていう人の名前を知らないんですもの、関心がないまま見過ごしてしまったでしょうね」

「しかし、さっきは前崎さんの名前を記憶していたじゃないですか」

「それは、こんどの父の訃報《ふほう》を出す時に、会員名簿を調べたからです」

「ああ、そういうわけですか……それじゃ、この前、東京で会った時も、お父さんは、そういう話をしなかったのですね？」

「前崎さんが事故で死んだとか、ですか？　しませんでしたよ」

「どうして話さなかったのかな？　会員が変死したのなら、そのこと、話題にのぼってもよさそうに思えますけどね」

「だって、私は会とは関係ないし、事故死なんて、しょっちゅうあることだし……」

言いながら、靖子は怪訝《けげん》な顔になった。

「父が話さなかったことに、何か意味があるのですか？」

「いや、そういうわけじゃないですが……」

浅見は慌てて否定した。

靖子は上目遣いに浅見を見つめてから、言いにくそうに、言った。

「浅見さんて、ときどき、すごく怖い目をするんですね」

「えっ？　僕が、ですか？」

「ええ、いまがそういう目でした。何を考えているのか、ちょっと不気味な感じなんですよね」

「そうかなあ……目付き、悪いですか。困ったなあ」

「目付きが悪いっていうんじゃないんですけど、なんだか……そんなこと言ったら、気を悪くされるかもしれませんけど……なんていうのか、狂気を感じさせるようなっていうのかなあ……とにかく、そういう目です」

「狂気ですか……参ったな」

浅見は苦笑した。

「そういえば、会社勤めをしたりとか、嫁さんをもらったりとか、そういう、ふつうの人みたいな生き方ができないのだから、たしかに、ちょっとおかしなところがあるのかもしれませんね」

「そういうんじゃないんです。そうじゃなくて……」

靖子はどう表現すればいいのか分からなくて、じれったそうに唇を噛《か》んでから、言った。

「浅見さん、いじわるなんだと思います」

「いじわる？　僕が、ですか？」

浅見は靖子が思いがけない、稚《おさな》い言い方をしたので、うろたえてしまった。

「そうですよ。物の見方が、穿《うが》ちすぎているんです」

「それは、あなたのお父さんのことを、疑うみたいな言い方をしたからですか？」

「ああ、やっぱり疑っているんですね？　何を疑っているんですか？」

「いや、疑ってなんかいませんよ」

「疑っています」

靖子は結論づけるような、容赦のない口調で言ってから、逆に情けない表情を見せて、

「ほんとのことを言うと、私だってそう思うんです。父はどうして話してくれなかったのかなって……浅見さんに言われて、だんだんそう思えてきたんです。もしかしたら、父はその事故のことで、何か知っていたのじゃないかしら？」

「何かって、何ですか？」

「そんなこと、分かりませんよ。分かりませんけど……浅見さんこそ、何だと思っているんですか？」

「ほんとうに、いいんですか？」

「え？」

「いや、ほんとうに、お父さんを疑うようなことを言っても、構わないんですか?」

「ああ、そのこと……構いません。だって、私自身、疑わざるを得ない状況ですもの。客観的に見て、たしかに父が何も話さなかったのは、やっぱりおかしいんです。そのことは否定できませんから」

靖子の豹変ぶりに、浅見は驚いた。

「あなたには判事の素質がありますね」

「は?　どういう意味ですか?　それ」

「本質的に、公平な物の見方ができるひとです」

「そんなことはありません。正直な気持ちを言えば、悔しいし、浅見さんが憎たらしいと思っているんですから」

靖子は真顔で言った。浅見は苦笑して、頭を下げた。

「その憎たらしい僕に、もし情状酌量の余地がありましたら、味噌汁をよそってくれませんか」

「あ……」

靖子は慌てて鍋《なべ》の蓋《ふた》を取りかけて、笑い出した。

「そういう言い方をすると、刑期を延ばしますからね」

「それはありがたい、こんなに待遇のいい刑務所なら、無期懲役でもいいですよ」

言ってから、浅見はドキリとした。靖子も笑いかけた表情のまま、赤くなった。

「いやあ、ほんとに美味い、ほんとにいい筋子ですよ。村上のやつが羨《うらや》ましいな」

「そこにどうして、村上さんの名前が出てきたりしちゃうんですか？」

靖子はつまらなそうな顔になった。

「はあ……」

浅見は返答のしようがなくて、筋子を載せた温かい御飯を、しきりにパクついた。頭のどこかで、シャッターを引き下ろしてきたことと、下のほうに隙間《すきま》を残してきたことを、半々に後悔していた。

「父を疑うとしたら、どういう理由が想定されるのでしょう？」

靖子が、いくぶん意識した感じの、硬い口調で言った。

「もっとも常識的なのは、お父さんが太宰の肖像画の話を聞いた相手が、前崎氏だったというように、今度のお父さんの事件と、直接か間接かはともかく、何らかの関わりがあったということでしょうね」

浅見も靖子につられるように、硬い言い方をした。

「もしそうだとしたら、その前崎氏があああいう死に方をした時、お父さんは、やはり疑惑

を抱いたと考えていいでしょう。つまり、前崎さんの死は、単なる事故死ではないのではないかと」

「でしたら、そのことを、父はどうして警察に届けなかったのかしら？」

「届けなかった理由は……それは想像で言うしかないわけだけれど、もし、そういう事実があったと仮定してですが、第一に考えられるのは、やはりお父さんが、何らかの形でその『事故』に関係していた場合です」

「えっ？……」

靖子は、また険《けわ》しい目を浅見に向けた。自分の父親のことだから無理もないとはいえ、どうも、靖子は必要以上に神経質になっている。

「いや、だからといって、僕は何も、お父さんが前崎さんを殺した犯人の一味だなんて思ってはいませんよ。ただ、お父さん自身のことでなくても、友人だとか親戚だとか、知っている人が、その『事故』に関わっている可能性みたいなものがあって、警察に届け出ることが、知人や、ひいては自分自身にとって、不利益な結果をもたらすと考えた——ということなのです」

浅見は慌てて、いくぶんくどいくらいに説明を加えた。

「ええ、分かってます、たしかにそれは考えられることですから」

靖子も仕方なさそうに、頷《うなず》いた。

「第二の理由として考えられるのは、単に警察に届けたくなかったのだ――ということです。要するに、関わりあいになるのがいやだったとか、もっと単純にいえば、警察が嫌いだったのかもしれません」

「警察が嫌い？……」

「ええ、僕は、あなたのお父さんは、警察が嫌いなタイプの人だったのじゃないかなって、そんな感じがするのです。もしかすると、過去に何か、いやな思い出があって、警察不信に陥《おちい》っておられたのじゃないかと思っているのですが、違いますか？」

靖子は大きく目を開いて、浅見の顔を見つめた。

「驚いたわ、浅見さんに言われて気がついたんですけど、そういえば、父は警察のこと、あまり好きじゃなかったみたいなんです。私が東京へ出て、司法試験を目指して勉強したいって言った時、最初は反対していたんですけど、私が、どうしてもいい弁護士になって、不当な裁判を弾劾《だんがい》したいと言うと、急に折れて、いいだろうって……ちょうどその頃、冤《えん》罪《ざい》事件があって、ひどい話だとか、よく話題になっていたので、そのせいかなって思ったのですけど……でも、それ以前から、父は警察が嫌いだったのかもしれません。口に出して言ったりしたことはないけれど、よく、巡回のお巡りさんが店に寄ったりすると、ひど

く愛想が悪かったし。帰ったあと、わざとらしく、店先の棚なんかをハタキでパタパタやったり……」

話しているうちに、父親の元気な姿が思い浮かんだらしく、靖子の目が潤《うる》んできた。

「もし、お父さんが警察嫌いだったとして、それはなぜなのか、思いつきませんか?」

浅見は靖子の感傷を断ち切るように、わざと事務的に言った。

「はっきりしたことは分かりませんけど」

靖子は躊躇《ためら》いながら、言った。

「昔、母のことで、何かあったのかもしれません」

「お母さんのことというと?」

「母は自殺したのです」

「えっ……」

そういう事情を、まったく予想していなかったわけではないけれど、浅見はさすがに驚きの声を洩らした。

「私が生まれて、まもない頃です。もちろん詳しいことは知りませんし、知ろうとすると、父は怒りはしないけれど、ものすごく悲しい顔をするので、とうとう聞かないままになってしまいましたけど、おせっかい焼きのおばさんに、たぶん不倫の清算が自殺の目的だっ

たのじゃないかって、そんなような意味のことを聞いた記憶があります」

作文を読むような、たんたんとした喋《しゃべ》り方だった。「不倫の清算」という言葉が、浅見の胸にこたえた。

「その事件の時に、父は警察に痛めつけられたのじゃないかと思うんです。つまり、他殺の疑いがあって、だとしたら、動機を持つのは、なんといっても父なのだし、そういうことになると思うんです。それに、母は受取人が私名義になっている生命保険に、かなりの額、入っていて、そういうことも疑惑の対象になる理由だったらしいんです」

靖子は固い飯をゆっくり咀嚼《そしゃく》するような、平板な喋り方をしているけれど、聞いている浅見はつらかった。いくつもの殺人事件を扱ってきていながら、人間のドロドロした部分に触れることを、大の苦手とする浅見の性格は、ちっとも変わらない。まして、美しい靖子の口から、しかも彼女自身の母親のスキャンダルが語られるのを、どういう顔をして聞いていればいいのか、まったく、逃げ出したい心境であった。

たぶん、靖子の母親も、靖子のように、美しく清純な香りのする女性だったにちがいない。そうだ、弘前の街を闊歩《かっぽ》する、あの乙女たちのように――だ。

だが、そういう女性が、不倫――自殺という、引き返せないほどに傾斜した道を歩んでいた。そして、破局の瞬間が訪れるまで、夫はそのことを知らなかった。

浅見はふと、太宰の最初の妻・初代《はつよ》のことを連想した。

小山《おやま》初代は青森で芸者をしていた女性である。昭和二年九月、太宰十九歳、初代十六歳の時に知り合い、愛しあうようになる。

三年後の昭和五年秋、初代はとつじょ、青森の芸妓置屋を逃げ出し、東京の太宰のもとに奔《はし》った。太宰は生家からの分家除籍と引き換えに多額の金を貰い、初代を落籍させ、結婚する。初代にとって、太宰は愛する夫であると同時に、恩人でもあったわけだ。

ところが、小山家との結納を交わした、わずか四日後に、太宰は、神奈川県江の島の海岸で、銀座のバー『ホリウッド』の女給と投身自殺による心中を図る。女性は絶命したが、太宰は生き残った。

この太宰の屈折も不可解そのものだが、初代のほうも負けて（？）はいない。

心中事件にもかかわらず、太宰と初代はまもなく結婚する。表面的には平穏な結婚生活が数年つづく。だが、昭和十一年の秋、太宰がパビナール中毒を治すために入院している留守中、初代は親戚の学生と不倫な関係に陥る。

太宰がその事実を知ったのは、翌年の三月になってからのことである。太宰は強いショックを受け、初代を伴って群馬県水上《みなかみ》温泉に行き、心中を図る。

この時は未遂に終わり、東京に戻ったあと、初代は太宰が私淑《ししゅく》している井伏鱒二《いぶせますじ》宅に身

を寄せ、やがて太宰は初代を離別した。

その後、初代は北海道から中国へ渡り、不遇のうちに、最後は青島《チンタオ》で病没する。昭和十九年、初代三十三歳の夏のことであった。

三十三という歳は、浅見光彦と同い年だ。単なる偶然で、そのこと自体に何の意味もないけれど、これまでの自分の生き方と引き較べてみて、浅見は彼女の凄絶《せいぜつ》と言ってもいいような、奔放《ほんぽう》な生きざまに圧倒される想いがする。

初代もまた、津軽の女である。

浅見が頭の中で勝手に創り上げている、津軽の女性の典型は、たぶん、石坂洋次郎が教鞭《きょうべん》をとった女学校の生徒のように、清純そのものだ。目の前にいる靖子も、ちゃんと、その、津軽女の理想的なタイプに属していると、浅見は信じて疑わない。

だが、その、清純であるはずの「津軽女」の典型の延長線上に、たとえば初代がいたり、靖子の母親がいたりするとなると、もう浅見はお手上げである。ただでさえ不可解な女性が、いっそう分からなくなる。

初代ばかりでなく、ついに玉川上水で心中に成功（?）する、山崎富栄《やまざきとみえ》にいたるまでの、太宰をめぐる女性たちが、すべて、太宰と同じように破滅型人間だったとは思えない。かといって、皆がみな、太宰の奔放さに振り回されたのだとも、考えられない。鐘が鳴

るのか撞木《しゅもく》が鳴るのか——といえば、鐘と撞木の合いが鳴ったように、双方の自殺願望が一致する瞬間があったのだろう。ことに、初代の場合など、自分の愚かさや罪深さに、つくづく嫌気がさしたのかもしれない。

靖子の母親の自殺がお節介なおばさんの言うとおり、不倫や心中だとして、どこの誰と、どのようにして心中したのか、その原因は何だったのか——浅見は訊く気はなかった。靖子が露悪的に喋り出したら、浅見は耳を覆《おお》ってしまうだろう。しかし、さいわいなことに、靖子もそこまでは悪趣味ではなかった。というより、母親の死のことを語るのさえ、ほんとうは、彼女にとって断腸の想いがしているにちがいないのだ。

2

「そういう過去があったとすると、やはりお父さんは、警察が嫌いだったのでしょうね」

浅見は溜息をつくように、言った。

「だとすると、お父さんはもっといろいろなことを知っていたのかもしれない。いや、最初は、前崎さんの死に小さな疑惑を抱いただけだったとしても、それを調べているうちに、次々に新しい疑惑が生まれたり、いろいろなことを知った可能性はあると思うんですよ

ね」

「知っていたって、何をどの程度、知っていたのかしら？」

「うーん……それが分かればいいのですがねえ。僕たちの摑《つか》んでいる知識は、あくまでも『「津軽」を旅する会』を通して、いわば垣間《かいま》見るような頼りないものだから、どこまで正しい見方をしているのか、まるで自信が持てないのだし、かといって、それ以外のところから推理しようにも、何のとっかかりもないわけで……」

「やっぱり、太宰の肖像画だとか、例の、変てこなメモの線を追ってゆくしか、方法がないんじゃないでしょうか？」

「そうですね、とにかく、お父さんが死に際に、文字どおり、必死で残したダイイング・メッセージなのですからね」

浅見はポケットから、片時も離さないメモを出して、眺めた。

コスモス、無残。

マネク、ススキ。アノ裏ニハキット墓地ガアリマス。

「なんど見ても、まったく意味不明ですね」

靖子は浅見の手元を覗き込んで、言った。

「そのくせ、なんとなく意味ありげで、こっちの好奇心をそそらずにはおかないわ。まる

で悪魔が仕掛けた誘惑の呪文《じゅもん》のようです」

「なるほど、誘惑の呪文ですか……うまい表現だなあ」

浅見も感心した。

「そういえば、太宰治の作品自体、そういう傾向がありますよね。彼の死後、しばらくは、太宰の自殺を模倣《もほう》したとしか思えないような自殺が続いたらしい。太宰ファンというと、ネクラ人種の代名詞みたいにいわれていた時期もあったそうですよ」

食事がすんで、靖子は新しいお茶を入れてきた。

「さて、すっかりご馳走になっちゃいましたね。食い逃げみたいだけれど、そろそろ引き上げます」

浅見が腰を上げかけるのを、引き止めるように、靖子は早口で言った。

「あら、このままにして帰ってしまうんですか？　前崎さんのことだとか、高野さんの事件だとか、それと父との関係だとか、そういうことをどうするのか、もう少し話してくれませんか」

「はあ、しかし、もうこんな時間だし」

時計はすでに九時を回っていた。男と女が、二人きりでいるには、いささか不穏当な時刻であった。

「でも、ニューキャッスルなら、すぐそこじゃないですか。お酒も飲んでいないし、車ならたった一分の距離ですよ」

「はあ、そりゃそうだけど……」

浅見は苦笑した。

「昼間、動き回ったもんで、満腹になったら、ちょっと眠気がさしてきたのです。風呂にも入りたいし」

さすがに、ここまで具体的な言葉を言われて、オクテの靖子も気がついたらしい。

「そう、ですか……だったら、あの、また来てくれるんでしょう?」

少し頬を染めながら、言った。

「ええ、明日も顔を出しますよ。もしかしたら、うまい味噌汁にありつけるかもしれませんからね。明日はまた、横山さんも一緒になると楽しいのだが……そうそう、彼女、体の調子のほうはどうなのですか?」

「あれっきり電話がないんですけど、たぶん大丈夫なのじゃないかしら。そうだわ、電話してみましょうか」

浅見を送りながら、靖子は店の電話で美智代の家の番号をプッシュした。

「石井です、いつもお世話になります。あの、美智代さん、いかがですか?」

陽気に語りかけていた靖子の表情が、「えっ？」と言ったとたんから、みるみる変わっていった。

「いいえ、こちらには見えてませんけど……あの、朝、お父さんから電話で、きょうはお休みするという……ええ、そうです……」

靖子が送話口を押えて、浅見に「おかしいんです」と言った。

「お母さんの話だと、美智代さん、ちゃんと朝は家を出たって言うんですよね。いま、お父さんに確かめに行ったんですけど……あ、はい……」

靖子はふたたび電話に戻り、先方と話し始めた。

「ええ、お父さんからでした……そういえば違うみたいです……ええ……でも、私はお父さんの声を知りませんでしたから……ええ、そうです……いいえ、美智代さんとは話しませんでした……変ですねえ、何かあったのかしら？……えっ、警察ですか？……」

靖子は、救いを求めるような目で、浅見を見た。

「ちょっと待ってください」

受話器を遠ざけて、

「浅見さん、変ですよ。美智代さん、病気なんかじゃなくて、けさ、ふだんどおりウチへ向かったんだそうです。それに、お父さんは電話なんかしていないって言ってるんです。

確かに、そういえば、お父さんの声は、けさの声と違うみたいなんですよね。どういうことなのかしら？」

浅見は靖子が電話で喋りはじめた時から、真っ黒な雲が胸の中に広がってゆくのを感じていた。

「とにかく、横山さんのお宅へ行ってみましょう。僕も一緒に行きますよ」

浅見は、努めて落ち着いた口調で言った。それに励まされるように、靖子もしっかりした声で、美智代の父親にその旨を伝えた。

靖子が受話器を置いた時、まるでそのタイミングを見計らったようにベルが鳴った。

靖子も浅見もギョッとなって、たがいに顔を見合わせた。

靖子が手にした受話器に、浅見も耳を寄せた。

「もしもし、村上ですが……」

公衆電話でかけているらしく、最初にチンというような音がして、それを追い掛けるように、村上正巳の声が、飛び出した。駅の構内でかけているのか、背景音にスピーカーの声や、通行する人のざわめきなどが聞こえる。その騒音で聴き取れないとみえて、村上は精一杯、声を張って喋っている。

「あ、村上さん、靖子です」

「やあ、どうです、元気？」

「ええ、元気です。ここに浅見さんもいらしてます、代わります」

靖子は、受話器を浅見に譲った。

「よお、浅見だ、真面目に働いているよ」

「そうか、それはよかった。しかし、こんな時間までいるのか」

「ああ、いまちょうど帰るところだった」

「ふーん、悪いな、こんな遅い時間まで」

村上は「遅い時間」にこだわっている。

「それで、どうなんだ、何か分かりそうなのか？」

「ああ、少しずつ分かってきた。それと同時に、こっちでも新しい事件みたいなことが起きていて、話が大きくなってきた」

「ん？　それはどういうことだい？」

「まあ、詳しいことは電話では話せないよ。いずれ帰ったら話してやる。靖子さんは元気だから、心配するな。じゃあ、彼女と代わるからな」

浅見は受話器を靖子の手に返した。靖子はなんだか面倒臭そうに、そっけない態度で受け応えをして、「じゃあ、お休みなさい」と電話を切った。

「お待たせしました、行きましょう」

電話のことは忘れたような口振りだ。

「村上のやつ、心配なんでしょうね、あなたのこと」

車をスタートさせて、浅見は真っ直ぐ前を見たまま、言った。こういう、話しにくい話題の場合には、車というのは相手の顔を見ずにすむので、都合がいい。

「心配なんかしなくても、平気なのにねえ、子供じゃないのだもの」

靖子は怒ったように言った。「心配」の内容が、彼女には分かっていないらしい。それとも、浅見の手前、照れているのかもしれないが、電話でのあのそっけなさは、村上を傷つけたにちがいない。ホテルに帰ったら、村上のアパートに電話してやろう——と浅見は思った。

3

横山美智代の家は隣接する岩木町《いわきまち》にある。弘前城の脇を通るバスで、ほぼ二十分程度の距離だ。美智代は毎日、そのバスで通っている。

岩木町は名前どおり、「津軽富士」と呼ばれる岩木山《いわきさん》の山頂から、南麓《なんろく》一帯に広がる裾《すそ》

野《の》の町だ。町域のほとんどをリンゴ園が占め、緩《ゆる》やかな斜面の等高線に沿って、アップルロードが走っている。

市街地は裾野が終わって、平地になる辺り、国道沿いに集中し、展開している。その国道から、岩木山神社へ登る道を少し入ったところの、雑貨やインスタント食品を扱っている店が、横山家であった。

美智代の両親は、不安そうな顔で二人の客を迎えた。

「あの、こちらは浅見さんとおっしゃって、東京で雑誌の記者をやっている人です。私の父のことで、いろいろお世話になっているのです」

靖子は浅見をそう紹介して、早速、けさの電話のことを話した。

「さっき聞いた、お父さんの声とはぜんぜん違う声でした。もし分かっていれば、その時、怪しいと思ったのですけどねえ」

「どういうことなのですかなあ」

父親は眉をひそめて、ずっと年下の浅見と靖子に、縋《すが》るように言った。もっとも、美智代の両親はまだ四十代、靖子の父よりは、はるかに若い。

「何か、思い当たることはありませんか?」

浅見は訊いた。

「思い当たるといいますと？」

「たとえば、美智代さんには恋人はいないのでしょうか？」

「そりゃ……いないと思いますが、しかし……おい、どうなんだ？」

母親を振り返って、訊いている。母親は黙って、首を横に振った。父親はじれったそうに、重ねて訊いた。

「いるのかいないのか？」

「知らねえすけど、たぶんいねえと思うすけんど」

母親のほうが訛りがはっきりしている。東京からの客の前とあって、あまり喋りたくない様子だ。

「警察に届けたほうがいいすかなあ」

父親は浅見に訊いた。

「そうですね、もし事件性のあることだとしたら、一刻も早く届けたほうがいいのですが、ただ……」

浅見はちょっと躊躇《ためら》った。

「ただ、何でしょうか？」

「はあ、ただ、お嬢さんが自分の考えで、そうしているとすると、警察沙汰にされないほ

うがいい場合もありますから……」

「自分の考えというと、家出でもしたという意味ですか？」

「はあ、その可能性があるなら、もう少し様子をみないと……」

「それだったら、絶対にそういう心配はありません。美智代が家出をするということは、まったく考えられませんな」

父親は断固として言って、「なあ」と妻に同意を求めた。美智代の母親も、この時は、はっきり、大きく頷いた。

「それでしたら、問題なく警察に捜索願いを出すべきです。ただし、警察というところは、たとえば、誘拐された形跡があるとか、脅迫状が送られてきたとか、脅迫電話があったとか、そういった事件性がある場合以外は、なかなか積極的に動いてはくれないのがふつうです。完全にあてにはできませんから、やはり、ある程度は、ご自分たちで捜すつもりにならないと難しいでしょう」

「しかし、捜すといっても、どこをどうやって捜せばいいのか……」

しだいに不安といらだちが増幅したきたらしく、父親の目の色は、ただならぬものになってきた。

「とりあえず、ご親戚とか、友人とか、とにかく美智代さんが行きそうなところに連絡し

てみるしかないでしょう」

「それはまあ、そうですな……」

父親は浮かない顔だが、ほかに名案もないので、住所録をもってきた。

父親が電話に向かう脇で、浅見は何の気なしに、住所録を覗き込んだ。

――黒石市――という文字がむやみに目についた。父親の指も、まずその住所の人物のところから、優先的に番号をプッシュしはじめた。

「黒石の方が多いのですね？」

母親を振り返って、訊いた。

「んだす、主人が黒石の出だもんで」

「そうですか、黒石のご出身ですか」

浅見はふたたび住所録に目を戻した。

その間に、父親は電話で喋りだしている。一本、二本……数本の電話をかけて、そのつど、三人の顔に視線を一巡させ、「だめだ」というように、首を振って見せた。

十本を越えると、さすがに気が重くなったらしい。受話器を置いた手をそのままに、うなだれるような恰好で、考え込んだ。

「いねえな、どこにも……」

しばらくして、ポツリと呟いた。

「どうなっちまっただかなあ……」

どうしたか――でなく、どうなったか――と言った言葉の持つ意味は大きい。

「おら、やんだよォ……」

母親が悲鳴のような声を出した。

「騒ぐんでねえ、騒いだって、どうなるもんでもねえべ」

父親は窘《たしな》めた。しかし、そう言う彼自身、声が上擦《うわず》っている。

時刻は十一時になろうとしていた。東京と違って、弘前では深夜である。

「この時間になっても、何の連絡もないというのが不思議ですねえ」

浅見は首をひねった。

「美智代さんは、朝、お宅を出る段階までは、少なくとも、何も変わった様子はなかったのですよねえ。そして石井さんのところへ向かった……途中は、バス停まで七、八分ですか？　そしてバスは弘前市内まで、ほぼ一直線。向こうはバス停から石井さんの店まで、やはり七、八分ですか。その間に何かがあったとしか考えられませんね」

「交通事故にでも、遭ったのではないでしょうか？」

父親が言った。

「いえ、それならそれで、警察から連絡があるはずでしょう。それとも、美智代さんは、身元が分かるような物を何も持っていなかったのでしょうか？」

「いいえ、あの子は、いつだって住所録のついた手帳を持っておりました」

母親が口を尖らせて、言った。

「だとすると、どういう理由かは分かりませんが、途中のどこかで、別の方向へ行ってしまったということになります。問題は、それが美智代さん自身の意志によるものか、それとも、強制されたものか、そのどちらだろうかということです」

「強制……というと、あんた、まさか、誘拐されたとでも？」

父親は、まるで浅見が誘拐の犯人でもあるかのように、目を剝《む》いた。

「それがどうも分かりません。誘拐だとすれば、当然、脅迫だとか、それに類する電話が入るはずです」

「でも浅見さん」

靖子が疑問を挟んだ。

「美智代さんが出勤の途中で誘拐されるとしても、いわば衆人環視の中でしょう？　いくら脅かされたとしても、誰にも気づかれないということはないと思うんですよね。美智代さんだって、おとなしく連れ去られるとは思えないし……その点はどうなのかしら？」

「そう、それも問題です。もしかしたら、相手は美智代さんの知り合いなのかもしれませんね」

「そうですな、間違《まちげ》えねえすな。美智代は知らねえ男のあとにくっついて行くような女ではねえです」

父親は断定的に言った。

「いや、男かどうか、それはまだ分かりませんよ。むしろ、相手が女性だったから、安心してついてゆくということのほうが、可能性としては高いかもしれません」

「なるほど、それもそうですなあ……であれば、その相手はよほど親しい人間というわけだ。んだば、黒石の人間かなあ」

「黒石にはご親戚のほかにも、親しい人はいるのですか?」

「ああ、私の家はここさ来る前は黒石に住んでおりましたからな。美智代の友達も、どっちかといえば、黒石のほうが多いのではないかと思うのです」

「あの……」

浅見はふいに思いついて、訊いた。

「去年の黒石の夏祭り……ええと、ねぷたとかよされとか、そこには美智代さんは行きませんでしたか?」

「行きましたよ。いや、美智代ばかしでなく、毎年、祭りには黒石さ行くことにしておるもんで……しかし、それが何か？」

「いえ、ちょっと思いついたことがあるのですが……いずれにしても、もし今夜、何も連絡がなければ、明日、警察に行って、捜索願いを出すことにしましょう」

「そしたら、それまでは黙って待っているしかねえのですか？　いますぐ、警察に行かねえでもいいのかなや」

「そうですね……」

浅見は少し考えてから、頷いた。

「やはり行っておいたほうがいいかもしれません。かりに事件でなかったなら、それに越したことはないのだし、ご両親としても、そのほうが気が休まるでしょう」

警察に届け出たとしても、今夜中には何の動きも期待できそうにないことは分かっていた。しかし、そうしないではいられない、両親の気持ちも理解できた。

浅見は靖子と美智代の父親を乗せて、弘前署へ向かった。母親は美智代からの連絡に備えて、自宅で待機した。

警察の捜索願い受理は、案の定《じょう》、とおりいっぺんのもので、すぐに活動を開始する気配は見えなかった。

「二十三歳といえば、むずかしい年頃ですなあ。親御さんの知らないところで、いろいろあるのでねえですかなあ」

事情を聴取した、宿直の巡査部長は、暗に、美智代の家出を仄《ほの》めかすようなことを言っていた。

「まったく、警察なんてものは、頼りねえもんだな」

帰路、美智代の父親は腹立たしそうに罵《ののし》った。

「いや、そんなふうに一方的に言っては気の毒ですよ」

浅見は父親を宥《なだ》めた。

「実際、警察に届けられる捜索願いには、どうしようもないケースが少なくないのです。娘さんがいなくなったのは、誰かに殺されたのではないか――などというのが、じつは、ボーイフレンドと駆け落ちしたのだったとか。それから、ご主人が蒸発したのを捜してくれとか。警察も決してひまじゃないですからね。いちいち、真面目に対応しきれないというのが、彼らの言い分なのです」

「だけんど、うちの美智代にかぎって……」

「いいえ、どこの親御さんもそう言うらしいですよ。いや、もちろん美智代さんはべつですが、警察は親御さんではないので、それが分かりませんからね」

「それじゃ、まったくアテにならねえのですかなあ?」

「そんなことはありませんよ。ちゃんと、事務上の手続きはやってくれます。少なくとも、青森県警のコンピュータに登録して、各地からの照会に応じるくらいのことはするはずですから」

父親は憂鬱そうに、肩を落とした。

横山家に寄って、そのあと靖子を送り届けた。

「すみません、こんな遅くまで」

靖子は申し訳なさそうに謝った。

「なに、僕は朝遅い代わりに、夜の遅いのは平気な男です」

石井書店の前にさしかかって、浅見がブレーキに足を載せた時、靖子は「あらっ?」と怪訝そうな声を発して、前方の闇に視線を凝らした。

「どうしたんです?」

「いま、あそこに……」

靖子は言いかけて、「違うわね」と、あとを濁した。

「じゃあ、また明日、いらしてくださるんでしょう?」

「ええ、来ます。それに、あちこち動かなければならないし」

「お願いします」

また頭を下げて、車を降りた。

ホテルに戻った時には、一時を過ぎていた。思えば長い一日であった。さすがに疲れ果てたけれど、バスを使う前に、浅見は村上に電話してやることにした。

少し遅いと思ったが、村上にとってはまだ当分、寝ない時間だ。

だが、村上は留守であった。番号をプッシュし、呼出し音が鳴るのを十何度聞いたが、村上はついに出なかった。

（なんだ、人に心配させておいて、本人は夜遊びか――）

浅見は少し気分を損《そこ》なわれた。

4

けたたましい電話の音で目が覚めた。何の夢の前触れもなかったところをみると、よほど熟睡していたにちがいない。

「浅見さん、大変なんです」

電話は靖子からのものだった。緊迫した口調が、いっぺんに浅見の意識をはっきりさせ

た。

「何事ですか」

「バッグが見つかったんです。美智代さんのバッグです」

「えっ?……」

浅見は最悪の事態を想像した。

「どこで、いつ?」

「けさだそうです。場所は竜飛崎《たつびざき》の断崖の上です」

「竜飛崎……」

「ええ、観光客の人が、七時頃、通りがかりにバッグを見つけて、近くのお土産物屋さんに届けてくれたのだそうです。中に手帳が入っていて、それで、連絡してきたということでした。場所が場所だけに、警察では、もしかしたら自殺したのではないかって、そう言っているのだそうです」

「警察が?　遺書はあったのですか?」

「いえ、それはなかったみたいです」

「だったら、まだ分からないですよ。それじゃあ、ご両親はもう、竜飛崎へ向かったのですか?」

「ええ、私に電話してくれて、すぐに出掛けたみたいです」

「そう……」

時計を見ると、九時前だった。

「あなたはどうします？　やっぱり、竜飛崎へ行きますか？」

「いいえ、私は行きません。行かないで、店で外からの連絡を待っていてくれるようにって、美智代さんのお父さんが言ってましたし」

「そう、それがいいでしょう」

「浅見さんはどうしますか？」

「僕は……僕はちょっと別のところへ行かなければならないので」

「そうなんですか……」

靖子は浅見の言葉に冷たいものを感じたらしく、湿った声になった。

「いずれ、あとでそっちへ行きます」

浅見は慰めるように優しい口調で言って、電話を切った。

ベッドに腰を下ろして、煙草を銜《くわ》えた。

何かが、急速に回転しはじめたように、あらゆる事象が目まぐるしく動きだした。

浅見は結局、火をつけなかったままの煙草を、灰皿に揉みつぶして、急いで身支度を整

えた。

ソアラをホテルの駐車場から乗り出したけれど、浅見は石井書店には行かなかった。一方通行の通りを、弘前駅の方角へ向かって、右へ行けば靖子の家に行く交差点を、逆の方向へ曲がった。その道は真っ直ぐ、黒石へ向かう。

黒石警察署の花田警部補は、浅見を笑顔で迎えてくれた。警察官にもいろいろあるが、花田ほど愛想のいい男は珍しい。

「どうでした、収穫はありましたか？」

「はあ、ありがとうございました。お蔭で、いい取材ができました」

浅見も彼の厚意に対して、最敬礼で感謝の意を表明した。

「で、きょうは何です？　まさかお礼を言ってくれるために来たんじゃないでしょう」

「いえ、それももちろんあったのですが。じつは、この前お聞きした、高野さんの暴力事件ですが、その事件を通報して、救急車を呼んだのは、黒石市の青年でしたね？」

「そう、たしかそうでしたな」

「その青年の名前と、一緒にいた女性の名前を知りたいのですが」

「ほう、やけに熱心ですなあ。しかし、それを知ってどうしようというのです？　まさか、いまさら、そんな古い話を記事にしようというのではないでしょうが」

「いえ、場合によったら、記事になる話だと思います。現代は、ことに若者のモラルの低下は憂《うれ》うべき状態にありますからね、そういう、正義感の強い青年が実在するというのは、いい話なのです」

「なるほどねえ、そういうものですかねえ。雑誌なんて、ろくでもない話ばっかし載せるものかと思っていたが、必ずしもそういうわけではないちゅうことですか」

花田は感に堪えないというように、しきりに首を振ってから、「いいでしょう」と言った。

「その事件を目撃して、通報した青年の名前は鳥居輝一《とりいきいち》、輝くに数字の一ですな。住所は黒石の旧市内、目抜きみたいなところです。そこで、ブチックというのですか、まあ、早い話、婦人服の店ですな。そういうのを、おふくろさんが経営しております」

「一緒にいた女性のほうはどうでしょう？」

「いや、同伴者の女性のほうのデータはなかったと思いますよ。たぶん、直接、関係がないということで、記載しなかったのでしょうな。それに、結婚前に、そういう場所で男と一緒にいたとなると、いろいろ、具合の悪いこともあったのだろうしねえ」

花田は警察官にしては珍しく、物分かりのいいことを言った。

浅見は花田に礼を言って、警察を出ると、その足で鳥居家を訪ねた。花田の言ったとお

り、鳥居の家は、旧市内の目抜き通りに店を構えるブティックであった。「スワン」というのが店の名前で、名前のとおり、白を基調にした、少女趣味といってもいいデザインでまとめた店で、インテリアもそのイメージで統一している。二階には洋裁教室の看板が出ていた。店のかたわら、洋裁も教えているということかもしれない。

浅見は店を訪れる前に、少し離れた薬局で煙草を買い、そこで鳥居家の家族構成を当たった。薬局の女主人は大柄で、よく肥えた、まったく健康を売る店に相応《ふさわ》しいタイプであった。

「あそこは、お母さんと輝一さんの二人家族ですよ。お父さんはだいぶ以前に、出稼ぎ先の東京で、事故で亡くなってしまいましてねえ。その補償金であのお店を始めて、それが成功して、いまじゃ黒石ではいちばん繁盛している店でないかしら。何が幸いするか、分かりませんねえ」

いくぶん、やっかみの入った口調で、そう言った。

「息子さんの輝一さんというのは、どういう人ですか？」

「そうねえ、車の好きな子ですねえ。ちょっと前までは、ちゃんとした仕事につかないで、ブラブラしてたけど、最近、スーパーに勤め始めたとか聞きました」

口振りから察すると、鳥居輝一は、少なくとも最近までは、あまり素行のいい青年では

なかったらしい。

それから改めて、浅見は「スワン」を訪問した。左右のショーウインドウに挟まれた、切子《きりこ》ガラスの嵌《は》まった、可愛らしいドアを押して、中に入った。

「いらっしゃいませ」

若い女性が奥のほうから声をかけてきた。まだ開店早々なのか、お客は誰もいない。女性も掃除を終えたばかり——といったところらしい。

「あの、こちらは鳥居さんのお宅ですね？」

「はい、そうですけど」

「ええと、息子さんはいらっしゃいますか。あ、いや、もちろんあなたの息子さんではなくです」

「いやだ……」

若い女性は吹き出した。

「私はまだ独身ですよ」

「失礼、それはそうですね、どうも、おかしなことを言いました」

「輝一さんのことでしょう。ちょっと待ってください……あの、どちらさまですか？」

「浅見という者です。東京の雑誌社から来たとお伝えください」

女性は奥へ通じるドアを入って、すぐに戻ってきた。

そのあとを追うように、五十歳ぐらいの年配の女性が現われた。

「あの、輝一に何かご用でしょうか？」

雑誌社ということで、いくぶん警戒しているような表情で、そのくせ、何かを期待するような、落ち着かない目の動きを見せた。

「じつは、去年の夏祭りの時、輝一さんが、怪我をしている人を助けたという話を聞きまして、近頃の若い人には珍しい美談だと思ったものですから」

母親の目から、急速に、期待感が失せた。その変化の意味が何なのか、浅見には謎めいて見えた。

「あら、助けたといっても、１１９番に電話しただけのことですよ」

母親は面倒臭そうに、言った。

「はあ、しかし、いまはそういうことさえもしないのがふつうなのです。それで、ぜひ輝一さんにお目にかかって、お話を聞きたいのですが」

「はあ……でも、輝一は留守ですよ」

「というと、スーパーへ行かれたのですか？」

「いえ、そうじゃないのです」

母親は白けた顔になった。心配そうな翳《かげ》が表情をよぎった。

「昨日から戻っていないのです。たぶん、ともだちの家に泊まっているのではないかと思うのですが」

いらだちを感じさせる口調だった。

「そうですか……」

浅見は、少し思案して、言った。

「去年の事件の時ですが、輝一さんは娘さんと一緒だったのだそうですが、その娘さんのことはご存じですか？」

「えっ？……」

母親はびっくりして、反射的に首を横に強く振った。

「知りませんよそんなこと……嘘でしょう。輝一は何も言ってなかったし」

「あ、それじゃ、お母さんはご存じなかったのですね。だとすると、これは輝一さんにとって、まずいことを言っちゃったのかな」

浅見は、わざとらしく頭を掻《か》いてみせてから、言った。

「しかし、常識で考えても、そんな時刻に、輝一さんが一人で妙感寺にいるはずがないと思いますが」

母親は店の女性を振り返った。あんた、何か知っている?――という目付きだ。女性は脇を向いた。明らかに、知っているけれど、言えないという思い入れが感じ取れる。

「とにかく、私は知りませんよ。それに、その娘さんがどうだと言うのです?」

「いえ、ただ、その娘さんにも話が聞けたらと思ったもので……しかし、輝一さんに会えば分かることですから、また後ほどお邪魔することにします」

浅見はお辞儀をして、店を出かかって、それから思い返したように、二、三歩戻って、言った。

「その、輝一さんと一緒にいた娘さんの名前ですが、ひょっとすると、横山美智代さんじゃないかと思うのですが」

「えっ?……」

輝一の母親は、浅見の予測どおりの反応を示した。

「美智代さんのことは、ご存じですね?」

「美智代って、あの、勝男《かつお》……さんのところの、ですか?」

「そうですそうです、ああ、やっぱり知っているんですね」

「そりゃ、あそこの家は、この近くに住んでいましたからね。でも、あそこの娘……美智代さんと輝一とは、何の関係もありませんよ。妙な言いがかりはやめてください」

「たしか、お宅と美智代さんの家——横山さんとは、あまりうまくいっていなかったそうですね」

「いいえ、うまくいってなかったとか、そういう……あの家は近所の嫌われ者でしたからね。うちばかりではないのです。それで、ここにおれなくなって、岩木へ行ってしまったのだから」

「しかし、輝一さんは美智代さんのことを、愛しておられたのではありませんか？」

「やめてください、とんでもないですよ。そりゃね、以前はそういうこともあったかもしれないけど、冗談じゃありませんよ。娘にうちの息子を誘惑させて、財産を狙おうというのだから、ひどい親ですよ」

「はあ……そんなことがあったのですか」

浅見は度胆《どぎも》を抜かれた顔になった。

「そうですよ、そういう家ですよ、あそこは。もし、今度、横山……さんに会ったら、言ってやってください、そういう女衒《ぜげん》みたいなことはするなって」

その時、女性の二人連れの客が入ってきた。とたんに、「スワン」のママは、にこやかな笑顔を作って、「いらっしゃい」と、新しい客へ歩み寄った。

浅見は「スワン」を出て、もう一度、薬局へ入った。

「先程はどうも」

浅見は笑顔で頭を下げた。

「どうでした？」

太った女主人は、興味深そうな顔を、こっちに傾けた。

「いや、息子さんは留守でした。ところで、横山さんのお宅と、鳥居さんのお宅とは、仲が悪いのですか？」

「横山っていうと、どこの横山さんですか？　黒石には何軒も横山さんがいるもんで」

「あ、そうですか、僕が言っているのは横山勝男さんのお宅です。ほら、美智代さんという娘さんがいるでしょう」

「ああ、美智代ちゃんの……あれはあんた、仲がいいとか悪いとか、そういうことより、もともと、敵同士みたいな関係ですからねえ。鳥居さんの旦那さんが死んだのも、横山さんのせいだって、『スワン』のママはそう思い込んでいるのだから」

「えっ？　それはどういうことですか？」

「いえね、ばかばかしいこじつけなんですよ。ずっと前のことですけどね、市役所に就職のクチがあった時、はじめ、鳥居さんに決まっていたのを、途中で横山さんが横取りしたって噂が流れたのです。そんなことはないのですけどね、『スワン』のママはその噂を信

じてしまって、そのおかげで、旦那さんが東京へ出稼ぎに行くことになって……だもんだから、事故で亡くなったのは、横山さんのせいだっていう、そういう話なんですよ。それだもんで、横山さんも居づらくなって、結局、役所を辞めて、黒石を出ていってしまったのじゃないでしょうかねえ」

「そうすると、もし、輝一さんと美智代さんが愛しあうようなことにでもなると、ちょっとしたロミオとジュリエットということになりますね」

「あら……」

女主人は驚いた。

「あんたさんは、そのこと、知っているのですか?」

「輝一さんと美智代さんのことですか?　ええ、うすうすと、ですけどね。じゃあ、やっぱりそれは事実だったのですね?」

「事実っていうと、問題ですけど、私はね、たまたま知っているもんで……でも、この街の何人かは、ちゃんと知っていて、噂にもなっていると思うのだけど、知らぬは親御さんばかりっていうところですかねえ」

「そうなんですか。あのお母さんだと、息子さんは完全に管理されているように思えますけどね」

「うわべはねえ、たしかにそう見えるけど、いまどきの若い者は、結構、やりたいことはやっていますよ。就職だって、片親なもんだから、なかなか難しくて、それでもって、いつまでもブラブラしていて、お母さんの心配のタネだったのだけど、この春、近くにスーパーができた時に、ちゃんと就職して、なんだか知らないけど、店長さんの次くらいになったとかいう話でしたよ」

「ほう、それじゃ、僕なんかより立派です。だったら、もう、結婚のことでお母さんに気兼ねすることは、何もないじゃないですか」

「そうはいかないでしょう。お母さんの恨みは、またべつの話ですからね。それに、横山さんのところだって、鳥居さんのいやがらせを苦にして、結局、市役所も町も出てゆくようなことになったのだし、そりゃ、あんた、恨んでますよ」

「なるほど……」

浅見にも、横山、鳥居両家の確執の根深さが、理解できるような気がした。それと、この街の狭さも、実感として分かった。

「両方の家がそういう関係だと、若い二人が駆け落ちするようなことにならないとはかぎりませんね」

「そうですねえ……でも、輝一さんはお母さん思いだから、なかなか、そこまでは踏ん切

りがつかないのじゃないですか。『スワン』のママも、正直言って、あまり感心しない子だけれど、外泊したりするようなことは、ただの一度もないって、それを自慢していますからねえ」

その鳥居輝一が「外泊」したのだ。

浅見は輝一青年と美智代の身に、何が起こったのか、興味以上に、強い不安を感じた。

第七章 「マネク、ススキ」の謎

1

浅見が横山家を訪れた時には、靖子もすでにそこに来ていた。竜飛崎からは、母親の手に抱かれて、美智代のバッグだけが還ってきていた。

横山夫婦は悲嘆の涙にくれようにも、いったい何が起きたのか、それすらはっきりしない状況に、困惑しきっていた。

「警察は何て言っているのですか?」

浅見は、ほとんど虚脱状態にある父親に、叱りつけるような語調で訊いた。

「警察も、はっきりしたことは分かんねえのではないでしょうかなあ。死んだとも、生きているとも、何も言わねえのだから。しかし、あそこにバッグが落ちていたのであれば、

死んだとしか考えられねえと思うが……」

「そんなことはねえすべ、父さん」

　母親は恨めしそうな顔で言った。

「いや、そりゃ、おれだってそんなことはねえと思いてえが。しかし、崖《がけ》の上にバッグが置いてあって、ほかに何が考えられるだ」

「そんなもん、考えたくもない。第一、美智代がなんで死なねばなんねえのだか？　死ぬようなこと、何か言ってただか？」

「それは何もねえけどよ。しかし……」

「残してあった手帳には、何も書いてなかったのですか？　たとえば、その、遺書のようなものとか、です」

「そんなもん、ねえですよ」

　父親は浅見を睨《にら》みつけた。

「いや、そんなことは、僕だって想像したくありませんが、ことの真相を知るためには、事実関係ははっきりさせておかなければならないですからね。もし、差し支えなければ、手帳を見せていただけませんか？」

「ああ、見てやってください。何も、そういったことは書いてないのですから」

父親はバッグの中から手帳を出して、テーブルの上に載せた。

浅見は手帳を開いた。茶色いビニールの表紙の、ごくふつうに市販されているタイプの手帳だ。表紙を開くと、トビラの裏に年間のカレンダーが印刷されている。そのあと、月間予定表が十二ページにわたって、ある。そこから先は、見開きの左側一ページに一週間の予定表。対応する右ページには、横罫が引かれ、自由な書き込みができるようになっている。

美智代は、あまり手帳を効果的に使っていなかった。というより、ほとんど住所・電話番号の欄を活用していたにすぎない。

予定欄には、ポツンポツンと、同窓会だとか、友人の結婚式だとかの予定日が書いてあるだけで、それもずいぶん少ない。若い女性は字を書くのが苦手だというけれど、石井書店に勤めていて、毎日が活字に囲まれているような生活である美智代も、その傾向があったらしい。

結局、今日の日付まで、さしたるメモは発見できなかった。

浅見は手帳を見つめていて、ぼんやりと、石井秀司が手帳に「コスモス、無残……」と書いた時のことを、思い描いていた。

石井秀司が手帳のページを破いた時には、すでにそのメモは書かれていたのだ。

「コスモス、無残……」の文字を、石井はどこで、いつ書いたのだろう？——

「あ……ばかな……」

浅見は小さく、叫んだ。声は小さかったのだが、静まり返った雰囲気の中だけに、ほかの三人の耳朶《じだ》を打つひびきがあった。

「どうかしたのですか？」

靖子が心配そうに、囁《ささや》いた。

「ええ、じつに単純なことに気付かなかったのです」

浅見は、自分の頭をポカポカ叩いてから、美智代の父親に断わって、東京の赤坂署に電話をかけた。

交換に「堀越部長さんを」と頼んだ。靖子や横山夫婦には、相手が警察であることを隠さなければならない。

堀越が出るまで、しばらく待たされた。

「やあ、浅見さん、元気ですか？　すっかりご無沙汰してしまって……その後、いかがですか？」

堀越は呑気《のんき》そうな声だ。浅見は対照的に、急《せ》き込んだ口調で言った。

「堀越さん、例の『コスモス』のメモですけど、あれは何月何日のページに書いてあった

のですか？」

「は？……」

堀越は間抜けな声を出した。

「何のことです、それは？」

「堀越さんが僕にくれた、あの『コスモス、無残……』の文章は、堀越さんが別の紙に書いたものなのでしょう？　そうではなく、元のメモの書かれた紙……つまり、手帳のページには、当然、日付だとか曜日が書いてあったはずですよね。それが何月何日のものだったかを訊いているのです」

「いや、あのページには、日付は印刷されていませんよ」

「えっ？　ほんとですか？」

浅見はがっかりした。すべての手帳に、日付が印刷されていると考えるほうがどうかしているのかもしれない――。

だが、すぐにまた、思い直した。

「そうだ、そのメモの書いてあるページは、自由に書けるように白紙になっているんじゃありませんか？　だとしたら、見開きページの反対側には印刷されているはずですよ」

「しかし、反対側のページは手帳に残っていますからなあ」

「何を言ってるんですか、メモの裏を見てくださいよ。そこに、翌週の七日間の日付が印刷してあるでしょう」

最後のほうは、じれったくなって、怒鳴るような言い方をしていた。

「あ、そうかそうか、なるほど……」

堀越もようやく気がついた。

「そういえば、あの変テコリンなメモにばかり気を取られて、裏に日付が印刷されていることなど、まるっきり無視してましたよ。いやあ、さすがに浅見さんですなあ」

「いや、僕だって、たったいま、そのことに気付いたばかりですからね、あまり褒《ほ》められた話じゃないのです。とにかく、そんなことよりも、早くメモの日付を調べてくれませんか」

「分かりました、すぐに調べて、折り返し連絡しますよ。ええと、自宅のほうに電話すればいいですか？」

「違いますよ、いまは青森県に来ているんです。弘前のニューキャッスルというホテルに泊まっています」

「弘前……じゃあ、石井さんの事件を調べにですか？　そりゃ、申し訳ない。もちろん、自費なのでしょうな？」

「当たり前ですよ、それとも、堀越さんが出してくれるとでもいうのですか?」

「いや、それはご勘弁いただきたい。しかし、そうですか……青森県くんだりまで行ってくれたのですか……」

堀越は堀越なりに感激している。

「そんなことより、メモのほうを、早く確認してくださいよ。ホテルのほうで待機していますもし不在だったら、フロントに伝言しておいてください。余計なことは要りませんから、日付だけを言っておいてください」

電話を切ると、靖子は不思議そうな顔をして、訊いた。

「電話、どこにしていたんですか?」

「もちろん、新聞社ですよ。ああいうところは、いろいろな場所に通じていますからね、情報収集能力は絶大なものがあるのです」

「でも、そういう、証拠物件の内容を、警察がリークするものかしら?」

「それはそれ、蛇《じゃ》の道はヘビって言うじゃないですか」

靖子の鋭い疑惑をかわすのに、浅見は冷や汗を流した。

美智代の両親は、しきりに心細がったが、浅見と靖子はまもなく横山家を辞去した。実際、ここにじっとしていても、何の解決にも繋《つな》がらないのだ。

「店は休んだのですか?」

帰路、浅見は訊いた。

「ええ、仕方ありませんもの。それより、美智代さん、どうなったのかしら?　ああいう、バッグだけが崖の上に残っていたなんて……やっぱり、最悪のことがあったと考えるしかないのじゃないかしら?」

「そうですね、覚悟はしておいたほうがいいでしょうね。ご両親だって、それは分かっているでしょう」

「冷たいんですね、浅見さんて」

靖子は悲しそうに言った。

「いや、僕は最悪の事態を想定しておいたほうがいいと思うだけです。慰めや気休めは何の意味もありませんよ」

「それはそうかもしれないけど……」

「そんなことより、じつはびっくりするような発見があったのです」

「えっ?　じゃあ、やっぱり村上さんだったのですか?」

「は?　村上がどうかしたのですか?」

「あ、いえ、べつに何でもないんです……」

靖子は慌てて言葉を濁した。浅見は靖子のその様子に興味を惹《ひ》かれ、チラッと視線を走らせたが、それ以上は追及しなかった。

「じつは、黒石で去年の夏、高野氏が喧嘩して負傷したという事件ですが、その時、119番に電話して、救急車を呼んだ人物というのを調べてみたんです。その人は、黒石市の真ん中にある、『スワン』というブティックの一人息子でした」

靖子は「はあ……」と頷《うなず》いたが、それがどうした——という、反応でもあった。

「青年の名前は、鳥居輝一というのだけど、彼の話によると、彼はその時、たまたま現場付近で、若い女性とデートの最中だったのだそうです。ところで、問題はその相手の女性なのですが、どうやら、横山美智代さんらしいのですよね」

「えっ?……」

靖子はさすがに驚いた。

「ほんとなんですか? それ……」

「たぶん、間違いないでしょう。黒石の街の人は、何人か、二人の関係を知っていたそうだから。ただし、両方の家には、まったく知られていなかったフシがあるんですね。詳しいことはともかく、ちょっとしたロミオとジュリエットだったのだそうです」

「そうなんですか……」

靖子は放心したような声を洩《も》らした。

「でも、そのことと、今度、美智代さんが死……いえ、いなくなったこととのあいだに、何か関係があるんですか？」

「それは、高野常則氏が殺された事件との関係によりますね。さらに、高野氏が殺された事件が、去年の夏、西目屋村の美山湖で、前崎良雄氏が転落死した『事故』と結びついているとしたら、いよいよ、関連が強くなりそうです」

「じゃあ、浅見さんがおっしゃってた、アリバイ工作に、美智代さんも加わっていたっていうことですか？」

「そう……もっとも、彼女自身は何も知らずに、利用されたのかもしれない。要するに、アリバイ工作をするにしても、まったく利害関係のない、純粋の第三者がいたほうがいいに決まってますからね。もし、鳥居青年だけだとしたら、警察は彼の証言に疑問を抱く可能性があるでしょう。そこに、デートの事実を知られたくない女性が介在することによって、アリバイ工作は万全なものになったはずですよね」

「そうすると、高野さんが言っていた時刻というのは、じつは虚偽の申し立てだったたっていうことですね」

「たぶん、三十分か、あるいはそれ以上の時間差があったと考えられますね。美智代さん

自身は、それが虚偽だとは知らなかったのだと思います。ところが、今度の高野氏の事件が起きて、ふと、その時のことを思い出した。なんだかおかしいと気がついた……」

言いながら、浅見は眉をひそめた。

「彼女自身が気付いたのか、あるいは、彼女が気付くことを、恐れた人物がいたのか、それによって、事件の様相が違ってくる可能性がありますね」

「その人物って、鳥居とかいう青年じゃないのですか？」

「そうかもしれないし、ほかにまだ誰かがいるのかもしれない。もしそうだとしたら、二人とも消される危険性があるわけです」

浅見はブレーキを踏んだ。

「あら、もう着いたんですか」

靖子は、シャッターの下りた店を見て、残念そうに言った。

「寄って行ってくださるんでしょう？」

「いや、日中は駐車禁止がうるさそうだし、ホテルに引き上げます」

言いながら、浅見は時計を見た。五時を過ぎたばかりだった。

「そうだ、いっそ、ホテルで食事をしませんか。僕は昼飯抜きで動いていたから、空腹なんです。あそこの、『この花』っていう店のてんぷらのお好みというのが、割りといける

みたいですよ」

「でも……」

「気にしない気にしない、いくらケチな出版社でも、その程度の予算は出してくれていますからね」

実際は出してくれてなどいないのだが、浅見は珍しく見栄《みえ》を張った。

フロントでキーを貰って、部屋へは行かず、真っ直ぐ、一階の「この花」へ寄った。まだ夕食の時刻には早すぎるせいか、開店早々の「この花」は一人も客がいなかった。新しい油で揚げたてんぷらは、香ばしくて美味《うま》かった。

次々にお好みの材料を注文し、今回の旅行としては、最大級の豪華な晩餐《ばんさん》が佳境に入ろうとしている時、無粋な電話が入った。

「あの、お客さんは浅見さんですか？」

レジの女性が呼びかけて、浅見は受話器を握った。

「浅見か、村上だ」

「よお、なんだい、いま飯を食っているところなんだ」

「ふーん、こんなに早くにか」

「ああ、昼飯、抜きだったし。で、何か用かい？」

「ああ、その後、どうなったかと思ってな。彼女のところに電話したら、誰も出ないもんで、浅見に電話してみたわけだ」

「なんだ、そうか、石井さんならここにいるよ。代わろうか？」

「あ、いや、いいんだ……そうか、一緒なのか、食事か、きみの奢《おご》りか、いいな……」

「何を言ってるんだ、おれだって、たまには飯ぐらい奢れる身分だぞ」

「そうだな、きみは稼《かせ》いでいるものな。おれみたいな失業者とは違うからな」

「くだらないことを言うなよ。未来の弁護士先生様がさ」

「それは皮肉か？」

「ばかだな、何を怒ってるんだ。村上、変だぞ少し」

「ああ、そうかもしれない、すまん……じゃあ、これで切る」

言ったとたん、電話は切れた。

「横山さんからですか？　美智代さん、見つかったんですか？」

席に戻る浅見を迎えて、靖子はもどかしそうに、訊いた。

「いや、村上でした」

「村上さん……何か用事だったんですか？」

「その後の様子を訊いていました」

「そうですか……」

　靖子は浮かない顔になった。

「さっき、村上がどうしたとか言ってましたね。あれは何だったのですか?」

「ああ、あれ……」

　靖子はしばらく躊躇《ためら》ってから、思いきったように言った。

「昨日の夜、車で送っていただいた時、家の前で村上さんみたいな人影を見たんです」

「村上が?」

　浅見は驚いて、問い返した。

「ええ、すぐに隠れてしまったので、はっきりしなかったんですけど、あれはやっぱり村上さんだったような気がして……」

「しかし、村上が何だって……まさか、見間違えじゃないですか?」

「そうかもしれません」

　靖子は食欲が失せた顔になった。

　浅見もつられるように、箸《はし》を置いた。村上の気持ちが分かるような気もした。もしかすると、靖子が見たのは、ほんとうに村上だったのかもしれない——と思い、ふいに悲しくなった。

2

賑《にぎ》やかな話し声がして、ロケ隊の連中が入ってきた。今日は比較的、天気が安定していたので、撮影が捗《はかど》ったらしい。監督以下、五人のスタッフが全員、陽気な顔をしていた。ただ一人、苦虫を嚙みつぶした顔をするはずの、プロデューサー氏がいないせいもあるのかもしれない。

例によってめいめいが、お好みのてんぷらを注文して、ビールと水割りを運ばせ、ちょっとした慰労会の雰囲気になってきた。この分だと、またまた予算をオーバーして、プロデューサー氏を嘆かせることになりそうだ。

連中の中の一人、頭髪が薄い瘦《や》せた男に見憶えがあると思ったら、いつか「大池」なんとかという知事候補の応援演説をガナっていた男だった。

彼らの話を聞いていると、その男は地元の映画館の社長――いわゆる館主《こやぬし》であるらしいことが分かってきた。どうやら、地元に取材した映画の撮影なので、配給成績が上がることを、大いに期待して、サービスこれ、あい務めているといったところのようだった。

「藤井ちゃんがシブいのを、社長がカバーしてくれてさ、ほんとに助かりますよ」

監督の提灯《ちょうちん》持ちのような、たぶん照明のボスらしい男が、しきりに館主を持ち上げている。

「ほんとほんと、すっかりご馳走になってしまって。申し訳ないと思っていますよ」

監督も頭を下げた。少ない予算で、酒もろくに飲めない――ということを強調しているのだろう。しかし、その割りには毎晩毎晩、よく続いているものである。

映画界というところ、あるいは、映画人たちには、独特のクサさのようなものがある。ふつうのビジネスの世界では、考えられないような、常識はずれの出費が要求されるような面もある。少なくとも、映画の最盛期から、やや峠を越えた辺りまでは、その悪弊《あくへい》は眉をひそめるものがあった。スタッフ間の親分子分のような上下関係。トップスターへの、節度を越えたおもねり。プロデューサーと称する連中が、プロダクションやスポンサーを食い潰《つぶ》すタカリの構図。そういったもろもろが、映画界の斜陽化に拍車をかけた。

テレビ時代に移行して、そうした映画人たちの古い体質は一掃《いっそう》されたかに見えるけれど、制作現場の底流には、いまだに、古き悪しき時代の習癖が息づいている。

浅見は仕事柄、そういう連中にいささかうんざりしているけれど、靖子にとっては、興味深い、蠱惑《こわく》的な世界に見えるらしい。チラッチラッと、彼らに視線を飛ばす目には、キラキラした輝きさえあった。

「出ましょうか」

まだ少し料理が残っているのに、浅見は立ち上がった。靖子はほんの一瞬、不審そうに浅見の顔を見上げたが、「ええ」と頷いて、ナプキンで口の周りを押え、席を立った。

ロビーの反対側に喫茶ルームがある。そこへ向かおうと、フロントの前を通ると、「浅見さま」と呼ばれた。

「お電話が入っています」

フロントの男が電話を指差して、言った。

電話は堀越からのものだった。

「分かりましたよ、驚きましたねえ、浅見さんの言ったとおり、あのメモの裏には、日付と曜日が印刷されていたのです。四月の十七日から二十三日まででです。ということは、メモの反対側のページは、四月十日から十六日までのカレンダーになっていたというわけですな。いや、メモそのものは、ページの真ん中より、やや下の位置に書いてあったのだから、四月の十四日と十五日の二日間にかかっている。その日付の頃に書かれたと思っていいのじゃないでしょうかな」

「そのページには、ほかに何か、メモ風のものは書いてありませんか？」

「何もないですな。あれば、気がついていたでしょうが、何もないので、裏面の変テコリ

ンな文章ばかりに気を取られてしまったということのようです。しかし、その日付が分かったからって、何か新しい発見が期待できるのでしょうかなあ?」

「それは分かりません。とにかく、考えてみるだけです」

浅見はすげない返事で、電話を切った。

靖子は喫茶ルームの入口で、不安そうにこっちを見て、佇《たたず》んでいた。

「何かあったのですか?」

「ええ、さっき問い合わせたメモの件、分かりました。あれはどうやら、四月十四日から十五日にかけて書かれたもののようです」

「四月十四日から十五日にかけて、ですか……じゃあ、『「津軽」を旅する会』の直前ですね」

『津軽』の旅は四月十六日と十七日に行なわれている。

「その間のお父さんの行動が分かれば、何よりなんだけど……」

「美智代さんなら知っているでしょうけどねえ」

「えっ、美智代さんが?……」

二人は顔を見合わせた。

「まさか、そのために美智代さんが……」

靖子は立ち竦《すく》んだ。

「とにかく、中に入りましょう」

浅見は靖子の肩に手を置いて、そっと店の中に押しやるようにした。

コーヒーを頼んでから、最初のひと口を啜《すす》るまで、二人とも黙ったままでいた。ほろ苦い液体が喉を通過して、やっと浅見は口を開いた。

「四月なかば頃といえば、まだ津軽は雪が残っている頃じゃないですか？」

「ええ、ことしは春先に寒かったですから」

「それなのに『コスモス』というのは、どういう意味だろう？……」

「でも、『コスモス、無残』ですよ」

「しかし、『無残』というのは、咲いているコスモスが、踏みにじられているとか、そういう対比の状態がなければ、表現として、おかしいのじゃないですかね」

「それはまあ、そうですけど」

「それとも、雪の下にあるコスモスを想像して、言ったのだろうか？　ちょっと無理な発想に思えますよね。これは違うな……」

「コスモスもそうですけど、『ススキ』だって、季節がずれていますよ。コスモスもススキも、秋の風物ですもの」

「そうですねえ、両方とも秋のものだなあ。それを、なぜ四月なかば頃のページに書いてあったのだろう?……」

浅見は考え込んだ。靖子のほうは、考えることさえ放棄している。

浅見は思い出したように、カップを口に運び、コーヒーを飲んだ。そのうちに、とっくに中身がなくなっているのに、カップを唇におし当てて、焦点の定まらない口を、空間に向けて動かなくなった。

靖子は、そういう浅見を眺めて、心を動かされるものがあった。一つのことに没頭する男の姿は美しいと思った。もしかすると、女性にはこういう姿は期待できないのかもしれない。

女は、編物のような、単調な繰り返しの作業に対しては、持続力を発揮する。しかし、何も対象物のない、得体の知れぬ空間で、何かを模索しつづけるといった、下手をすれば不毛の結果に終わりかねないような作業は、苦手だ。

自分自身や家族のことで、小さな夢を見ることはできても、世界だとか宇宙だとかいう、とてつもない大きな夢を見ることは、ほとんど稀《まれ》である。その代わり、大きな夢を見る男を、じっと見守ってやることのできるのは、女性の特権なのだ。

靖子はいま、そういうささやかな夢を見ていた。

浅見の鋭角的にそげ落ちた頬の線。それでいて、優しさを感じさせる、柔らかな丸みを帯びたおとがい。広い聡明そうな額。すべてを見通すような大きな目。強い意志を感じさせる高い鼻梁《びりょう》。女性的といってもいいほどの、はにかみを含んだ口許。

ふいに、その口が開き、大きな目がこっちを向いた。靖子はうろたえて、カップをテーブルの上に取り落としそうになった。

「たしかに、『コスモス』と『ススキ』は秋のものだけれど、『無残』と『墓地』には季節感がありませんね」

浅見は言った。

「えっ？　ええ、それはまあ、そうですけど……」

「ことに、墓地なんかは、どこにでもあります。蟹田のスナックのマスターが、そう言っていたじゃありませんか」

「…………」

それで？――と、靖子は目で応じた。浅見が何を着想したのか、そのことに、猛烈な興味を抱いている目だ。

「お父さんは、まだ雪の残っている早春の野原で、『マネク、ススキ』を見たのです。そして、『アノ裏ニハ、キット墓地ガ』あると思った。そう思ったことが面白くて、手帳に

書いておいたのです。しかし、その着想のきっかけとなったのは、コスモスの無残な風景だったのじゃないかな。その風景を見て、まず太宰の『コスモス、無残』の文章を想起して、そこから『マネク、ススキ』という連想へ思考が流れて行ったのだと思います。ひょっとしたら、お父さんは、太宰がなぜ『ススキ』を見て『墓地』を連想したのか、その理由を発見したような気分になって、愉快でならなかったのじゃないかな。その手帳の文字を見ていないので、なんとも言えないけれど、もしかしたら、その文字は踊っているような楽しい筆致で書かれているかもしれない。靖子さんはそれを見たのでしょう？　どうでした、踊っていませんでしたか？」

いきなり質問を向けられて、靖子は面食らった。

「えっ？　ええ、そういえば、そんな感じがしないでも……でも、それ、いま浅見さんが話したこと、それは何なんですか？　私にはぜんぜん意味が分からない。コスモスもススキもない風景を見て、ススキがどうして墓地と結びついたのですか？　浅見さんの言ってること、まるでめちゃくちゃですよ」

「あ、そうですか？　めちゃくちゃですか？　まずいな……どうも、そういう、自分だけ分かったようなつもりになっちゃう癖が、僕にはあるんです」

浅見は苦笑した。

「五所川原の花屋のママに、コスモスの咲くところを訊いたら、『黒石』と答えましたよね。コスモスはあちこちにあるだろうけれど、群生しているのを見たのは、黒石だ——と言ったのです。花屋さんがそう言うくらいなのだから、きっと黒石のコスモスは、印象的な風景だったにちがいない。それに、五所川原から黒石までは、津軽平野を横断するほどの、かなりの距離があります。コスモスの季節に津軽平野を渡ったママに、『黒石』と言わせたのだから、ほかにはない、よほど感動的なコスモスの群生を見たのでしょう。『黒石』と言った時の、あのママの目を見ましたか？　じつに透明感のある、少女のように純粋な目をしていましたよ」

「はあ……」

靖子は浅見の、それこそ、少年のような、遠くを見る目を見つめた。

「太宰が見たコスモスの風景が、黒石のものだったかどうかは分かりませんが、太宰に『無残』と言わせたのは、そういう、心の原風景みたいにしてあったコスモスの風景が、文字どおり『無残』に失われた、その場面に出くわしたからだと思います。あなたのお父さんも、同じ場面に出会った。その瞬間、太宰が『無残』と書いた意味に、『ああ、こういうことだったのか——』と思い当たったのでしょう。毎年、当然のように繰り返されるものと、何気なく見ていた風景が、ある時、突然、失われる。去年、あれほど感動したコ

スモスの群生が、今年の秋からは、もう二度と見られないのだ——と思った時、太宰もお父さんも、強い憤りと悲しみを覚えたのですよ、きっと。しかし、それだけだったら、お父さんはその着想をメモしたりしなかったでしょうし、第一、その無残な風景は、踊るような文字を書かせるほど、楽しいものではなかったでしょう。『コスモス、無残』は、あくまでも連想へのきっかけに過ぎなかった。お父さんを楽しくさせた発見は、『マネク、ススキ』と『墓地』の繋《つな》がりの意味だったのです」

浅見は、その時の靖子の父親がそうだったにちがいない、悲しい気分から楽しい気分へと、無意識のうちに、表情を変化させている。

「草も生《は》えていないような雪溶けの野原に、お父さんは『マネク、ススキ』を見た。しかも『アノ裏ニハ、キット墓地ガアル』ような風景として、『マネク、ススキ』を見たのです。そして、その子供じみた連想のおかしさを、手帳にメモせずにはいられなかった。太宰の文学に取りつかれた者なら、誰だって頭を抱えて悩む、あの『ア、秋』の文章の謎を解明する、それは手掛かりのように思えたのかもしれません」

浅見は自分自身、その発見を楽しむように、うっとりした表情を浮かべ、話し終えた。

靖子のほうは、まだ話の続きがあるものと思って、じっと待っていた。

だが、浅見はいっこうに話を再開する気配がない。

「あの、それで、その『マネク、ススキ』というのは、いったい何だったのですか?」

靖子は焦《じ》れて、訊いた。

「え? ああ、そうそう、『マネク、ススキ』の正体は、お葬式の列ですよ」

「はあ?……」

「ほら、葬列の先頭を行く、ヘンテコな飾り物があるでしょう。クジャクの羽のような、それこそ、ススキの穂のような、長い飾り物——蟹田のスナックのマスターのセリフじゃないけど、おいでおいでと招いているような——あのことですよ」

「ああ、あれ……」

靖子は呆《あき》れた。

「それが『発見』の正体なんですか?」

「ええ、そうですよ」

「じゃあ、太宰もあれを見て、墓地を連想したんですか?」

「それはどうか分かりませんよ」

靖子の、少し軽蔑したような口調にもかかわらず、浅見は平気な顔で言った。

「しかし、お父さんはそう連想したのでしょうね。だって、葬式の列を見て、墓地を連想しない人はいないでしょう。ただ、問題は、あのヘンテコな飾り物を見て、太宰の『マネ

ク、ススキ』を連想するかどうかです。そんなばかげた連想をするのは、まだ充分に稚気《ちき》のある人——それもたぶん、男にかぎると思いますよ」

「あら、どうして？……稚気は分かるけれど、男の人でなければならないというのは、どうしてですか？」

「ははは、女性を軽蔑して言ってるわけじゃないけれど、そういうばかばかしい発想は、男にしかできないのです。女性はもっと即物的だ」

「………」

靖子は反論しようと思ったが、口を尖らせただけで、何も言えなかった。

たしかに、彼女自身、『マネク、ススキ』から、どう逆立ちをしたって、葬列を連想できそうになかった。

「嘘だと思うのなら、賭けてもいいですよ」

浅見は面白そうに、靖子の顔を覗き込んで、言った。

「明日、黒石へ行って、聞いてみることにします」

「聞くって、何を聞くんですか？」

「そりゃ、決まっているでしょう。四月十四日に、葬儀がなかったかどうか……ですよ。僕はこのホテルのディナーコースを賭ける。あなたは……そうだな、あの味噌汁を賭けて

くださいﾞ」

浅見は自信たっぷりに言って、ニッコリ笑った。

3

翌朝、九時半きっかりに、浅見は靖子に電話している。

「いま、どこにいると思いますか？　この早朝から、僕はもう、黒石に出掛けているのです」

偉いでしょう——と言わんばかりの口調に電話のむこうで、靖子が笑った。

「やっぱり葬式がありましたよ」

浅見も言って、負けずに笑った。

「今晩は、お宅に味噌汁をいただきにお邪魔しますから、そのつもりでいてください」

「そんな……」

靖子はまた吹き出しそうになって、それから、慌てて、諫《いさ》めるような硬い口調で言った。

「浅見さん、そういう軽薄なことを言っている場合ではないでしょう。美智代さんの消息は、いぜん、掴めないって、たったいま、お母さんから泣き声で電話があったばかりなん

ですから」

「あ……」

　さすがに浅見も絶句した。

「そうですか……どうも、たしかに僕は軽薄な人間ですね。ときどき、われながら自分が情けなくなる」

「あら、そんなふうに深刻に受けとめないでください。そういうつもりで言ったんじゃないんですから」

「いや、反省していますよ。しかし、そっちのほうは、僕にはどうしようもない。とにかく、いまは黒石で何があったのか、調べることに専念することにします」

　浅見は神妙に言って、電話を切った。

　靖子に対して、陽気な口調で話した割りには、浅見にはそれほど自信があるわけでもなかった。

　第一、メモの日付の当日に、黒石で葬式があったからといったって、それが事件と関係があるどころか、石井秀司の「マネク、ススキ」と関係しているかどうかさえ、まだ分かっていないのだ。

　ただ、石井がメモのあるあのページを千切った時の、彼の必死の想いを信じるほかはな

い――と浅見は思っている。

その時、石井は自分に残された時間が寸秒しかないことを悟っていたのだ。何かダイイング・メッセージを残さなければならない。彼が手にしている手帳には、「犯人」の名前はもちろん、さまざまな情報が詰まっているけれど、それは犯人が持ち去ってしまうことは分かりきっている。瞬間、手帳の「コスモス、無残」の文字が見えた。彼はメモを千切り、ポケットに突っ込んだ……。

かりに、犯人がそのメモを見ても、何の興味も抱かなかっただろう。メモを破いたのも、苦悶《くもん》のあまりの無意味な行為に思えたはずだ。いや、誰だってそう思うにちがいない。

しかし、その無意味そのもののようなメモこそ、石井が渾身《こんしん》の気力を振り搾《しぼ》って残した、唯一のダイイング・メッセージなのだ。

それを信じるほかに、道はなかった。

その日――つまり、石井秀司が「コスモス、無残……」を書いた四月十四日に、黒石市で葬儀のあったのは、「スワン」からあまり遠くない、中富《なかとみ》という家で、亡くなったのは八十三歳になる当主。死因は老齢による心不全、いわば大往生であった。

驚いたことに、何と、石井はその中富家の葬儀に参列していたのである。

「石井さんは、古い本の出物があると、ときどき、主人に届けに来てくれました」

年老いた未亡人は、懐かしそうにそういって、浅見を墓地まで案内しながら、その日の情景を語ってくれた。

葬列は中富家を出て西へ向かった。墓地は旧市街地のある高台を出はずれて、浅瀬石川とのあいだの傾斜地にある。高台から新しい道路が、真っ直ぐ西へ向かい、坂を下りきったところで浅瀬石川を渡るのだが、その辺りは、道路ばかりでなく、左右に建つ工場や倉庫、それにスーパーマーケットも、すべてが真新しい。

墓地のある場所は、周囲を鬱蒼《うっそう》とした木が包み、そこに墓地があることなど、外観だけでは分からない。まさに「裏ニハ、キット墓地ガアリマス」と想像するしかない風景である。

そして、その日の葬列は、先頭に例の「飾り物」を二、三十本も押し立てて、しずしずと進んだのだそうだ。金色になびく「ススキ」の穂のような飾り物が、ユラユラとゆく情景は、さぞかし印象深いものがあったにちがいない。

「中富の家は元士族。世が世なればこの辺りではいささか知られた家柄でありました」

未亡人は坂の上に立ち、曲がった背を反らせるようにして、墓所を望み、おごそかに言った。老婆の喋《しゃべ》る津軽弁は半分ぐらいしか理解できなかったが、付き添いの嫁――といっ

ても五十代半ばの主婦――が、通訳を務めてくれた。

「ところで、あの墓地のある岡の下に大きなスーパーマーケットや倉庫がありますね。あれは最近、出来たのではありませんか？」

浅見は訊いた。

「はい、さようです。この春のことです。まったく無粋なものが建ちました」

老婆が嘆かわしい――といわんばかりに、白髪頭を振った。

「わたしらの幼い頃から、あそこは大水のたびに水に浸かるもので、畑も出来ず、家も建たぬような土地でしたが、その代わり、夏から秋にかけてコスモスが一面に咲きまして、それは見事なものでありました」

「えっ？　コスモスが咲いたのですか？」

「はい、咲きました。それも数えきれないほど、沢山、咲きました。あそこの墓地の脇から川に下りてゆく細い道があって、コスモスがいっぱい群れ咲いて、その上に岩木山が聳《そび》えて……わたしらはその道を、コスモス坂と呼んで親しんだものです」

この話は、老婆でなく、「嫁」がした。話しながら、中年というより初老に近い「嫁」は、コスモス揺れる岡辺の道を想うのか、夢見る乙女のような瞳になった。

「ところが、一昨年、上流にダムなどが出来て、あのどうしようもなかった河川敷《かせんじき》の土地

が使えるようになったもので、県が地元の不動産業者に払い下げました。そのとたん、野原はブルドーザーで踏み潰《つぶ》され、広い道路が通り、ああいう、面白くもない建物がいくつも建ってしまったのです」

「そうすると、もう、あの場所にはコスモスは咲きませんね？」

浅見は興奮を抑えかねて、声が上擦った。

「はい、咲かねえっす。コンクリートに花は咲かねえもんな」

老婆は対照的に、つまらなそうに言った。

「その、地元の不動産業者ですが、どこの何という会社か分かりませんか？」

「その者は加部《かべ》という男です。不動産業者といっても、あんた、潰れかけた映画館を抱えて、四苦八苦しているような、インチキな会社です」

老婆は辛辣《しんらつ》なことを言った。

浅見はギョッとした。ニューキャッスルホテルの「この花」で、ロケ隊のスタッフにてんぷらをご馳走していた、痩せた、頭髪の薄い男のことが思い浮かんだ。

「その映画館というのは、弘前の映画館ではありませんか？」

「そうです」

「しかし、その人だったら、いま製作中の、地元を題材にした映画のロケ隊としっかり手

を結んで、なかなか意気盛んな感じがしましたけどねえ」

「それはあんた、土地を買ったり売ったりで、ボロ儲けをしたから出来ることでねすか」

「それにしても、そんなインチキ会社に対して、国や県が払い下げなど、するものでしょうか？」

「するでしょうかって、現にしてしまったのだから、仕方ねすべ」

「ふーん……だとすると、それはいよいよおかしいですねえ」

「んだ、おかしいっすな。だども、そういうことは、何も津軽ばかしでないでしょう。日本中のどこでも行なわれている話でねすか？」

「はあ……」

浅見は、八十何歳だかの老婆に言い負かされた恰好《かっこう》であった。

河川敷の払い下げに関して、どのような不正が行なわれたのかは不明だが、とにかく、作物も出来ないような川原が、スーパーや倉庫が建ち並ぶ土地に変貌したからには、膨大な利益を上げた人物がいるはずだ。このテの利権では信じられないほどの金が動く。有名な新潟県の信濃川《しなのがわ》河川敷のケースでは、数十億もの利益が出たといわれる。

それにしても、ここ青森県では、いったい誰がどういうカラクリで、払い下げによる暴利をむさぼったのだろう？

老婆の言った、加部という映画館主だけでは、それだけの大芝居は打てるはずがない。背後に大きな力が働いて、「コスモス坂」はコンクリート道路になり、コスモスの群生地は、スーパーと工場と倉庫の敷地に生まれ変わったのだ。

問題は石井秀司がこの地に立って、「コスモス、無残」を嘆き悲しみながら、そういう事柄にまで思いを馳《は》せたのかどうか——である。

いったん老未亡人を中富家へ送ってから、浅見はもういちど、かつての「コスモス坂」の上に立った。大型トラックやダンプが黒い煙を吐いて坂道を走り抜けてゆく。スーパーや工場の広大な敷地はコンクリートに覆われ、雑草の生える余地すらないらしい。

この風景を見て、たぶん石井秀司は悲しかったにちがいない。あるいは腹が立ったにちがいない。しかし、そのことと、石井が殺された事件とが、どう結びつくのか？

石井は何かを知ったのだ——と浅見は思った。不毛の河川敷が「不動産」に化けるカラクリを、何かキャッチしたのだ。

ここの風景を見た、その怒りが彼をかきたてたのかは知らない。しかし、いずれにしても、「コスモス、無残……」のメモを書いた四月十四日、石井はこの坂に立って、何かを決意したにちがいない。

浅見は「コスモス、無残」の風景に想いを馳せているうちに、突然、ひらめくものがあ

った。

浅見は急いで、ソアラを坂下のスーパーマーケットに向けた。駐車場でなく、入口前に車を放置して店に飛び込み、そこにいた女店員に訊いた。

「ちょっと訊きますが、この店がオープンしたのは、四月十四日ではありませんか?」

「ええ、そうですけど」

店員が、それが何か? という顔になったが、浅見はそれだけ訊くと、目の前の公衆電話にとびついた。

木造町の高野家の番号をプッシュする。未亡人が浮かない声で応対した。

「はい、主人は黒石のスーパーの開店に招待されましたけど……」

浅見は礼を言って、受話器を置いた。

目を閉じると、いろいろなものが一本の線上につながって見えてくる。その日の石井がそうだったのかもしれない。そう思うと、浅見は、まるで石井秀司の怒りが乗り移ったように、はげしく突き上げる憤怒《ふんぬ》を感じた。

すべての予備調査を終えるまで、丸三日を要した。すべて——といっても、完璧を期すわけにはいかない。いつものこととはいえ、素人の捜査権のない悲しさを、浅見はしばしば味わった。

4

津軽の六月は異常に寒かった。地元の人間ですら、肩をすぼめ、不安そうに空を見上げるような、重い雲が天を被《おお》い、連日のように冷たい雨を降らせていた。

弘前南映劇場は、洋画と邦画の二本立てで上映されていた。ペンキの剝げ落ちた外装の中で、上映中の映画の看板だけは、なんとか色鮮やかに描かれている。それと並んで、『ロケ快調・津軽の娘たち』と大書した立て看板が、建物の正面の隙間《すきま》を埋めるように、いくつも立てられているのが、いささかどぎつい感じだ。

映画館に隣接するビルの一階に「南映興業株式会社」はあった。

浅見は珍しく「日本の旅」の肩書が入った名刺を使った。その効果はてきめんで、加部社長はすぐに応接室に通してくれた。

「これからちょっとしたパーティがあるもんで、あまり時間がありませんよ」

そう言いながらも、上機嫌の様子を見せて、浅見に椅子を勧めた。

浅見より背は低いが、痩せている分、ひょろりと長身に見える。頭髪が薄いけれど、まだ四十代半ばか、あるいはもっと若いのかもしれない。顔の肌などは青年のようにすべすべしているし、なかなかのハンサムであった。上等のスーツ、真新しいワイシャツにブランド物のネクタイ——と、さすがに映画を商売にしているだけあって、着こなしもいい。

「どこかで会いませんでしたかな？」

浅見の顔と名刺を見較べて、加部はしきりに首をひねった。

「ニューキャッスルでお会いしました」

「ああ、んでしたか、あそこに泊まっているのでしたか。それなば、ちょくちょく会っているのかもしれませんな」

「はあ、『この花』で食事をしますから」

「んでした、んでした、『この花』ですな、思い出しました」

「ロケ隊の人たちと、よく食事をなさっておられるようですが」

「んだ、連中はよく飲みますからなあ。金がなんぼあっても足りなくなる。映画は金のかかる道楽です。いや、じつは、これからニューキャッスルでパーティがあるのも、連中と一緒でして。今日は知事選挙の前祝いみたいなことをやるのです。文字どおり役者が揃っ

ているもんで、客もワンサカ集まるという寸法ですよ。それにしても金がかかる。映画も選挙も金食い虫ですからなあ」

　加部は「ははは」と嬉しそうに笑った。

「しかし、黒石の土地で、ずいぶん儲けられたそうじゃありませんか」

「んだ、黒石の……」

　浅見があまりにも唐突に、しかも、さりげなく言い出したので、はじめ、何のことか気付かなかったらしい。答えかけて、加部はギロッと浅見を睨んだ。

「なんて言ったんですか？」

「いえ、黒石の河川敷の払い下げで、ずいぶん巨額の資金を手にされたと聞きました」

「聞いたって、誰にです？」

「取材源は言うわけにいきませんが、黒石の街の人です」

「ふーん、そういう余計なデマを流すばかがおるので、困るんだねえ」

「もっとひどいことを言う人もいました」

「ひどいことって、何をです？」

「怒らないでください」

「怒りませんよ、大抵のことではね」

「大抵のことではないかもしれません」

「ははは、面白いことを言う。いったい何だというんです？」

「人殺しだと言いました」

「ん？……」

加部の痩せた頬が痙攣《けいれん》したかと思うと、耳から顎《あご》にかけて、スーッと、凶悪な皺《しわ》が刻まれた。

「加部さんは殺人を犯していると、そうはっきり言う人がいるのです」

「ばかばかしい、誰だね、そんなくだらんことを言うのは」

「三人です」

「三人？……」

「そうです……いや、ひょっとすると、あと二人、増えるかもしれません」

「あんた……」

ようやく、加部は浅見の悪意を感じ取ったらしい。物凄い目で浅見を睨んだ。

「何を言いに来たんだや？　おれを脅してどうにかしようというのか？」

「いえ、僕が言っているのではありません。その人たちがそう言っているから、それをご本人に確かめに来ただけです」

「ふん……なら、そいつらが誰々か、名前を言ってみたらどうだや。それとも、取材源は言えねえと逃げを打つだか」

「いや、その人たちの名前は言えます。もう、これ以上、その人たちに危害が加えられる心配がありませんからね」

「ふーん……何かよく分からんが、それじゃ言ってもらおうでないの」

「まず、前崎さん、蟹田町の人です。それから弘前の石井さん。木造町の高野さん。あとの二人は……ちょっとまだ差し障りがあるので、やめておきましょう」

「前崎」の名前が出た時点で、加部の目には驚愕の色が浮かんだ。そして、浅見を睨む怒りの表情は、凍りついたままのように変わらないのに、石井、高野と、次々に名前が出るたびに、その目の色だけが、不安から恐怖へと、ガクンガクンという段差を見せて変化していった。

浅見は喋りながら、その変化のあざやかさに、むしろ驚いていた。

正直なところ、加部をそういう形で追い詰めて、はたして効果が期待できるものかどうか、浅見に自信があったとはいえない。加部が石井秀司や前崎良雄らと交流があったのかどうかさえ、浅見は確かめてみたわけでもないのだ。

ただ、これまで見てきた津軽の風景の中で、加部という人物だけが、際立った存在であ

った。

とりとめなく出会い、とりとめなく消えていった「ふつうの人々」の中で、ギラギラとどす黒い光を放ち、残った人物が加部一人であった。

何よりも、加部は「コスモス、無残」の風景の真っただ中にいた。そのことが、浅見には許せないものに思えた。

もし、石井秀司が遺《のこ》したメモが、犯人の手掛かりを意味するものであるとしたら、それは加部を指していたとしか考えられない。ほかには、考えようがない。

前崎、石井、高野、さらには失踪した若い二人は、それぞれに微妙な、あるいははっきりした糸で繋《つな》がっている。加部は高野とはスーパーの取引関係で、若干の付き合いがあるほかは、一見、結びつきがないかに見える。

だが、殺意の連環の中心点である「コスモス、無残」のあの場所に、加部はいたのだ。それだけで充分だと思った。いっそのこと、刑事物ドラマのように、机を叩いて、「きさまが殺《や》ったんだろう?」と怒鳴りつけたい衝動が、浅見を駆り立てていた。

「まったく、無責任なことを言う人って、いるもんですねえ」

浅見は本心とは裏腹に、ゆったりした口調で言った。

「ただし、いま言った人たちは、自分のいのちを賭けて言っているもんですから、簡単に

は無視するわけにいかないのです」

「だ、だからって……」

　加部は舌がもつれた。

「だからどうだと言いたいんだ？」

「さあ、何が言いたいのでしょうかねえ。死んだ人は何も言わない以上、生き残った人は何をすればいいのか——という言葉がありましたっけ。たしかに、死んだ人は何も言わないけれど、言葉に代わるものは残してゆくものです。たとえば、ページの千切れた手帳だとか、ありもしない太宰の肖像画だとか、異様に巨大な警察署だとか、焼けてしまった村役場だとか……」

　浅見が「死者の言葉」を口に載せるたびに、加部の表情は面白いように変化した。それを眺めながら、浅見は立ち上がった。

「失礼します」

　一礼をして部屋を出ながら、浅見は、加部の視線が背中に突き刺さるのを感じた。

　ニューキャッスルに戻ってくると、正面に「大池雄二郎氏を励ます会」と大書した看板が立ち、後援者などと並んで、ロケに参加しているタレントたちの名前が書かれていた。

　そういえば、昨日から何か騒がしいと思ったが、このための準備を進めていたのだ。

浅見が部屋に戻って、ほんの数分後、「日本の旅」の藤田から電話が入った。

「まだ津軽にいるんだってね」

「いいでしょう。旅費その他、オーバー分をそちらに請求したりしませんから」

「そりゃそうよ、出すわけがないでしょ、そんなもの。いや、それはいいんだけどさ、だけど、ちょっとまずいんだよね」

「何がですか？」

「何がって、うちの名刺を使ってもらっちゃさ、困るってこと」

「あれ？　藤田さん、いいって言ったじゃないですか。名刺を作ってくれたのもそちらでしょう」

「そうだけどさ、本来の取材目的を逸脱《いつだつ》してもらうと困るわけ」

「ははあ、来ましたね、電話」

「なんだ、やっぱし思い当たることありなんじゃない。困るんだよねえ浅見ちゃん。うちもね、曲がりなりにもジャーナリズムやってる以上、言論の自由は主張しますよ。主張しますけどさ、つまらないことで警察の癇《かん》にさわるようなことはね、あまりしたくないっていうわけ。だからさ……」

「警察？」

浅見は藤田の話を遮って、訊いた。

「警察とはどういうことですか？」

「どういうことって、警察は警察よ」

「警察から何か言ってきたんですか？」

「そうですよ。弘前署から、恐喝の疑いを持たれるような取材活動は慎むように——と言ってきた」

「それ、違うんじゃないですか？　警察の名を騙《かた》っているんですよ」

「いや、そうじゃないよ。おれだってそういうところ、抜かりはないからさ、ちゃんと確認のために、折り返し電話してみた。弘前署にね。そしたら、ちゃんと通じたよ」

「そうですか……」

浅見はショックだった。加部が、浅見の訪問を受けて動き出すことは、想定し、期待もしていたけれど、こういう形で対応するとは、考えてもみなかった。

（何か錯覚しているのだろうか？——）

浅見はこれまでの経過を反芻《はんすう》した。蟹田のあのばかげた警察署の建設にも、市浦村の壮大な役場の建設にも、加部はしっかりと関わって、大きな利益を上げている、そうしてあの「コスモス坂」だ。

（そうか、裏で何かが動いたな——）

ホテルの表の大看板を想起した。知事候補は建設技官上がりだと聞いた。バックには保守党の大物がついているとも。

「そういうわけだからね」と、黙ってしまった浅見に、藤田は怒鳴るように言った。

「自重してよ、自重を。それと、ウチの名刺、あまり使わないでね」

言うだけのことを言うと、ガチャリと電話を切った。

5

九階にあるレストランは「励ます会」のために貸し切りであった。このホテルの欠陥は、宴会専用のホールがないために、こういう宴会があるつど、宿泊客がレストランから締め出しを食う羽目になることだ。

浅見は仕方なく一階のコーヒーハウスへ下りて行った。そこでも、ヴイヤベース程度までの、軽い食事ぐらいはできる。雨もよいの街へ出てゆく気にはならなかった。

午後六時から始まる、知事立候補予定者の「励ます会」の受付けがまっさかりで、ロビーは混雑していた。客を出迎える知事候補夫妻の脇に、映画出演のタレントたちも何人か

出て、来客に愛嬌《あいきょう》を振りまいている。

加部の姿もあった。浅見はその背後を抜けて、コーヒーハウスに入った。店は思いのほか空いていた。ことによると、パーティの混乱を避けるために、外来のお客をシャットアウトしているのではないか——と思えるほどだ。

浅見はグラタンを注文して、店の中でもっとも暗い、レジの脇のテーブルに座った。そこからだと、ガラスの仕切り越しに、ロビーの風景がよく見える。

エレベーターから例の、藤井というプロデューサーが出てきた。藤井は加部に近づくと、耳元で何かを囁いた。加部の笑顔が、たちまち不機嫌そうに変わると、藤井の前に立って、こっちへ歩いてくる。

浅見は無意識に、彼らの視線の死角に入るよう、体の位置を動かした。

鉢植えの木の陰にあるテーブルに、二人は座った。ここからは、柱と鉢植えの木を挟んで、少し離れてはいるけれど、周囲が静かなら、会話が聞こえる距離でもある。浅見は全神経を耳に集中した。

ウエイトレスが注文を訊きに行くと、加部は「すぐ出るから要《い》らない」と答え、藤井は「コーヒー」と頼んだ。

ウエイトレスがテーブルを離れるやいなや、加部は低い声で、しかし、激しい口調で言

った。

「カネカネと言うんでねえだよ」

「そう言いますがね、連中は、こういうことをやらされるなんて、聞いてないって言うんですよ。タレントも商売だから、仕事をすればギャラを払うのは当然でしょう」

おとなしそうに見える藤井が、存外はっきりと物を言った。

「大きな声を出すでねえよ」

加部は伸び上がるようにして、周囲を見回した。浅見は加部の視線がこっちに届く寸前、あやうく身を隠した。近くに、客はほかにはいない。

「それに、私だってそれなりのことをしているつもりですがね」

加部の制止にもかかわらず、藤井はかさにかかった言い方で、言葉をつづけた。

「私の立場が悪くなるようなことはしないほうが、社長のためでもあるのですよ」

「なんだ、おれを脅迫しようっていうのか。それはないだろう……」

加部は低く笑った。

「あんたも一蓮托生《いちれんたくしょう》だっていうことを、忘れねえほうがいいんでねえの」

「忘れではいませんよ、しかし、失うものはどっちがデッカイか、そのことも忘れないようにしてください」

「いいだろう、分かった」

加部は吐き捨てるように言うと、席を立った。

その瞬間、浅見は天啓のようにひらめくものを感じた。

（そうか、そういうことだったのか――）

トリックを解き明かす鍵が見つかったとたん、思わず大声で笑い出したくなるような、猛烈な解放感が襲ってきた。

加部が出て行ったのに、ほんの少し遅れて、グラタンが運ばれてきた。当然、藤井はそこに人間のいることに気付いたはずだ。

浅見はグラタンと、水の入ったグラスを持って、藤井のテーブルへ歩いて行った。

「どうも、何かとたいへんなようですね」

ニコニコ笑いかけながら、向かいあう席に座った。藤井はあっけに取られた恰好で浅見を見上げたが、非難することはなかった。

「加部社長とはずいぶん親しいようですね」

浅見はグラタンにフォークを突き刺しながら、言った。

「まあ、いろいろ、スポンサーになってもらっていますからね」

藤井は面倒くさそうに、そっぽを向いて答えた。

「それではこれで……」

立ち上がりかけるのを、浅見は手を上げて止めた。

「まあ、もうちょっと付き合ってくれてもいいじゃないですか。黒石のねぷた祭の夜のこともあるし……」

「？……」

藤井は悩ましそうな目になった。

「去年の話ですよ、去年の。ほら、美山湖で前崎さんが死んだ夜のことです」

浅見は、会話のほうでもひと言、グサリと突き刺しておいてから、グラタンを食べる作業を始めた。

藤井は上げかけた尻を、オズオズと椅子の上に戻した。

「ロケハンは去年からやっていたのだそうですね。この間の夜、九時過ぎに高野さんと一緒に行った市浦村の砂利採取場跡も、去年下見しておいたわけですか。そうそう黒石の夏祭りはいかがでした？　やはり、今度の映画には喧嘩の場面なんかも、あるのでしょうね。リハーサルを相当、派手にやっていたようですから」

熱い物を早く飲み込むのは、浅見の特技である。というより、どういうわけか、ゆっくり食べることのできない性質だ。グラタンを、フウフウ、モガモガ言いながら、みるみる

平らげてゆく。

藤井は、黙ってそれを眺めていた。浅見の話に度肝《どぎも》を抜かれたのか、それとも、食べっぷりに見惚れているのか、おそらくその両方にちがいない。

「さて、終わった……」

浅見は、ナプキンで口を拭い、あらためて藤井の顔を見つめて、「終わりましたね」と言った。

「終わったって、何が、です？」

「あなた方の悪事も、悪運も、そろそろ終わりだという意味です」

「なに？……」

「藤井さんは、ええと、どこのご出身でしたか？」

「蟹田ですよ」

「なるほど……すると、前崎さんとは親しい間柄だったわけですね？」

「…………」

「ほら、目屋ダムで死んだ前崎さんですよ」

「そんなことは、私と関係ないでしょう」

「そう、事故当時、たしかあなたは、黒石のねぷたを見ていたのですからね、事故とは何

の関わりもないように見えます。しかし、黒石の妙感寺の喧嘩騒ぎには関係できる……でしょう?」

浅見は、底意地の悪そうな目を作って、少し下から、藤井の顔を睨《ね》め上げた。

藤井は思わず、身を反《そ》らせた。

「聞くところによると、その頃、藤井さんは、加部さんに多額の借金をしていたそうじゃないですか。会社の金を使い込んで、津軽に逃げてきたという話も聞きました」

「………」

「ところが、去年のねぷた祭の後あたりから、元気を取り戻して、東京へ引き上げて行ったというのですが」

喋りながら、浅見はわれながら大胆な推論だ——と感心していた。いくら伝聞を装っているとはいっても、もしはずれていたら、藤井に笑われるかもしれない。

だが、藤井は笑うどころではなかった。薄気味悪そうに、ノロノロと立ち上がって、レジで伝票にサインをすると、足早に店を出て行った。

浅見はウエイトレスにコーヒーを頼んだ。いま頃、藤井が加部にご注進に及んでいるだろうな——と思うと、しぜん、笑いが湧いてくる。コーヒーの味も、いちだんと美味《うま》く感じられた。

客は全員がレストランに上がったらしい。ロビーはすっかり閑散として、フロントのほかには、エレベーターの前に、パーティの受付係が二人、所在なげに佇《たたず》んでいるだけであった。

浅見は七階の部屋に戻った。エレベーターを降りた時、階段を伝わって、九階の喧噪が聞こえてきた。

バスを使って、いったんはホテルの浴衣を羽織ったが、思い直して、ジーパンにTシャツ姿になった。今夜はこのままでは終わらない予感があった。「敵」はいつの場合にも、果断な処置を取っている。不都合な状態だと判断すれば、相手が危険を察知する前の段階で、最大級の対応をしてきたのだ。前崎も石井も高野ですら、それでやられた。今回も例外であろうはずがなかった。

テレビをつけたものの、画面に身が入らない。

ローカルニュースで、「知事立候補予定者・大池雄二郎氏のお国入り」を報じていた。弘前駅頭に、折りからロケ中の映画スターが、花束を持って出迎えた――という風景である。

こういう事前運動スレスレのニュースが流れるのは、東京では考えられない。大きな圧力が放送局を動かしているのを、浅見はヒシヒシと感じた。映画のロケも、大池派のフィ

ーバーを盛り上げるための道具として利用されたのだ。蟹田の警察署も市浦の役場も、建設官僚の、地元への「お土産」だったのかもしれない。

浅見はふいに、五所川原駅のうらぶれた風景と、一個三十円の「オヤキ」の味を思い出した。津軽の貧しさは、基本的には、太宰の頃と少しも変わっていないのだ——と思った。米もリンゴも、津軽を豊かにはしない。津軽をわずかに潤《うるお》してきたのは、公共投資のおこぼれのようなものだ。原子力船の母港誘致、むつ小川原開発、そして青函トンネル——と、大事業大開発が津軽の「糧《かて》」となってきた。かなしいかな、津軽人といえども、清貧を貫き通すことはできない。放射能漏れを起こした「むつ」の母港化にあれほど反対していながら、最後は多額の補償金と引き換えに、容認せざるを得なかったのも、ほかの地方から見れば、道路をふさぐボロ家と同じ、ある種の「ゴネ得」のように思えるかもしれない。たしかに、そういうしたたかさを、津軽人は、厳しい暮らしの中で培《つちか》ってきたともいえる。

千年の歴史が物語るように、中央への不信は、いわば津軽の、あるいは東北の、伝統のようなものだ。その歴史が津軽人の結束の固さと、その反面の偏狭さを生んだ。

津軽人が、成功者に対して、羨望《せんぼう》と同時にどことなく冷ややかであるのは、「あれは時流に乗ってはしゃいでいるだけだ」というやっかみに似た気持ちと、中央に魂を売った

――という蔑《さげす》みが、心の中にあるからだ。成功者自身もその想いから逃れることができない。喜びや誇りの裏側に、いつでも、含羞《がんしゅう》や自責の気持ちを抱いているのである。優れた才能に恵まれていながら、挫折して還る津軽人が多いのは、そういう性質が災《わざわ》いしている。成功したことそれ自体を、恥ずかしいことのように感じるのである。

太宰治は川端康成に宛てた書簡の中で、「芥川賞をください」と切々と訴えている。見栄もプライドもかなぐり捨てて――という文面である。これはいかにも津軽人らしくない行為だ。

太宰はおそらく、津軽人として、やってはいけないことをやってしまった――という後悔で忸怩《じくじ》たるものがあったろう。南国の人間なら、そんなことはない。同じ頼むにしても、「おれに寄越せ」ぐらいのことを言うかもしれない。「だめで元々」という思想は、関東以西、あるいは関西以西の人々の哲学である。

利権に片手を掛けながら、片足に含羞と自責の大地を引きずっている――それが津軽人の姿なのだ。両足を大地から離してしまった加部のような人間は、だからもはや津軽人とはいえない。

事件は、津軽人たちと、悪魔に魂を売った「異端者」とのあいだで起きた。

少し眠ったのかもしれない。それとも、長い瞑想《めいそう》の続きにいたのかもしれない。

＊

電話のベルに、浅見はわれに返った。

「石井です」

靖子の不安そうな声が、こちらの素性を確かめるように、言った。

「やあ、浅見です、今晩は」

浅見は対照的に陽気な声を出した。

「あの、たったいま、妙な電話があったのです」

「妙な電話？」

「ええ、男の人の声で、名前は言わないのですけど、『横山美智代の居場所を教える』って言うんです」

「ほう……なるほど……それで、どこへ来いって言いました？」

「えっ？……」

靖子は小さく叫んだ。

「どうして……浅見さん、どうしてそのこと、知っているんですか？」

「そのことって……それくらいは想像がつきますよ。それに、今夜、出てこいっていうのでしょう？」

浅見は笑ったが、靖子は「ええ、そうなんです」と、驚きながら、深刻そうだ。

「どうしたらいいのかしら？」

「放っておけばいいんです」

「そんな……じゃあ、出鱈目《でたらめ》だって言うんですか？」

「たぶんね。かりに出鱈目でなくても、あなたを呼び出すいわれはない。つまり、連中は僕がどう出るか、対応を見ようとしているのですよ」

「えっ？　浅見さんが？　どういうことですか、それ？」

「詳しいことは、あとで話します。これはむしろ、僕が仕掛けた罠《わな》ですからね、向こうから餌《えさ》に飛びついてきたという意味でもあるのです」

「それで、浅見さん、どうするつもりなんですか？」

「そりゃ、せっかく釣れた魚です、逃がすテはありませんからね」

「じゃあ、誘いに応じるのですか？　やめてください、危険なことは。警察に知らせたほうがいいんじゃないですか？」

「警察ですか……まあ、適宜《てきぎ》、そうするつもりですが、とにかくそちらへ行くことにしま

す。ただし、僕が行くまでシャッターは下ろしておいてください。合図はノック。三回ずつ三度、叩きます」

電話を切って、浅見は無事に石井家まで行けるかどうか——を思った。

時刻は十時になろうとしていた。それから、ふたたび受話器を取り、堀越部長刑事に通じる番号をプッシュした。

6

玄関を出て、浅見は真っ暗な空を見上げた。例によって雨もよい、冷たいヤマセが、まだ吹いていた。

少し思案して、夜の街に足を踏み出した。駅の方角へ向かう、一方通行の道を行く。

予想どおり、ホテルの駐車場側の出入口から、男が一人現われ、浅見を追尾するのを、浅見は振り返らずに感じ取った。しかし、隣りの喫茶店から、別の男が出て、さらにその後を尾行しはじめたのには、気付かなかった。

通りを一つ横切って、新しく出来つつある広い通りに入った。立ち退き拒否の家がある通りである。ゴネているとしか見えない、その一軒のために、道路は機能を果たせないで

いる。街灯も未整備で、とくにその家の辺りは暗い。

むやみに広いだけで、人通りはまったくなく、時折り、車がスピードを上げて走り去る。ゴネている家のところで道はくびれ、歩道は途絶え、歩行者は車道にはみ出すように迂回しなければならない。

その暗い場所で、背後から迫っていた男が追いついた。

「ちょっと、一緒に来てくれませんか」

案の定、藤井であった。

「やあ、どうも、どこへ行くのです？」

浅見は呑気な声で訊いた。

「いいから、来てもらいましょう」

その時、外車がスーッと寄ってきた。左側のドアが開き、運転席から加部が降りた。加部と藤井は浅見を挟み込むようにして、ドアへ誘った。浅見は足を踏ん張って堪えた。抵抗する力と比例して、二人の男たちの腕に力が入った。

「おとなしくしたほうが身のためだぞ」

加部が時代劇にありそうな、古臭い台詞《せりふ》を言った。

「今夜はカツラをつけていないのですね」

浅見は抵抗しながら言って、かすかに笑った。

「なにっ？……」

「ほら、東京のホテルで使った、太宰治によく似た、長髪のアレですよ」

一瞬、加部の力が緩《ゆる》んだ。浅見は腕を振りほどいて、逃げかけた。

「動くなっ！」

加部の手に刃物が光った。浅見は動きを止めた。藤井が浅見の背中を押した。

その時、予測していなかったことが起きた。電柱の後ろから黒い人影が飛び出してきて、藤井を羽交《はがい》締めにした。

「おいっ、逃げろ！」

（村上？――）

浅見は声にもならないほど、驚いた。それは加部と藤井も同じだったろう。

加部は体勢を立て直し、新たな敵に向かって突っ込んだ。銀色の光芒《こうぼう》が闇を貫いて奔《はし》った。

「うっ」とも「ぐえっ」とも聞こえる声を発して、村上は暗い舗道に頽《くずお》れた。

「村上っ！」

浅見は不用意に駆け寄ろうとして、あやうく踏み止まった。目の前をナイフが掠《かす》めるの

を見た。

「もうやめろよ！」

藤井が悲鳴を上げた。

その声に反応したかのように、はるか後方にいた黒い車が突然、ヘッドライトを点《つ》け、タイヤを軋《きし》ませてダッシュしてきた。

黒い車は加部の車の行く手を遮《さえぎ》るように斜めに停まり、両側の四つのドアから四人の男たちが飛び出した。

「どうなったんですっ？」

堀越部長刑事が、怪訝《けげん》そうに、しかし大声で怒鳴った。浅見から聞いていた「筋書き」では、もっと遠く、おそらく目屋ダムかあるいは竜飛崎辺りで、何かが起きるだろう――ということになっていたのだ。

「アクシデントです。救急車を呼んでくれませんか」

浅見はまず言って、刑事の一人が無線連絡に車に戻った。

「刺したのはその人ですよ」

浅見の指は加部を示した。もっとも、刑事の懐中電灯に照らされて、茫然自失の加部の手に、血塗られたナイフが握られているのを見れば、言われなくても分かることだ。

「とにかく、傷害の現行犯で逮捕する」

堀越はおごそかに言って、部下に手錠をかけるよう合図した。

浅見は村上の傍らにしゃがみ込んだ。

「おい、大丈夫か？」

「ん？　ああ、やられた……」

村上は苦痛に顔を歪《ゆが》めながら、無理に元気そうな声を出した。

「どこだ、脇腹か？」

「うん、いや、腰の辺りだ、ここだ」

村上は腰骨の上辺りを押えて見せた。

「骨に当たって、それほど……」

言いかけて「つつ……」と呻《うめ》いた。にわかに痛みが強くなったらしい。

「もう少しの辛抱だ、すぐに救急車が来るからな」

浅見は、聞き分けのない子供を宥《なだ》めるように言った。

「それにしても、なんだってあんな無茶をしたんだ。第一、どうしてここに？」

「ん？　ああ、いや、浅見のあとを、あいつが尾行《つけ》てゆく様子が、ちょっと……」

「分かった、もう口をきくな」

浅見は村上を黙らせた。村上の目的がほかにあったことは察しがついた。村上の小心や疑心を嗤《わら》ったりあわれんだりする前に、靖子へのひたむきな愛情を思わないわけにいかなかった。

救急車が到着し、村上を運んで行った。さらに数分遅れて、青森県警のパトカーが四台、やってきた。

加部と藤井はべつべつの車に入れられ、浅見も含めて、とりあえずの事情聴取と、村上の血が滴《したた》り落ちた現場での、実況検分が始まった。

深夜の騒ぎに驚いた付近の住民が、何事か——と集まってきた。しかし、この騒ぎは、これから解明される「津軽連続殺人事件」の、開幕を告げる予鈴にすぎないことを、浅見だけが知っていた。

浅見はあと始末を堀越に委《ゆだ》ねて、ホテルに戻ると、ソアラに乗って石井家へ向かった。石井家の窓という窓には明かりが灯《とも》っていたけれど、浅見の指示どおり、靖子は店のシャッターをしっかりと下ろしていた。

三連打のノックを三度、浅見はシャッターを叩いた。ほとんど間を置かずにロックが外され、ガラガラと音を立ててシャッターが上がった。

「浅見さん……」

靖子はシャッターが上がりきる前から、縋《すが》りつくような安堵《あんど》の声を発した。

「よかった、すぐ見えるかと思っていたものだから……もし来てくれなかったら、どうしようかと不安だったんです」

「ははは、ちょっとアクシデントがあったものだから」

「じゃあ、これからまた、どこかへ行ってしまうんですか？　だったら、私も一緒に連れて行ってください。一人じゃ、心細くて」

「一緒にいきましょう」

「えっ？　ほんとに？　どこへ行くんですか？」

「病院です」

「病院？」

「村上が負傷しました」

「村上さんが？　どうして？……」

「とにかく行きましょう。詳しいことは道すがら話します。支度をしてください」

「支度はこれでいいんです。でも、村上さんがなぜ……」

戸惑いながら、靖子は店のシャッターを下ろし、鍵をかけた。用心のために、家の電気は灯したままにしておいた。

「村上は僕を救ってくれたのですよ」

浅見は加部と藤井に襲われた「事件」のことを話した。間一髪、村上のお蔭で拉致《らち》されずにすんだことまでを話すと、靖子は呆れたと言わんばかりに、「そんな、無茶な」と涙ぐんだ。

「だから私は警察に頼むほうがいいって言ったじゃないですか」

「ご心配なく、ちゃんと警察に頼んでおいたのですよ。連中は僕がお宅へ向かうことを予想し、僕を片づけるつもりでいるにちがいない。それを現行犯で逮捕しようというのが、僕の書いた筋書きでした。ところが、シナリオにない登場人物が飛び込んできて、舞台は大騒ぎ。あっけない幕切れになったというわけです」

「あぶない……それじゃ、一歩間違えると、浅見さんが怪我をしていたかもしれないじゃないですか。それどころか、殺されたかもしれない」

「ははは、そんなヘマはしないですけどね。連中の手口は、過去の事件で分かっていました。油断さえしなければ、むざむざとやられることはない。最後の瞬間に警察が現われる筋書きでいける——と思ったのです。しかし、結果的には、村上のお蔭で急転直下、事件は理想的な結末を迎えたわけです。もっとも、彼にとっては、不運なことになりましたけどね」

「それで、どうなんですか？　村上さん」

「それほどひどい傷ではなかったようです。とはいっても、腰を刺されていますからね、重傷の部類に入るのじゃないかな。いうならば、僕の身代わりになってくれたのだから、当分、彼には頭が上がらない。いや、それというのも、あなたのお蔭ですよ」

「私の？……」

「そう、あなたへの愛があればこそ、彼が舞台に登場したのですからね」

「どういう意味ですか？」

靖子は、浅見にからかわれていると感じて、少し不快の色を見せて言った。

「村上が僕の後を尾行《つけ》たのは、僕があなたに接近しすぎたことを憂《うれ》えたからです。たしかに、そう思われても仕方がないほど、僕はあなたの厚意に甘えていました。彼が飛び込んできた瞬間、僕ははじめて、自分の無神経さかげんに気付いたのです」

「そんなの……」

靖子はいったん息を呑んで、強い口調で言った。

「浅見さんがどうしてそんなこと、気にする必要があるんですか？　私は村上さんとはなんでも……」

「村上はいいやつですよ」

浅見は靖子の言葉を遮《さえぎ》って、言った。

「やつは、自分のいのちを賭《と》して、僕を救った。当然、隠れていなければならない身を晒《さら》し、恥を晒してまで、危険の中に飛び込んできたのですよ」

「…………」

「そういうやつです」

浅見も靖子も、それから先はずっと黙ったままであった。

病院に靖子を届けると、浅見は車から下りずに「さよなら」を言った。

「あら、一緒に村上さんのところ、行ってくれないんですか？」

靖子は、運転席を覗き込み、不信感をあらわにして、詰《なじ》るように言った。

「これからもう一カ所、行かなければならないところがあります」

浅見は苦笑して、答えた。

「どこへ行くんですか？」

「横山さんのお宅です。いちばん大切な後始末が残っています」

「ああ……」

靖子は厳粛な顔になった。

「だったら、私も行きます。一緒に連れて行ってください。すぐ来ますから」

「いや、それはいけない」

浅見は、これ以上はできない、冷酷な表情を浮かべて、言った。

「村上は、あの時、死んだかもしれないのですよ」

「…………」

「明日の朝、お宅へ行きます。その時、横山さんのお宅の様子を報告しますよ」

浅見はニッコリ笑って、車をスタートさせた。

深夜だというのに、岩木町の横山家には来客があった。夜の早い津軽の民家を訪れるのは、きわめて気の重いことだっただけに、浅見はほっとした。

客は鳥居輝一の母親であった。玄関に応対に出た美智代の両親の背後から、こちらの様子を窺《うかが》っている彼女に気付いて、浅見は気の抜けるような、大きな安堵感を覚えた。

「ああ、それじゃ、美智代さんたちから、連絡があったのですね？」

思わず、声が弾《はず》んだ。

三人の親たちは、困惑しきったように、顔を見合わせた。

「いいえ、何も連絡なんぞ、ありません」

鳥居の母親が、きつい声で言った。

「ははは、いいんですよ。もう隠しておかなくてもいいんです。事件はすべて解決したの

ですから」

「………」

「お二人から連絡があって、誰にも言わないでくれ。二人は死んだことにしておいてくれって言っていたのでしょう?」

浅見は玄関に立ったまま、嬉しそうに話した。

「そうなのでしょう? そうでないと殺されるか、それとも、警察に捕まるかもしれないと言っていたのではありませんか。しかし、もう終わったのです。いや、鳥居君はいずれ、ある程度の罪は問われるでしょうけどね。しかし、だからといって、いつまでも逃げているわけにはいかない。二人が幸せになるためには、そのくらいの税金は払うべきなのです。こうして、皆さんが揃っているのを見れば、その程度の税金はずいぶん安い気がしてきますね」

浅見は一人で喋って、一人で頷いて、横山家を後にした。玄関を出る時、自分の饒舌《じょうぜつ》に呆れながら、なぜか目が潤《うる》んでならなかった。

エピローグ

浅見光彦は、久し振りに十時近くまで、惰眠《だみん》をむさぼった。

カーテンを開けると、弘前城跡の上の岩木山が、青く透明な空をバックに、てっぺんまでくっきりと見えていた。昨日までの憂鬱な雲は、どこへ消えてしまったのだろう。

十時ちょうどに堀越から電話が入った。事件が一挙に解決へ向かったことで、堀越の声音は異常に上擦っている。

「ひと足先に東京へ出発します。加部を護送して、明日にでも石井秀司殺しの現場検証をするつもりですが、その前に浅見さんの解説をお願いできるのでしょうね？」

「解説なんて、いまさら要らないのじゃありませんか？」

「いや、そう冷たいことを言わないで、うちの署に来てくださいよ。警視庁の多田警部にも引き合わせたいですから」

「はあ、なるべくそうします」

「なるべくなんて、だめですよ。言うことをきかないなら、逮捕しに行きますからね」

堀越はなかば本気のように言って、「あははは」と笑ったが、すぐに真面目な声で続けた。

「あ、そうそう、捜査本部に、加部にカツラを被せた写真を電送しておいたのですが、さっき連絡があって、目撃者の見た『太宰治』に間違いないそうです。やつは、石井さんを殺害したあと、誰かに目撃されることを予測して、エレベーターに乗るまで、カツラをつけていたらしい。それにしても、変装にまで郷里の英雄を選ぶというのが、ちょっと面白いですね。それから、太宰治の肖像画の件ですが、あれも、浅見さんが言っていたとおり、架空の話だったと供述しています。高野を通じて石井さんに太宰の肖像面があると持ち掛けたら、意外なほどあっさりと信用して、ホテルの部屋に入れてくれたと言っていました。それもやっぱりカツラと同様で、津軽の人間にとって、『太宰』の名は何かの魔力みたいな効果を発揮するんですかねえ」

そうかもしれない――と浅見は思った。

コスモス坂の一件で、石井秀司は、加部に対しては、不快感以上に疑惑を抱いていたはずだ。それにもかかわらず、靖子の話によると、石井は太宰治の肖像画については、かなり真剣に興味を惹かれていたフシが見受けられる。何が石井をして誤らせたのか――とい

えば、堀越の言うように、『太宰』という名に、何かの魔力があるとでも思わなければ、説明がつかない。

「加部は、石井さんを殺す動機に関しては、自供したのですか？」

浅見は訊いた。

「その点がどうもまだ、いまいち、はっきりしないのですがね。今にして思えば、石井さんはもっと早くに、加部の不正事件や何かを警察に告発してくれれば、殺されるようなことにはならなかったでしょうがねえ」

たしかにそのとおりだ。石井がそれをしなかったのには、彼の警察嫌いが災《わざわ》いしていたのである。しかし、そのことは浅見はいえなかった。

「直接の動機は、やはり、前崎さん殺害の真相を知られたと思い込んだためらしい。石井さんは、黒石のスーパーが開店した日、高野が加部と親しそうにしているのを目撃したのですな。それで『津軽』の旅の途中、高野に、加部がいかに『悪《わる》』であるかをあれこれ話したのだそうです。しかし、石井さんがはたしてどの程度まで、その事件の真相を知っていたのか、分かっていないわけで、加部には多分に被害妄想的な面があったのではないかと思うのですよ。ただ、例の、黒石の土地のことで、石井さんはかなりのところまで、不正事実に肉薄していたようで、そういったこともあって、神経が過敏になっていたことは

あるようです。それで、高野にいろいろ石井さんの様子を探らせたり、『太宰治の肖像画』の話を匂わさせたりしていたくらいですからね。そうそう、その前崎さんの事件ですがね、それについては浅見さんの推理どおり、高野の犯行でした。高野は目屋ダムの現場付近で、前崎さんを殴打、失神させた上、車を暴走させてダム湖に突っ込ませたのだそうです。その前の年だかにあった事故がヒントだったらしい。それにしても、加部と藤井が黒石の妙感寺境内で騒ぎを起こし、鳥居輝一と横山美智代さんに目撃させ、高野のアリバイを作るという、あれには感心しました。そのトリックのために、高野は藤井と加部に本気で殴らせたというからすごい。前崎さんは、蟹田や市浦方面での、建設行政にからむ不正を、相当なところまでキャッチしていたと考えられます。なにしろ、前崎さんは、津軽北部地方ではトップクラスの旧家で、情報網も持っているし、近隣への影響力も強い人物です。大池派としては目の上のタンコブ――というより、不正事実を握られている以上、立候補そのものに差し障るような脅威であったわけです。現に、前崎さんは、例の『「津軽」を旅する会』の会員である、石井さんや高野にその話をして、大池派の不正を暴く工作を始めようとしていたようです。ところが、高野はそのことを大池派の金庫番である加部に持ち込んでカネにしようと企んだ。高野は養鶏業の無理が祟《たた》って、膨大な借金を抱えて四苦八苦していましたからね。加部はそれに応じたが、その代わりに、高野に前崎さん殺害計画

の片棒を担がせた。まったく、加部という男はしたたかな『悪』ですなあ。そうしなければ、高野は際限なくユスリを続けるでしょうからね。もっとも、高野は自分が殺人の実行犯になっても、かえって開き直って、恐喝めいたことを続けていたようですがね。ことに、石井さんの事件が加部の犯行であると察知してからは、かなり露骨な恐喝をやっていたらしい。そんなわけで、前崎さんの事件で直接手を下したのは高野ですが、殺害を教唆《きょうさ》し、犯行計画の筋書きを作ったのは、もちろん加部です。自供を聞いていると、殺害の動機は単に利害関係ばかりではなさそうですよ。加部にとって、前崎さんというのは、あたかも自分を裏返しにしたような存在だったのでしょうな。つまりプラスとマイナス、水と油です。生まれながらに大地主で、北津軽地方きっての醸造業を営む素封家の跡取りだった前崎さんは、加部のように泥田の中から這《は》い上がって、死に物狂いで成り上がった男の目には許しがたい存在に思えたのでしょう。せっかく摑みかけている幸運に、その前崎さんが、横槍《よこやり》を入れようなんて、我慢ならなかった——と加部は言ってます。正直言って、私にも、その気持ちは分からないでもないと思いましたね。こんなことを言っちゃなんですが、浅見さんのような、エエトコの坊ちゃんには、ちょっと理解できないでしょうなあ」

堀越は喋りまくって、ようやく口を閉じた。どうやら、浅見の反論を期待した様子だったが、浅見はそれについては何も言わなかった。言う気にならないほど、堀越の饒舌《じょうぜつ》に

うんざりしていた。

「もう、その辺でいいですよ」

浅見は冷《さ》めた口調で言った。

「それ以上、事件捜査のことを僕が聞いても、意味はありません」

「そうですか？　藤井と加部の関係やなんか、いろいろ面白い話があるんですがねえ。それに、加部が鳥居や横山美智代さんをどう利用したかとかです」

「そのことはもう、分かってますよ」

「え？　ほんとですか？」

「ええ、分かってます」

浅見はいよいよ憂鬱そうな声になった。

「加部はスーパーの店長代理という条件と引き換えに、鳥居君を共犯者に仕立て上げたのです。ひょっとすると、それ以前から、加部は鳥居君を手なずけて、よからぬことの手伝いをさせたり、その代償として、金を与えたり、いろいろ恩を売っていたのかもしれない。どうですか、違いますか？」

「驚きましたねえ……まさにそのとおりですよ」

「それで、黒石の騒ぎでは、鳥居君は『善意の目撃者』の役を務めることになった。しか

し加部は、それだけでは、将来、警察に怪しまれる危険性があるので、完全に善意そのものの第三者まで用意した。それが横山美智代さんです。鳥居君は、騒ぎの直後ではなく、ずっと時間が経つのを待ってから、現場を覗いたのですが、美智代さんを伴って、『目撃者』になったのは、そういう理由によるものです。まるでジャンボ機のフェイルセーフみたいに、二重三重の安全弁を準備した犯行だったというわけですね」

「そうですそうです、加部の自供もほぼそのとおりでした……いやあ、こりゃびっくりしましたねえ。さすが、名探偵ですなあ」

堀越は電話のむこうで、はしゃいでいるけれど、浅見はそれと対照的に、沈んだ声で言った。

「気の毒なのはその二人ですよ。ことに鳥居君は、何が何やら分からないうちに、いつの間にか殺人事件の共犯者になってしまった。しかも、恋人まで巻き込んでしまった……そう思い込んだでしょうからね」

「うーん、たしかに浅見さんの言うとおりですなあ……しかし、だからって何も、死ぬことはなかったと思うのだが……」

浅見に笑《え》みが浮かんだ。

「死んだとはかぎらないでしょう。太宰治の頃ならともかく、いまどきの若い者は、そう

簡単に死んだりしませんよ」

「えっ？　じゃあ、二人は生きているんですか？　竜飛崎のアレは、偽装ですか？」

「たぶんそうでしょう」

「うーん……だとすると、そっちのほうの手配もしなきゃいかんな。どうせ、地元署の連中は気付いてないでしょうからね」

堀越は自分も気付いていなかったことを、棚に上げている。

「その二人のことは、僕に任せておいてくれませんか。警察は愛想がないですからね、あまり過激なことをすると、今度こそ、ほんとうに死んでしまうかもしれません」

「脅《おど》かさないでくださいよ。それはまあ、ウチの事件と直接関係があるわけじゃないですから、お任せするのはいっこうに構いませんがね」

「ありがとうございます」

「とんでもない。お礼を言うのはこっちのほうですよ。いずれ、東京に帰ってから署長や主任と一緒にお宅にお礼に参上します」

「お礼だなんて、いいですよ。そんなことされたら、かえって具合の悪いことになりそうです。うちには、いろいろと煩《わずらわ》しい人間がいますからね」

「ははは、なるほど、すると、浅見さんのマザコンというのは、あれは単なる噂ではない

った。

チェックアウトの時間が迫っていた。浅見は大急ぎで身支度を整え、ロビーへ下りて行

堀越は愉快そうに笑って、「それでは」と礼を繰り返し、ようやく電話を切った。

のですな?」


フロントの前の椅子に、靖子が座っていて、浅見の顔を見ると立ち上がった。

「やあ、来てたんですか。連絡してくれれば、もっと早く下りてきたのに」

浅見は笑いかけながら近寄った。

「やっぱり……」

靖子はニコリともせず、悄然《しょうぜん》とした顔で呟いた。

「このまま、黙って行ってしまうつもりだったのですね?」

「まさか……」

浅見は一笑に付そうとしたが、視線を靖子からはずした。上手に嘘のつけない男だ。

「チェックアウトだけしてしまいます。喫茶ルームで待っていてください」

さりげなく靖子に背を向けて、フロントにキーを渡した。

「それで、村上の様子はどうですか?」

喫茶ルームに落ち着くと、浅見はまずそのことを訊いた。

「明日いっぱい、安静にしていれば大丈夫だそうです」

「そうですか。もう少し待って、一緒に東京へ帰れるといいのだけれど、病院には寄らずに行きますから、よろしく言ってください」

「もうすぐ桜桃忌です。没後四十年ということで、今年は金木町の『斜陽館』で、いつもより盛大な会があるんです、それまでいらっしゃればいいのに。村上さんもそうするって言ってます」

「ははは、そうもしていられません。いろいろあって、急いで帰らないとまずいのです。第一、懐ろのほうだってそんなに余裕はありませんよ。あと二、三日で、ホテルの皿洗いをするようなことになりそうです」

「でしたら、うちに……」

言いかけて、靖子は頬を染め、慌てて言い直した。

「それじゃ、桜桃忌にまたあらためて来てください。それならいいでしょう?」

「はあ……そうですね、それならいいかもしれません」

「ほんとですね?」

「えっ、ああ、もちろんほんとですよ」

浅見はまた、視線をはずした。

*

桜桃忌に、しかし浅見は東京にいた。六月十九日、東京三鷹市の禅林寺で、没後四十年を記念する桜桃忌の催しがあった。それに参加することで、靖子との「約束」を破る、せめてもの罪滅ぼしにするつもりであった。

禅林寺には、太宰治の墓と、一緒に死んだ女性の墓が向かいあうようにして、ある。

新聞によると、太宰ブームというのは少しも衰えていないのだそうだ。たしかに、太宰の墓を囲む参会者はかなりの数だった。寝坊して、定刻よりずっと遅れて、行事が進行しつつある頃に到着した浅見は、はるかかなたから手を合わせるような羽目になった。

一般に、太宰の信奉者の多くは若い女性だと言われているが、参会者の顔ぶれを見るかぎり、必ずしもそうではない。結構、年配の男性も少なくないのだ。また、若い、少年といってもいいような顔も見える。太宰には、津軽の——というより、日本人に共通する何かがあるのだろう。

ひとわたり墓地を見回していた浅見の目が、太宰の墓の近くで、大きなツバ広帽子の下に、なかば顔を隠すようにしている女性の姿を捉えた。

靖子であった。

浅見は反射的に前の人の陰に身を隠した。津軽の金木町にいるはずの靖子がそこにいたことで、胸が騒いだ。走って行って、声をかけてやりたい衝動にかられた。

だが、浅見は気持ちとは逆に、オズオズと後ずさりして、やがて向きを変えるやいなや、速足で寺の境内を出て行った。津軽や太宰に抱いた愛惜《あいせき》より、はるかに大きな忘れ物をしてきたようなつらい想いであった。

この作品はフィクションで、実在の団体、企業、人物、
および現実の事件とは一切関係ありません。（著者）

参考文献

津　軽　　太宰　治　　新潮文庫（新潮社）
津軽通信　太宰　治　　新潮文庫（新潮社）

あとがき――「殺人事件」は「無印・良品」

『津軽殺人事件』は僕の光文社刊・書下ろし「旅情ミステリー」の第十作目にあたります（うち二作は文庫書下ろし）。第一作の『遠野《とおの》殺人事件』が昭和五十八年だから、すでに五年になるわけです。ここまで「旅情」にこだわり続けるとは、はじめの頃は考えてもみませんでした。僕の小説書きの基本的な姿勢には、「推理」と「旅」と「人間」という、何やら落語の三題ばなしのような三つの要素が根底にありそうです。トリッキーな密室物や心理劇風の作品のように、閉塞《へいそく》的な状況下における事件ストーリーは、どうも苦手なのです。かといって、社会正義を振りかざすほど、本人が清廉潔白《せいれんけっぱく》でもありませんから、「社会派」といわれるジャンルにも縁がありません。

すでにあちこちで何回か書いていることですが、処女作の『死者の木霊《こだま》』はまったくの素人《しろうと》の手すさびとして創作したもので、その時点では作家になるつもりは毛頭なかったし、ましてや、作家的将来的展望など起きようはずもありませんでした。それにもかかわらず、

『死者の木霊』では、結果的にその後の僕の作品群を象徴するような、「推理」と、「旅」と「人間」が描かれ、ふと気づいたら、それがいつのまにか、僕の小説作法におけるアイデンティティのようになってしまったというのが、正直な感想です。

遠野殺人事件
倉敷《くらしき》殺人事件
多摩湖畔《たまこはん》殺人事件＊
津和野《つわの》殺人事件
白鳥殺人事件
天城峠《あまぎとうげ》殺人事件＊
小樽《おたる》殺人事件
長崎《ながさき》殺人事件
日光《にっこう》殺人事件
津軽殺人事件
（＊は文庫書下ろし）

こう並べてみると、一目瞭然《いちもくりょうぜん》、「地名」プラス「殺人事件」のオンパレードで、気がひける反面、ある種の爽快感さえ覚えます。いつだったか、朝日新聞の投書欄に、「日本語は『言霊《ことだま》』といわれるような、美しいニュアンスがあるのに、『殺人事件』などという殺《さつ》

伐《ばっ》とした題名をつけるのは、実に安直な貧しい発想である。そんな作品は読むまでもなく、内容はおして知るべしだ」といったような趣旨《しゅし》のことが書かれてありました。中身も読まずに「おして知」られるほど「安直」なものは書いていないつもりだし、批判する前に一度ぐらい中身を読んでくれてもよさそうなものなのになあ——と、恨《うら》めしく思ったものでした。

僕のファンの中にも、「どうして『殺人事件』というタイトルをつけるのか?」という手紙をくれる人がいます。こちらのほうは、必ずしも批判というわけでなく、単なる素朴な疑問、もしくは好奇心からの質問であったり、「せっかくいい作品なのだから」という、温かい思いやりや心遣いが籠《こ》められたものです。

かと思うと、作家仲間にも疑問を投げかける人がいて、こちらは「批判」を通り越して「お叱り」の気配さえ感じられ、どうも、僕を含め、「殺人事件」作家の旗色《はたいろ》はあまりよくないらしい。しかも、奇妙なことに、なぜかそういう批判もしくは非難に対して、いまだかつて、誰かが反論を加えた形跡がありません。言われっぱなしのやられっぱなしです。そのくせ、叩かれても叩かれても、懲《こ》りることなく、ゴキブリのごとく湧《わ》き出してくる根強さが「殺人事件」の特徴といえないこともありませんが、それにしても、いささか情けない気がしないでもありません。

というわけで、十作目を記念して……ということでもありませんが、「殺人事件」の生産者の一人として、なぜ「殺人事件」にこだわるのか——という、自分なりの考えを、この機会に一言、表明しておきたいと思った次第です。

僕はかつて、松本清張《まつもとせいちょう》作品の熱烈なファンでした。『砂の器』など、氏の多くの作品が好きでしたし、現在の僕の作品にもそれが色濃く投影されていることも否定できません。その当時は松本氏のミステリーは全盛期で、当カッパ・ノベルスにも膨大《ぼうだい》な作品群が収録されています。ところで、僕は松本氏は「ミステリー作家」であり、当然のことながら、松本氏の作品はすべて「ミステリー」であると信じて疑いませんでした。ミステリーファンの多くがそうであるように、僕は氏の作品が刊行され、店頭に並ぶのを待ち兼ねて、氏の名前の印刷された本を買い求め、小鳩《こばと》のように胸をワクワクさせてページをめくったものでした。

そうして買った作品の一つに『波の塔』がありました。『波の塔』——じつに美しいひびきを持つ題名です。これに限らず、氏の作品の題名は、前述の投書氏の言葉を借りれば、まさに『言霊』の国に相応《ふさわ》しいものばかりであるのは、誰でも知っています。

ご承知のように、『波の塔』はミステリー作品ではありません。しかし僕は、松本氏はミステリー作家だと信じきっていましたから、中身を確かめることなく、躊躇《ためらい》も疑いもな

く、買ったのです。

『波の塔』が文芸作品として質が低いということは、もちろん、ないでしょう。しかし、その時、僕は何かやり切れないものを感じました。信じていた親友に裏切られた気分――といえばいいのかもしれません。もっと端的にいえば、肉饅《にくまん》だと信じてガブリとやったら、じつはアン饅だった――という、あのアテが外《はず》れた気分です。

僕がいつの日にか豹変して、純文学の作品を書いたら――と思うのです。（もちろん、たとえばの話ですが、かといって絶対にあり得ないということでもありません。なにしろ、素人が突然変異して作家になった僕なのですから）その時、僕のミステリーを期待して、その本を（誤って）買ってくれた読者は、たぶん僕が松本氏の『波の塔』に抱いたのと同じ苦い思いを味わうにちがいありません。

ミステリー作品には、ひと口で「ミステリー」と判別できる題名をつけるべきだ――というのが、その時の僕のもって行きようのない悔《くや》しさであり感想だったのです。それに対して、背表紙や表紙に「長編推理」だとか「サスペンス」と印刷すればいいではないか――という説があるかもしれませんが、そういうものでもありますまい。それでは、せっかくの「言霊」論が泣くというものです。それに、肉饅とアン饅は、紅《べに》で丸印をつけて、ちゃんと区別しているのですが、それでも間違えてガブッとやるケースが多いのです。

さて、それではどういう題名が「ミステリー」に相応《ふさわ》しいか、前述の投書者にはいい知恵があるのかもしれないけれど、僕の貧弱な頭では、目下のところ「殺人事件」が最大にして最高の「諡《おくりな》」にしか思えないのです。おまけに、出版社や編集者も「売れスジ商品」たらしめるために、「殺人事件」をつけたがることを言い添えなければなりません。いや、むしろ積極的にそれを推奨《すいしょう》する編集者だって少なくないのです。彼らは永年の経験と実績を背景に、「殺人事件」のインパクトを確信しているし、現実に、西村京太郎《にしむらきょうたろう》氏や山村《やまむら》美紗《みさ》氏など、ベストセラー、ロングセラーの作品の多くがそれを実証しています。ベストセラーであることはもちろんですが、このロングセラーを可能にしているのも、「殺人事件」の効用であることを、ぜひとも記憶に留めておいてください。

推理小説は「ウチの子の作文」でもなければ「社長のエッセイ」でもありません。見ず知らずの読者がエンタテインメントを期待して、身銭《みぜに》を切って買って読む文章であり、商品であるのです。その中身にどういうものが入っているのか分からなければ、読者としては手に取ることを躊躇《ちゅうちょ》せざるを得ないではありませんか。

広島に「新平家物語」という菓子があります。バウムクーヘンのような中にアンコを詰めた、和洋折衷《せっちゅう》の菓子で、土産物《みやげ》として人気があります。しかし、その菓子が消費者に認知されるまでには、効果的な宣伝と、恵まれた条件での店頭表示と、さらには、永い月

日とが必要でした。同じメーカーが製《つく》っている「もみじまんじゅう」のほうは、いまや一般名詞のように通用していることと、まさに好対照といっていいでしょう。

書籍といえども「商品」であることに変わりはありません。作家が作った原料を、編集者がプロデュースして付加価値を与え、出版社と印刷会社が量産し、東販《とうはん》だとか日販《にっぱん》だとかいうルートに乗せて書店で販売する——というのは、いわゆるマーチャンダイジングそのものの思想です。

出版過剰時代とあって、店頭にある時間はきわめて短くなっています。書籍にかぎったことではなく、回転しない商品は、どんどん返品され、淘汰《とうた》されてしまいます。ほんの一瞬のような出会いのチャンスに、(見込み) 読者の購買意志決定を獲《か》ち取るのは至難《しなん》の技といえるのです。一般商品のメーカーがネーミングに腐心するのは、そのためです。近頃では、商品名を見たり聞いたりしただけでは、いったい何の商品なのか分からないものが沢山あります。それを売るためには、強力な広告と店頭表示が必要です。書籍には——ことに僕のような弱小作家の作品には、そういう恵まれた条件は期待できません。出版社だって、そんな悠長《ゆうちょう》なことは言っていられないでしょう。

ひと頃の西武《せいぶ》の広告に「無印・良品」というのがありました。「付加価値」の名を借りて、過剰な包装や華美な飾りを施《ほどこ》す商品ばかりが氾濫《はんらん》する中にあって、虚飾をかなぐり捨

て去り、文字どおり「中身で勝負」を打ち出した「無印・良品」には、西武の自負と良心と爽快感がありました。まさに、米は「米」、パンは「パン」、せんべいは「せんべい」なのです。透明包装で中身が見える商品ならともかく、商品名だけでは正体不明であっては、本来、困るはずなのです。肉饅と思いきやアン饅であったりしていいはずがありません。「殺人事件」はまさに、ミステリーの「無印・良品」だと、僕は思っています。「殺人事件」と銘打っているのに「純文学」だと思う読者はいないのです。もっとも素朴で、もっともありのままの姿です。読者に何の予見も与えませんし、妙に気取ったり媚《こ》びたりしたところもありません。これは「長崎殺人事件」です、これは「白鳥殺人事件」です——と、どこに材を取ったかだけを表示して、あとはどうぞお読みください——と謙虚に控えているだけなのです。

もし言わせていただけるなら、まさに、素材の良さだけで売ろうという「無印・良品」そのものと信じて、日夜、生産を続けているのです。オーバーなネーミングを施してありませんから、中身を間違うということはないでしょうけれど、もし中身が変質していたら、「お取り換え」こそないにしても、二度と手に取っていただけない——という怖さはあります。

「殺人事件」はミステリーの「無印・良品」です。奇を衒《てら》うような新味はありませんが、

その代わり、いつまで経っても古くなりません。産地直送・とりたての「無印・良品」こそが、僕の、そしてカッパ・ノベルスの「旅情ミステリー」シリーズだと思っています。

昭和六十三年夏

内田康夫

文庫化にあたって

『津軽殺人事件』は昭和六十三年七月に発表した、僕の三十九番目の長編です。直前に『志摩半島殺人事件』を、直後に『江田島殺人事件』を発表しています。この年は十二冊、翌平成元年にはなんと十三冊の本が出版されました。

この時期に出た作品は、短編集の『少女像は泣かなかった』を除くと、すべて『——殺人事件』というタイトルがついています。当時の新聞の投書欄に、「——殺人事件」というタイトルは安直《あんちょく》だと指弾《しだん》する意見が載り、それに対する反論めいたものを、ノベルス版の「あとがき」に書きました。ある意味では「あとがき」も含めて、当時の創作の姿勢を読み取ることができると思い、文庫化にあたって、原文のまま再掲しました。

お読みいただけば趣旨はご納得いただけると思いますが、『津軽——』以降、『——殺人事件』に対する批判や非難が影をひそめたところをみると、なにがしかの効果はあったのかもしれません。しかし、それはそれとして、その当時もいまも、僕自身、何も『殺人事

件』にこだわる意志はなく、ほかにいいタイトルがあれば使っていきたいと思っていることも事実です。ただ、作品数が多くなると、読者の側から識別するためには、『××殺人事件』の『××』の部分を記憶に止めていただけばいいという点、何かと便利のような気もしないではありません。

さて、『津軽殺人事件』は取材はもちろん、執筆のさいも、弘前のホテルに長期滞在したことで、僕にとってはひとしお思い出深い作品の一つです。作品中に出てくる浅見の体験のほとんどは、僕自身が津軽で出会った事柄の引き写しだと思っていただいて差し支えありません。

蟹田、十三湖、金木、木造、五所川原、岩木、黒石、鰺ケ沢……と、津軽の風物を訪ねて、僕はただ独り、思いつくままにソアラを走らせたものです。五所川原では三十円のおヤキを頬張り、太宰治の生家『斜陽館』では、二階に上がった突き当たりの部屋に泊まりました。

風景ばかりでなく、登場人物の多くも、弘前で出会った人々にイメージを借用しています。ホテルには、たまたま、『青い山脈』のロケーションで、舘《たち》ひろし、工藤夕貴《くどうゆうき》、野々村真《ののむらまこと》などといったタレントたちが同宿。押し掛けるファンで、なかなか賑《にぎ》やかでしたが、作品の中にその情景から思いついた部分が多いことは、一目瞭然でしょう。こうして振り

返ると、この作品に限らず、創作に当たっては取材がいかに重要であるかが、あらためて思い知らされます。

『津軽殺人事件』には、太宰治の暗いイメージが色濃く投影されています。本筋である謎解きもさることながら、ヒロイン・石井靖子の微妙に揺れ動く心理にも、津軽の女の、優しさ、美しさ、そして哀しさが滲《にじ》み出てはいなかったでしょうか。

一九九一年四月

著者

解説

山前　譲

コスモス、無残。
マネク、ススキ。アノ裏ニハキット墓地ガアリマス。

『津軽殺人事件』でまず浅見光彦に問いかけられたのは、こんな奇妙なメッセージの意味である。赤坂のホテルで弘前の古書店主が殺された。その被害者のズボンのポケットから発見されたメモに、こう書かれていたのだ。ダイイング・メッセージ!?　名探偵の好奇心は大いにそそられていく。

ミステリーの主役として常に注目を集めてきたのが名探偵である。誰も解けない謎を鮮やかに解いていく。その謎が不可解なものであればあるほど、名探偵は意欲を燃やす。視点を変えれば、名探偵は必ず謎を解かなければならない。しかも短時間にだ。謎はできるだけすみやかに、そして必ず解かなければならない。これが名探偵の宿命である。

浅見光彦はその宿命を十二分に意識しているのだろう。よく自らの行動にタイムリミットを設ける。期間限定の取材旅行である。居候生活ながら余裕のないフリーライターに、資金潤沢なときはめったにない。雑誌取材と絡めてなんとか経費を賄おうとしている。たとえば本書では、「日本の旅」の藤田副編集長（お馴染みの「旅と歴史」ではない！）が出した旅費は、たった二泊三日分だ。なんとかその期間に謎を解かなければならない。そして取材も！　必然的に、浅見光彦の推理はテンポのいいものとなるだろう。

そして浅見光彦には、旅をしなければならないという宿命もある。彼が直面する謎の根底には、事件の起った場所の歴史とそこで生きてきた人々の思いが流れている。浅見光彦の視線は、推理とともに時を溯《さかのぼ》っていく。被害者の人生に、事件関係者の過去に、そして舞台となる地方の過去に推理の鍵を求めていくのだ。

『津軽殺人事件』の被害者は弘前在住だった。津軽地方の核となる都市である。謎のメッセージにも誘われ、愛車ソアラを駆って浅見光彦は北へと向かった。

青森県の西半分を占める津軽地方は、青森市の西側に位置する弘前市、黒石市、五所川原市、そして西津軽郡ほかの郡部からなる。『日本書紀』では「津苅」と書かれているが、「東日流」「津刈」「都加留」とも表記されてきた。

鎌倉時代初期から安東氏がこの地方を支配し、日本海における交易の要として十三湊《とさみなと》が

栄えたことはよく知られている。その勢力は北海道にまで及んだが、室町時代に入ると、八戸方面から勢力を増してきた南部氏が支配するようになった。その南部氏の家臣だった津軽為信が、一五七一年、謀反を起こし、江戸時代には津軽藩の安定した支配がつづいた。明治四年七月、廃藩置県によって弘前県となり、九月には同時にできた黒石県、斗南県、七戸県、八戸県と合併するが、ほどなく県庁が青森に移って青森県と改称された。同じ青森県であっても、長く南部氏の支配下にあった東半分とは違った風土を育んできたのだ。さまざまな伝説の残されている安東氏は交易によって巨万の富を得たと言われるが、津軽地方は気候が厳しく、たびたび凶作に襲われてきた。作中ではこう語られている。

江戸期、庶民文化が花開いた――といわれる元禄時代には五度も凶作に見舞われている。津軽人にとって、文化や繁栄など、他国の出来事でしかなかったのだ。その長い不運の歴史の中で、津軽人独得の精神や文化が培《つちか》われてきた。

浅見光彦の眼は純粋で、偏りがない。いつも善悪両方を公平に見通している。事件の真相が見えたとき、〝中央への不信は、いわば津軽の、あるいは東北の、伝統のようなものだ。その歴史が津軽人の結束の固さと、その反面の偏狭さを生んだ〟と、犯罪の根源にあ

るものを冷静に分析する。清き流れと濁った流れの両方を渡らなければならないのもまた、浅見光彦の宿命なのだ。

そしてもうひとつ、浅見光彦の別の宿命が本書では際立っている。それは、事件の解決とともに、女性を悲しませてしまうという宿命だ。三十三歳の独身男性である名探偵に好意を抱く女性が、事件のたびに登場する。もちろんそれはあくまでも淡い恋心だが、けっして実ることのない恋心でもあった。

この『津軽殺人事件』では、被害者のひとり娘の靖子である。推理に没頭する姿を美しいと思う彼女の浅見評は、〝鋭角的にそげ落ちた頬の線。それでいて、優しさを感じさせる、柔らかな丸みを帯びたおとがい。広い聡明そうな額。すべてを見通すような大きな目。強い意志を感じさせる高い鼻梁《びりょう》。女性的といってもいいほどの、はにかみを含んだ口許〟と、やはり大絶賛だ。男性読者は大いに嫉妬《しっと》したいところだが、浅見光彦ならば仕方がない。靖子はその浅見への好意を隠そうとはしないのである。

ただ、たとえ浅見のほうも好意を持ったとしても、靖子とは付き合うことはできない。大学時代の同期である村上の恋人だったからだ。ともに司法試験を目指している村上と靖子、そして名探偵。ちょっとした三角関係だが、そうした人間関係もまた、事件解決のひとつの伏線になっているところに、ミステリーとしての妙がある。

　こうした宿命を背負った名探偵・浅見光彦が突き止めた真相とは？　いつもながらの旅情豊かな謎解きが展開される『津軽殺人事件』は、一九八八年七月にカッパ・ノベルス（光文社）より書下し刊行された。そして時は十数年流れ、二〇〇四年一月に刊行された『十三の冥府』（実業之日本社）で、浅見光彦は再び津軽の地を訪れている。より歴史に踏み込んだミステリーなので、併読するといっそう津軽地方が鮮烈に印象づけられるに違いない。

二〇〇五年二月

この作品は1988年7月光文社より刊行されました。

徳間文庫をお楽しみいただけましたでしょうか。どうぞご意見・ご感想をお寄せ下さい。
宛先は、〒105－8055　東京都港区芝大門2－2－1　㈱徳間書店「文庫読者係」です。

徳間文庫

津軽《つがる》殺人《さつじん》事件《じけん》

2005年3月15日　初刷

著者　内《うち》田《だ》康《やす》夫《お》

発行者　松《まつ》下《した》武《たけ》義《よし》

発行所　株式会社徳間書店

東京都港区芝大門二―二―二　〒105―8055

電話　編集部〇三(五四〇三)四三五〇
　　　販売部〇三(五四〇三)四三二四

振替　〇〇一四〇―〇―四四三九二

印刷　凸版印刷株式会社

製本　ナショナル製本協同組合

〈編集担当　丹羽圭子〉

ISBN4-19-892210-1　(乱丁、落丁本はお取りかえいたします)